FRANK GOYKE

SCHNEEGESTÖBER

Theodor Fontane und der Brudermord

berlin.krimi.verlag
be.bra verlag

Bibliografische Information der Deutschen Nationalbibliothek

Die Deutsche Nationalbibliothek verzeichnet diese Publikation in der Deutschen Nationalbibliografie; detaillierte bibliografische Daten sind im Internet über http://dnb.d-nb.de abrufbar.

KulturBrauerei Haus S, Schönhauser Allee 37, 10435 Berlin
post@bebraverlag.de
Lektorat: Gabriele Dietz, Berlin
Umschlag: Ansichtssache, Berlin, unter Verwendung eines Gemäldes von Eduard Gärtner, »Der Gendarmenmarkt (Berlin)«, 1857, akg-images, Berlin
Satzbild: Friedrich, Berlin
Schrift: Stempel Garamond 10/13,5
Druck und Bindung: Norhaven A/S, DK – Viborg
ISBN 978-3-89809-515-0

www.bebraverlag.de

Die wichtigsten existierenden und *fiktiven* Personen des Romans

Kriminalkommissar Aschinger
Herr Bachmann, Verwalter des Gutes der von Stepanitz
Franz Bachmann, sein Sohn
Theodor Fontane, Schriftsteller
Emilie Fontane, seine Frau
Theodor, Mete und Friedrich Fontane, ihre Kinder
Hermann von Mallinckrodt, Abgeordneter der Zentrumspartei
Baron Achim von Mohr und dessen Sohn Achim von Mohr junior
Joseph Maria von Radowitz, hoher Beamter im Auswärtigen Amt
Heinrich von Schleinitz, Königlich Preußischer Generalmajor
Gottlieb Arnulf von Stepanitz, Zuckerrübengutbesitzer bei Küstrin
Annmaria Luisa Josefa von Stepanitz, seine Frau
Johann Friedrich von Stepanitz, Rittmeister a. D., ihr Sohn
Rudolf von Stepanitz, ihr Sohn
Louise von Stepanitz, Ehefrau von Rudolf
Kriminalkommissar Völker, Politische Abteilung
Hermann Freiherr von Wangenheim, Geheimer Regierungsrat, ein Freund Fontanes
Marie von Wangenheim, seine Frau
Kriminalschutzmann Wittlich

Erstes Kapitel

22. Februar 1874

Bei Einbruch der Dunkelheit hatte sich der Wind gelegt. Der Schnee fiel nun fast senkrecht und bildete einen dichten Vorhang, durch den nur hier und da der trübe Schein einer Gaslaterne drang. Jedes Geräusch wurde gedämpft, es war beinahe so still wie nachts auf dem Lande.

Theodor Fontane und seine Frau Emilie verließen das Haus ihrer Freunde in der Königin-Augusta-Straße gegen acht. Sie hatten eine Soirée bei den Wangenheims besucht, zu denen der Freiherr und seine Gattin während der Wintermonate bereits für siebzehn Uhr luden, damit ihre Gäste beizeiten wieder aufbrechen konnten. Fontane und Emilie gingen als Erste.

Kaum hatte Fontane seinen Fuß aufs Trottoir gesetzt, zuckte er fröstelnd zusammen. Er schlang seinen Schal enger um den Hals und schlug den Kragen hoch. Emilie hakte sich bei ihm unter, und gemeinsam wandten sie sich nach rechts. Weit und breit war außer ihnen kein Mensch unterwegs.

»Seit mehr als zwei Wochen schneit es nun fast ohne Unterlass«, sagte Fontane und drückte den Arm seiner Frau an sich.

»Und halb Berlin liegt mit Influenza im Bett«, fügte Emilie hinzu. »Hüte dich also vor zu langen Spaziergängen.«

»Aber frische Luft ist die beste Medizin.« Fontane wandte seine Aufmerksamkeit einer Gaslaterne auf der gegenüberliegenden Seite des Dammes zu, deren Düsen offenbar verstopft waren, denn das Licht vibrierte hinter den Schnüren aus Schnee; fast war man geneigt zu sagen, es tanze verzweifelt gegen das Verlöschen. Fontanes Blick fuhr den Laternenmast hinab – dann erstarrte er augenblicklich, und seine Finger krallten sich in Emilies Arm. Sie schrie leise auf.

»Aber Théodore!« Wie so oft sprach sie seinen Namen französisch aus, denn das mochte er.

»Dort!« Fontane nickte in Richtung der Gaslaterne. Seine Stimme klang, als habe er eine Halsentzündung, aber das Krächzen war nur eine Folge seines Erschreckens. Emilie schaute hinüber.

»Mein Gott!«, flüsterte sie.

Zu Füßen der Lampe lag ein Mensch.

Das Ehepaar brauchte einige Zeit, um sich zu fassen. Es war unmöglich, den Blick abzuwenden von dem Mann dort drüben, und ebenso unmöglich war es, einen Schritt zu tun. Der Mann lag ausgestreckt auf dem Gehsteig, das Gesicht halb im Schnee versunken; er trug einen schwarzen Mantel, der weiß bestäubt war, schwarze Hosen und schwarze Schuhe. Da er sich nicht rührte, konnte er tot sein, vielleicht aber auch nur bewusstlos. Er war barhäuptig, sein Hut, ebenfalls schwarz, war in den Rinnstein gefallen, und der Schnee setzte alles daran, ihn verschwinden zu lassen. Das Haar des Gestürzten schien hell zu sein, vielleicht blond, aber das war nicht genau zu erkennen.

»Gott, was tun wir?«, fragte Emilie mehr sich selbst als ihren Mann. »Gehen wir zurück zu den Wangenheims? Hammerschmidt ist doch Arzt.«

Fontane nickte.

»Tu das. Ich sehe, ob ich helfen kann.«

»Sei vorsichtig, Théodore!«, beschwor ihn Emilie. Sie entzog ihm ihren Arm und wandte sich dem Haus der Freunde zu. Fontane überquerte die Fahrbahn, ein beklommenes Gefühl in der Brust. Langsam setzte er Schritt vor Schritt,

sank bis zum Knöchel ein, spürte seine Füße erkalten. Angst hatte er nicht. Von einem Mann, der auf dem Trottoir zusammengebrochen war, würde kaum eine Gefahr ausgehen. Mitten auf der Fahrbahn warf er einen Blick über die Schulter. Emilie war verschwunden, und die Straße war noch immer menschenleer.
Er setzte seinen Weg fort. Er erreichte den Hut, der immer weißer wurde, und blieb sofort wieder stehen. Nach wie vor hatte der Mann sich nicht bewegt. Sein weiches, aber eiskaltes Lager hatte sich rings um den Körper rot gefärbt.
Das Licht war schlecht. Und doch zweifelte Fontane nicht, dass die Farbe Blut war.

»Nichts mehr zu machen.« Doktor Hammerschmidt hatte soeben am Hals und an den Handgelenken nach dem Puls des Mannes unter der Laterne getastet und richtete sich nun auf. Eine Schneeflocke setzte sich auf seine Brille und schmolz. Ein kleiner Tropfen rann über das Glas. Eine weitere Flocke folgte.
Fontane stand wenige Meter von dem Toten entfernt und wurde von ein paar Männern umringt, die sich eilig ihre Mäntel übergeworfen hatten; darunter trugen sie Abendanzüge, Krawatten oder Fliegen. Fontane zurrte seinen Schal noch enger. Er fror gewaltig, und das nicht nur wegen der Kälte.
»Und woran ist er gestorben?«, erkundigte sich der Geheime Oberregierungsrat von Wangenheim, der unmittelbar neben Fontane stand. In seinem graumelierten Backenbart hatten sich Schneekristalle verfangen.
Der Arzt, der über den Wangenheims wohnte, zuckte mit den Schultern.
»Eine exakte Diagnose kann ich nur stellen, wenn er entkleidet ist«, erwiderte Hammerschmidt. Er zog ein lilienweißes Taschentuch aus dem Mantel, nahm die Brille ab und trock-

nete sie mit dem Tuch. »Aber es gibt ein paar Löcher in seinen Kleidern, die mich vermuten lassen, er ist erdolcht worden. Mit mehr als einem Stich.«
»Erdolcht?«, rief der Abgeordnete Hermann von Mallinckrodt. Er stapfte von einem Bein aufs andere. Wahrscheinlich standen seine flachen Lackschuhe längst voll Wasser.
Der dritte der herbeigeeilten Männer, der General a. D. von Schleinitz, schwieg. Emilie war im Salon der Wangenheims geblieben.
»Wir werden nach der Polizei schicken müssen«, sagte Mallinckrodt. Der Geheimrat nickte.
»Gehen Sie nur«, sagte der Arzt und setzte die Brille zurück auf seine breite Nase. Sofort fing er mit ihr wieder Flocken. »Ich bleibe hier und warte auf die Beamten.«
»Sie werden sich einen Schnupfen oder Ärgeres holen«, warnte von Wangenheim.
»Möglich«, sagte Hammerschmidt mit dem Anflug eines Lächelns. »Aber ich bin ja berufen, solche Krankheiten zu kurieren.«
»Und Sie, mein lieber Fontane?«
»Ich bleibe auch.«
Der Gastgeber, der General und der Abgeordnete kehrten rasch ins Haus zurück. Nach einigem Zögern gesellte sich Fontane zu dem Arzt. Er kannte Hammerschmidt seit Langem; bei ihrer ersten Begegnung vor etlichen Jahren war er Fontane unsympathisch gewesen, was wohl vor allem in seinen hervorquellenden Augen begründet lag, die ihm ein beinahe froschartiges Aussehen verliehen. Mittlerweile kannte Fontane ihn als einen angenehmen Plauderer, der seine Zuhörer gern zum Lachen brachte, und Anlässe zum Lachen waren rar in diesen Krisenzeiten, in denen Banken, Terraingesellschaften und die Firmen windiger Entrepreneurs in sich zusammenfielen wie zu hohe Kartenhäuser. Der Gründerkrach war über Berlin gekommen wie der Vesuv über

Pompeji, und es war nicht abzusehen, wann sich das Gewerbeleben wieder aus der Asche hervorkämpfen würde.
»Vielleicht eine Frau«, sagte Hammerschmidt und betrachtete versonnen den Toten.
»Wie meinen?«
»Vielleicht steckt eine Frau dahinter.«
Die Vermutung des Arztes kam für Fontane nicht unerwartet. Er wusste auch, dass Hammerschmidt ein weiteres Wort mitgedacht hatte, auch wenn er es nicht aussprach: hysterisch. Wahrscheinlich würde er gleich die Geschichte der Hysterikerinnen von Morzine erzählen, die er bei jeder sich bietenden Gelegenheit anbrachte, ob passend oder nicht. Fontane kannte sie beinahe auswendig. Die Frauen von Morzine hatte nun aber niemanden umgebracht, noch war jemand um ihretwillen getötet worden.
»Sie glauben doch nicht, dass eine Frau auf offener Straße einen Mann ersticht«, sagte er, während er aus den Augenwinkeln wahrnahm, wie das Tor im Hause der Wangenheims geöffnet wurde. »Außerdem ist der Dolch nicht die Waffe der Frauen. Ich denke, sie benutzen lieber Gift?«
»Es hat auch schon anderes gegeben«, entgegnete der Arzt. »Denken Sie nur an die Amazonen.«
»Die zweifelsohne alles andere als hysterisch waren«, bemerkte Fontane nicht ohne Spott, ärgerte sich aber schon im selben Augenblick über sein Stichwort.
Aus dem Torweg rollte das Coupé der Wangenheims, gezogen von einem kräftigen Falben. Das Pferd schüttelte sich, als es die ersten Flocken auf der Kruppe spürte, es bleckte die Zähne und sah wenig begeistert aus. Fontane konnte nur die Umrisse des Kutschers erkennen, der vom Torweg auf die Straße bog. Lautlos entfernte sich das Gefährt, dessen Verdeck in Windeseile von Schnee bedeckt war.
»Sie kennen die Geschichte der Frauen von Morzine?«, fragte Doktor Hammerschmidt. Fontane seufzte innerlich.

»Morzine ist ein abgelegenes französisches Alpendorf, in dem es zwischen 1857 und 1873 immer wieder zu hysterischen Manifestationen kam. Man muss bedenken, dass die Kirche dort einen starken Einfluss ausübte und alle Vergnügungen verboten hatte. Keine Feste, keine Spiele. Und dann, im Frühling 1857 ...« Der Arzt hielt inne, als er von Wangenheim und Mallinckrodt aus dem Haus treten sah; der alte General war, galant wie immer, bei den Frauen geblieben. Die beiden Männer überquerten die Straße und gesellten sich zu den Wartenden. Man schwieg und vermied es, den Toten anzublicken. Wenn die Polizei nicht bald anrückte, würde man ihn gar nicht mehr als Menschen erkennen, sondern ihn für einen Schneehaufen halten, zusammengeschoben von einem Straßenkehrer. Der Hut jedenfalls war schon vollständig unter einer weißen Decke verschwunden.
»Kalt«, sagte Mallinckrodt nach einer Weile. Niemand antwortete ihm.

Obwohl er einen gefütterten Wollmantel trug, war Fontane fast erstarrt, als der Kutscher endlich zurückkehrte. Ihm folgte ein zweiter Wagen, ebenfalls ein Einspänner, allerdings vernünftigerweise mit Kufen versehen. Wangenheims Kutscher fuhr sogleich wieder durch den Torweg auf den Hof, während die andere Chaise an den Straßenrand gelenkt wurde. Den Mann, der die Zügel hielt, kannte Fontane: Es war der Kriminalschutzmann Wittlich. Mit ihm und seinem Chef Aschinger hatte er bereits vor einiger Zeit zu tun gehabt.*
Wittlich, ein großer, sehr schlanker Mann, sprang aus dem Wagen, gefolgt von einem weiteren Beamten, der weitaus kleiner, dafür aber umso breiter war. Auch ihn, den Polizeibeamten Räder, kannte Fontane. Eilig näherten sich die Kriminaler der Gruppe der Wartenden.

* Frank Goyke, »Altweibersommer. Theodor Fontanes erster Fall«

»Herr Fontane?« Wittlich blieb stehen und kniff die Augen zusammen. »Er ist es wahrhaftig. Bonsoir, messieurs!«
»Bonsoir«, wurde ihm erwidert. Allein Doktor Hammerschmidt fügte noch ein »Monsieur le Commissaire« hinzu. Wittlich korrigierte ihn nicht, sondern warf einen Blick zu dem Toten, dann wandte er seine Aufmerksamkeit erneut Fontane zu.
»Sie haben ihn gefunden?«, fragte er.
»Woher wissen Sie das?«
»Der Kutscher Seiner Exzellenz«, Wittlich verbeugte sich gegen den Doktor, »hat es mir gesagt.«
»Oh, pardon, ich sollte erst einmal vorstellen.« Fontane räusperte sich, bevor er auf die wirkliche Exzellenz deutete. »Geheimer Oberregierungsrat Freiherr von Wangenheim«, sagte er.
»Ich bitte um Verzeihung«, sagte Wittlich. Von Wangenheim winkte gnädig ab.
»Herr von Mallinckrodt, Vertreter der Zentrumspartei sowohl im Reichstag als auch im Preußischen Abgeordnetenhaus«, fuhr Fontane fort.
»Mir eine Ehre«, murmelte Wittlich, dem angesichts dieser einflussreichen Männer mulmig wurde.
»Ganz meinerseits«, erwiderte Mallinckrodt eloquent.
»Der Arzt Doktor Hammerschmidt.« Fontane nickte zu dem Mann neben sich, der abermals seine Brille putzen musste. »Die Herren Kriminalschutzleute Wittlich und Räder.«
Räder ging schon neben dem Leichnam in die Knie und betrachtete ihn eingehend.
»Und wo ist der Kommissarius Aschinger?«, erkundigte sich Fontane. »Wenn Sie hierher an den Tatort kommen, ist er doch wohl Kommissar vom Dienst?«
»Wäre er gewesen«, sagte Wittlich, »wenn ihn nicht eine kapitale Influenza ans Bett fesseln würde. Kommissar Völker

von der Politischen Abteilung vertritt ihn. Ich bin froh, dass wir wegen eines Mordes ausrücken konnten, denn so viel schlechte Laune hält kein Mensch aus.«

Die Flamme in der Gaslaterne gab ihren Kampf endlich auf und erlosch. Fontane fuhr erschrocken zusammen. Der Tote war jetzt fast unkenntlich.

Räder richtete sich auf.

»Wir sollten ihn auf den Rücken drehen«, sagte er zu seinem Kollegen. »Meine Herren … wenn Sie sich vielleicht abwenden wollen …«

Niemand rührte sich. Obgleich der Mann im Schnee unter entsetzlichen Umständen gestorben war, hatte der Tod doch etwas Faszinierendes, sodass sich niemand einen Blick ins Gesicht des Opfers entgehen lassen wollte. Gebannt schauten sie zu, wie Wittlich die Beine des Toten ergriff, während Räder ihn bei den Armen packte. Nur Doktor Hammerschmidt blieb gleichmütig; er pflegte intimeren Umgang mit dem Tod.

Mit einer raschen, kraftvollen Bewegung gelang es den beiden, den Leichnam in die Höhe zu heben, ihn umzudrehen und ihn dann wieder in den blutgetränkten Schnee zu legen.

»Mein Gott!«, rief von Wangenheim plötzlich. Er hatte die Arme erhoben und war zurückgewichen. Obwohl Licht nur von den weiter entfernten Laternen herüberfiel, sah man doch, dass sein Gesicht alle Farbe verloren hatte.

»Exzellenz?« Wittlich betrachtete ihn überrascht.

»Ich fürchte«, der Geheimrat zog ein Tuch aus dem Mantel und hielt es krampfhaft fest, »ich fürchte den Mann zu kennen. Aber …« Er verstummte. Mallinckrodt legte ihm eine Hand auf den Arm.

Wangenheim schluckte. »Ich müsste etwas näher …« Entschlossen schob er die Hand des Abgeordneten fort und ging auf den Toten zu. Das Tuch behielt er in der Faust.

Er blickte dem Erstochenen ins Gesicht und schloss die Augen. Sein Adamsapfel tanzte auf und ab, aber als er die Lider wieder aufschlug, hatte er seine Contenance wiedergefunden.

»Es handelt sich um den Rittmeister von Stepanitz«, sagte er mit fester Stimme. »Ein sehr weitläufiger Verwandter meiner Frau. Wir haben ihn heute Abend erwartet. Nun wissen wir, warum er nicht gekommen ist. Arme Marie!« Kopfschüttelnd stapfte er zu Fontane und den übrigen Herren zurück.

»Ein Verwandter Ihrer werten Gattin?« Wittlich, den Fontane als Mann von eher geringem Temperament kannte, hatte die Augen aufgerissen. »Exzellenz, es ist mir ein Bedürfnis, Ihnen mein Beileid auszusprechen.«

»Ich bin ja nicht so sehr betroffen«, erwiderte von Wangenheim und rieb sich das Kinn. »Wir kannten ihn auch kaum, nicht einmal meine Frau. Seltsam.«

»Pardon, Exzellenz, was ist seltsam?«

»Vor Jahren, noch als Student, verkehrte er gelegentlich bei uns«, erklärte der Geheime Rat. »Wir haben später immer wieder einmal von ihm gehört, ihn aber kaum mehr zu Gesicht bekommen. Vor drei Wochen hat er sich dann mit einem Billett in Erinnerung gebracht. Meine Frau lud ihn zum heutigen Abend ein, er sagte zu. Nach Jahren seine erste Visite – und auf dem Wege zu uns trifft ihn ein Messer.«

»In der Tat, das ist … bemerkenswert.« Wittlich betrachtete seine schönen Hände mit den langen Pianistenfingern und ließ sie dann schnell in seinen Pelzhandschuhen verschwinden.

Währenddessen hatte Kriminalschutzmann Räder Mantel, Smoking und Weste des Toten aufgeknöpft und durchsuchte sämtliche Innentaschen. Schweigend sahen ihm die Männer zu. Einmal blickte Fontane kurz zu Wangenheim und stellte fest, dass dieser nach wie vor das Tuch in der Faust zerdrückte.

Nach einer Weile förderte Räder eine Geldbörse zutage, die recht prall gefüllt aussah. Behutsam öffnete er sie und schaute hinein.

»Oh«, sagte er, bevor er sich mit einem leisen Ächzen aufrichtete. »Viel Geld. Also eher kein Raubmord.«

»Der Täter könnte gestört worden sein«, gab Wittlich zu bedenken.

»Hm.« Räder wischte sich die Flocken von der Schulter und betrachtete den Schnee um den Toten, wo er vielleicht Fußspuren zu finden hoffte, was absurd war bei diesem Schneegestöber, oder aber die Tatwaffe. »Möglich …«

Vom Landwehrkanal bog eine Mietdroschke in die Königin-Augusta-Straße. Fontane entdeckte sie als Erster und machte die anderen auf sie aufmerksam. Wittlich grinste.

»Ich habe natürlich sofort einen Boten zu unserem Chef geschickt«, sagte er. »Dass Sie, Herr Fontane, wieder über einen Toten gestolpert sind, wird ihn allerdings überraschen.«

»Gestolpert ist wohl nicht das richtige Wort«, meinte Fontane pikiert.

»Nun, Sie sind der Mann der Worte«, sagte Wittlich. »Unsereiner formuliert gewiss etwas grob. Ich denke jedenfalls, das wird Kommissar Aschinger sein.«

Er irrte sich nicht. Ein paar Meter vor der verloschenen Laterne kam die Droschke zum Stehen. Der Schlag wurde geöffnet, und ein mittelgroßer Mann sprang heraus. Er hielt ein Portemonnaie in der Hand und schickte sich an, ihm eine Münze zu entnehmen; plötzlich jedoch lief ein Zittern durch seinen Körper. Er legte den Kopf schief und griff sich an die Brust. Dann erschütterte ihn eine dermaßen heftige Hustenattacke, dass Doktor Hammerschmidt erschrocken »Heiliger Himmel!« ausrief, was für einen Arzt überraschend klang.

Als der Anfall vorüber war, bückte sich der Kommissar und klaubte die Münze aus dem Schnee. Er reichte sie dem Chauffeur, der sich an den Hut tippte und begann, den Wagen zu wenden. Aschinger steckte die Geldbörse ein und kam federnden Schrittes auf die Männer zu. Sogar ein Lächeln hatte er aufgesetzt. Dann entdeckte er Fontane, und das Lächeln erstarb.
»Sie?«, fragte er indigniert. Sein Näseln hätte einem Franzosen alle Ehre gemacht. »Sie hier? Sind etwa Sie über die Leiche …«
»Nicht gestolpert!«, warf Fontane augenblicklich ein.
»Sondern?«
»Meine Frau und ich haben sie von der gegenüberliegenden Straßenseite aus entdeckt.«
»Madame Emilie ist auch da?« Aschinger blickte sich um.
»Sie ist bei ihrer Freundin, Frau von Wangenheim«, sagte Fontane, dann machte er die Herren miteinander bekannt.
Aschinger nickte jedem zu, gab keinem die Hand. Als er dem Arzt vorgestellt wurde, kniff er mit einem Mal die Augen zusammen. Er sog heftig die eiskalte Luft ein, sprang dann zum Erschrecken aller über den Rinnstein auf die Straße, riss ein riesiges Taschentuch aus dem Mantel, senkte den Kopf – und ein pistolenschussartiges Niesen krachte in das Tuch. Dann schnäuzte er sich sorgfältig und kehrte mit schuldbewusster Miene zu Hammerschmidt zurück.
»Sie hat es aber mächtig erwischt, Kommissarius«, sagte der Doktor. »Haben Sie auch Fieber?«
»Alles, was Sie nur wollen. Fieber, Gliederreißen, Husten, Schnupfen, Halsweh.«
Während er mit dem Arzt sprach, bewunderte Fontane Aschingers Kleidung. Der pelzverbrämte Kaschmirmantel, der ihm bis zu den Waden reichte, war mit dem Gehalt eines Polizeikommissars kaum vereinbar, und aus einem unklaren

Grund trug er Zylinder. Seine auf Hochglanz polierten Stiefel hatten mittlerweile Wasserflecke.
»Nun, dann«, ermunterte Aschinger sich selbst. »Wittlich! Räder! Unser Toter« – er hatte ihn längst bemerkt – »hatte wohl ein schwereres Leiden als eine ordinäre Wintergrippe. An welcher Art Infekt ist er gestorben?«
»An einem Dolchinfekt«, sagte Wittlich ungewohnt schlagfertig. Dass er dem Kommissar vom Dienst entkommen war, schien seinen Geist zu beflügeln.
»Oh!« Aschinger nahm nun seinerseits den Toten in Augenschein. Wittlich trat zu ihm und flüsterte ihm ins Ohr. Räder inspizierte unterdessen die Vorgärten der benachbarten Häuser.
Aschinger hob den Kopf. »Räder!«, brüllte er. Sogleich griff er sich an den Hals. »Ich sollte nicht so laut schreien«, sagte er zwar leise, aber doch für alle hörbar.
»Kommissarius?«, rief Räder zurück.
»Keine Tatwaffe?«
»Noch nicht.«
»Suchen Sie weiter!« Aschinger richtete seine Augen auf den Freiherrn von Wangenheim. »Kriminalschutzmann Wittlich sagte mir, Sie würden das Opfer kennen, Exzellenz?«
»Ja.«
»Ein Rittmeister von Stepanitz?«
»Außer Dienst, Herr Kommissar. Soweit ich weiß, arbeitet er … hat er beim Königlich Preußischen Statistischen Bureau gearbeitet.«
»Aha!« Aschinger schnäuzte sich rasch. Abermals bog ein Wagen in die Königin-Augusta-Straße, ein schwarzer Kastenwagen diesmal mit zwei Rappen als Gespann: der Leichenwagen. Der Kommissar bemerkte ihn und winkte Wittlich und Räder zu sich. »Tragen Sie dafür Sorge, dass der nun ganz und gar außer Dienst befindliche Herr von Stepanitz in die Charité gebracht und gründlich untersucht wird«, ord-

nete er an. »Und dann versuchen Sie herauszufinden, welcher Droschkenkutscher ihn heute Abend hierher gefahren hat. Ich übernehme das Übrige.«
Dann deutete er über die Straße. »Ich denke, meine Herren, dass wir diesen unwirtlichen Ort verlassen sollten«, sagte er.
»Exzellenz, Sie verstehen, dass ich Sie und Ihre Frau befragen muss?«
»Natürlich. Wir stehen zu Ihrer Verfügung.«
»Danke.«
Vom Bock des Leichenwagens sprangen zwei Männer, beide schwarz gekleidet und mit schwarzen Zylindern, auf die sich sofort eine Schicht Schnee legte. Während sie ohne Zögern auf den Toten zugingen, überquerten die Herren die Fahrbahn. Von Wangenheim übernahm die Führung, flankiert von Mallinckrodt und dem Kommissar. Doktor Hammerschmidt und Fontane folgten.
»Wie gesagt«, knüpfte der Arzt übergangslos an sein Lieblingsthema an, »im Frühjahr 1857 gab es in dem Dorf Morzine die ersten Symptome einer hysterischen Störung. Zwei junge Mädchen, die kurz vor der Erstkommunion standen, verfielen in Zuckungen, verfluchten Gott und beschimpften die Erwachsenen, die sie zu beruhigen suchten. Zuerst verbreitete sich der Wahn wie eine Influenza unter gleichaltrigen Mädchen. Aber es dauerte nicht lange …«
Aschinger blieb stehen. Er warf den Kopf in den Nacken, ballte die Hände zu Fäusten, schloss die Augen, aber es half ihm nichts: Wieder musste er niesen.
»Doktor!« Fontane berührte Hammerschmidt am Arm.
»Warten Sie, das ist erst der Anfang. Die Geschichte bekommt noch eine ungeahnte Dimension.«
»Doktor, bitte!«
»Ja?«
»Geben Sie doch dem Kommissar ein Mittel«, sagte Fontane.

In der Diele der Wangenheim'schen Wohnung, die die gesamte Beletage einnahm, eilte das Dienstmädchen Claire auf die Herren zu, um ihnen die Mäntel abzunehmen. Hammerschmidt war hinaufgegangen in seine Wohnung, in der er auch praktizierte, um ein paar Arzneien zu holen. Claire musterte den neuen Gast mit unverhohlenem Interesse. Zweifellos wusste sie, dass man auf der Straße einen Toten gefunden hatte, und sie war gewitzt genug, zumindest zu ahnen, wer Aschinger war: Das Auftauchen eines Kriminalbeamten erregte immer Gemüt und Phantasie. Umso erstaunter war sie, als sie den Mantel des Kommissars entgegennahm. Aschinger bemerkte ihre Überraschung und lächelte sie an. Das Dienstmädchen errötete.
»Claire, bitte die gnädige Frau in mein Arbeitszimmer«, befahl von Wangenheim, nachdem alle Mäntel an der Garderobe verstaut waren. Das Mädchen knickste und verschwand im Salon. »Ich muss erst einmal meine Frau von dem Tod ihres Verwandten in Kenntnis setzen«, wandte sich der Geheimrat an Aschinger, »und bitte um ein wenig Geduld. Herr von Mallinckrodt und Herr Fontane werden Sie in den Salon geleiten. Man wird dort für Ihr leibliches Wohl sorgen.«
»Nur keine Umstände meinetwegen, Exzellenz«, erwiderte Aschinger. »Ich kann ohnehin nichts essen.«
»Aber vielleicht nehmen Sie ein Glas Champagner?« Von Wangenheim deutete eine Verbeugung an, dann ging er den langen Flur entlang, öffnete eine auf der linken Seite befindliche Tür und betrat sein Kabinett.
Mallinckrodt, Aschinger und Fontane begaben sich zum Salon. Sie hatten ihn noch nicht erreicht, da wurde die schwere Samtportiere zurückgeschlagen und die Frau des Hauses erschien. Marie von Wangenheim trug ein Brokatkleid mit Stickbändern, Falten und Borte, dessen dezentes Blau ihre Blässe hervorhob, die unzweifelhaft von der Furcht vor dem

bevorstehenden Gespräch mit ihrem Mann verursacht war. Ein enges Mieder betonte ihre Figur. Die Freifrau war nicht sonderlich groß und so schlank, dass sie, wenn sie ein geschnürtes Kleid trug und einem dem Rücken zuwandte, für ein junges Mädchen gehalten werden konnte. Die tiefen Kerben zwischen Nase und Mund standen in auffälligem Widerspruch zu dieser jugendlichen Gestalt.
Fontane machte sie mit Aschinger bekannt, der sich sofort entschuldigte, den pflichtgemäßen Handkuss verweigern zu müssen. Wie um seine Worte zu unterstreichen, bekam er von der trockenen Luft auch sogleich einen Hustenanfall. Marie von Wangenheim prallte entsetzt zurück. Aschinger röchelte in sein Taschentuch, die Freifrau eilte den Gang hinab. Sie verschwand im Arbeitszimmer, und die Gäste betraten den Salon.
Emilie erhob sich sofort, als sie den Kommissar erkannte. Sie hatte Aschinger seinerzeit ins Herz geschlossen; diese Sympathie beruhte auf Gegenseitigkeit, und Aschinger verbeugte sich tief.
»Madame Fontane«, sagte er, »dank Ihrer Anwesenheit bekommt diese üble Nacht noch eine angenehme Wendung.«
»Aber Herr Kommissar!« Emilie errötete.
Der alte General von Schleinitz und seine nicht minder betagte Gattin hatten sich aus den cremefarbenen Fauteuils erhoben und waren nähergetreten. Fontane machte die Honneurs.
»Nun, Kommissarius«, fragte Schleinitz, »haben Sie schon die Witterung des Mörders aufgenommen?«
»Mit verstopfter Nase?«
»Sie sind krank?«, fragte Frau von Schleinitz nicht ohne Mitgefühl. Aschinger nickte.
»Und trotzdem im Dienst«, sagte der General. »Respekt, Kommissar, das nenne ich Pflichttreue. S[illegible]ren auch ein guter Offizier.«

Aschinger ging darauf nicht ein.
»Sie werden es ohnehin erfahren, General, und deshalb sage ich es Ihnen gleich: Das Opfer ist ein entfernter Verwandter der Frau von Wangenheim.«
»Ach, wie schrecklich!« Die Generalin schlug sich die Hand vor den Mund. »Die arme Marie!«
»Ist es der Gast, der noch erwartet wurde?«, erkundigte sich von Schleinitz. »Dieser Rittmeister?«
Aschinger nickte. Emilie hatte wieder auf dem Sofa Platz genommen, über dem sich ein Gemälde von Maria, dem Christkind und Johannes dem Täufer befand und das Zeugnis ablegte vom Katholizismus der Hausfrau. Fontane setzte sich zu ihr und nahm ihre Hand.
Der Abgeordnete Mallinckrodt hatte seine Visitenkarte gezückt und reichte sie dem Kommissar.
»Ich nehme an, Sie bedürfen meiner im Moment nicht«, sagte er. »Erlauben Sie daher, dass ich mich zurückziehe. Selbstverständlich stehe ich Ihnen jederzeit zur Verfügung.«
»Verbindlichsten Dank.« Aschinger steckte die Karte ein, ohne einen Blick auf sie zu werfen.
»Wir sollten auch gehen«, sagte der General zu seiner Frau. »Der Kommissar muss seine Arbeit tun, dabei stören wir nur.«
»Aber wer tröstet Marie?«
»Nun, ihr Mann doch wohl.« Von Schleinitz nickte in die Runde. »Wir sehen uns bei der nächsten Soirée unter hoffentlich angenehmeren Umständen. Herr Kommissar! Bonsoir!« Der General und seine Gattin folgten Mallinckrodt in die Diele. Nach wenigen Minuten fiel die Wohnungstür ins Schloss.
»Und wir, Théodore?«, flüsterte Emilie mit Blick auf Aschinger, der sich die Heiligenfigürchen auf dem Kamin anschaute.

»Wenn er uns nicht fortschickt, bleiben wir.«
»Marie wird vielleicht auch kein Publikum wollen«, meinte Emilie. »Doch wäre sie zu zartfühlend, um das auszusprechen.«
An der Tür wurde geschellt, kurz darauf hörte man die leichten Schritte des Dienstmädchens. Aschinger fuhr auf dem Absatz herum und richtete seine geröteten Augen auf Fontane.
»Ich kann mir nicht helfen«, sagte er, »aber Sie sehen aus wie ein Felsbrocken, den man nur schwer zur Seite rollen kann.«
»Wie, bitte?«
»Sie möchten bleiben?«
»Das entscheiden Sie«, sagte Fontane.
»Ob Sie bleiben *möchten*, kann ich nicht entscheiden.«
Aschingers Züge verzerrten sich, und er wandte sich schleunigst ab. Noch in der Bewegung zog er das Taschentuch hervor, in das er sich mit drei Trompetenstößen schnäuzte. Emilie warf ihrem Mann einen bedenklichen Blick zu.
In diesem Moment schlug Claire die Portiere zurück und machte so den Weg frei für Doktor Hammerschmidt. Der Arzt hatte in jeder Hand einen Medizinflakon und schaute Aschinger kopfschüttelnd an.
»Sie gehören ins Bett, Kommissar«, sagte er. Er stellte die Flakons zwischen die Champagnerflöten auf den Tisch und ließ sich schwer in einen der Fauteuils beim Kamin fallen. Aschinger ignorierte die Arzneien und setzte sich ebenfalls.
»Weil Sie als Schriftsteller stets auf der Suche nach Stoff sind«, sagte er zu Fontane, »und weil Sie ein Freund des Hauses sind, erlaube ich Ihnen zu bleiben. Aber ich warne Sie, mischen Sie sich nicht wieder in meine Angelegenheiten!«
Abermals wurde die Portiere beiseitegeschoben, und Marie von Wangenheim trat ein. Auf ihrem bleichen Gesicht und am Hals hatten sich rote Flecken gebildet, die Hammer-

schmidt für Zeichen der Hysterie ansehen mochte, aber die Frau des Hauses war alles andere als hysterisch. Mit erzwungener Souveränität durchquerte sie den Salon, nahm die Flasche *Moët & Chandon*, ging zum Rauchtisch, wo auf einem Silbertablett noch ein paar saubere Flûtes standen, füllte ein Glas und reichte es Aschinger.

»Unser Allheilmittel, Kommissar«, sagte sie. Ihre Stimme war belegt.

»Das ich dankend annehme.«

Auch der Geheimrat kam nun in den Salon. Er strich sich ein paarmal nervös über den Backenbart, sah sich unschlüssig um, rückte zwei Stühle mit geschnitzten Armlehnen an den Kamin und nahm Platz.

»Wir sind bereit«, sagte er zu Aschinger. Marie setzte sich auf den zweiten Stuhl. Sie saß sehr aufrecht, mit durchgedrücktem Rücken.

»Sollten wir nicht besser gehen?«, fragte Fontane.

Sowohl der Geheimrat als auch seine Frau schüttelten den Kopf. Aschinger schnaubte bloß. Fontane nahm das als Zeichen, dass er nichts dagegen hätte, wenn sie sofort die Wohnung verließen, aber er hatte ihnen das Bleiben erlaubt. Also blieben sie.

»Mein Beileid«, begann Aschinger. »Stand Ihnen der Herr von Stepanitz sehr nahe?«

»Johann Friedrich?« Marie von Wangenheim bewegte die Lippen, als prüfe sie den Geschmack des Namens. »Nein, davon kann nicht die Rede sein. Ich vermag nicht einmal den genauen Verwandtschaftsgrad anzugeben. Meine jüngere Schwester hat in eine Familie eingeheiratet, die wiederum über Ecken und Kanten mit den Stepanitz' verschwägert ist. Sie sehen, es sind sehr dünne Fäden, die mich mit ihm verbinden.«

»Aber sein Tod hat Sie doch getroffen«, stellte Aschinger fest.

»Wie jeder gewaltsame Tod eines Menschen mich treffen würde, Kommissar«, entgegnete Marie voll Würde.
»Außerdem verkehrte der Rittmeister in Ihrem Hause.«
Aschinger fixierte den Arzt, und Fontane hatte den Eindruck, als wolle er Hammerschmidt mit seinem starren Blick dazu zwingen, den Raum zu verlassen. Aber der Doktor war nicht minder neugierig, wenn nicht gar sensationslüstern, und blieb einfach sitzen.
»Das wäre eine Übertreibung«, erwiderte Marie. »Unter einem solchen Verkehr versteht man für gewöhnlich regelmäßige Besuche, aber ich habe jahrelang nichts von ihm … gehört wäre der falsche Begriff. Nichts von ihm gesehen. Als Student jedoch …«
»Wenn ich fragen darf«, unterbrach Aschinger sie, »was hat er studiert?«
»Etwas Ungewöhnliches. Er war Geologe.«
Aschinger hob erstaunt den Kopf. »Aber Ihr Mann sagte mir, dass er eine Anstellung beim Preußischen Statistischen Bureau gehabt hätte?«
»Er ist später in den Staatsdienst eingetreten, weil er sich bessere Chancen für eine Carrière ausrechnete. Karl Hermann, du hast ihn doch einmal im Ministerium getroffen?«
»Ja, meine Liebe.« Der Geheimrat striegelte seinen Backenbart mit den Fingern. »Man hatte ihm höheren Orts wohl eine Stelle beim Königlichen Bergbauamt in Halle angeboten, doch er hatte abgelehnt, weil er Berlin nicht verlassen mochte. Deshalb hat er sich beruflich neu orientiert.«
»Statistik also.« Aschinger hob die Augenbrauen. »Nun, für irgendetwas wird sie schon nützlich sein.« Er räusperte sich. »Habe ich richtig geschlossen: Als Student besuchte er Sie öfter?«
Marie und der Geheimrat nickten.
»Eines Tages ließ er sich mit einer Empfehlung seines Vaters melden«, fuhr die Freifrau fort. »Das ist schon lange her.

Ende der Fünfziger-, Anfang der Sechzigerjahre, nicht wahr, Karl Hermann?« Von Wangenheim bestätigte es. »Der Vater – er besitzt ein großes Zuckerrübengut in der Neumark, irgendwo zwischen Cüstrin und Tamsel –, der Vater also berief sich auf unsere Verwandtschaft und bat, den jungen Mann unter unsere Fittiche zu nehmen. Sie müssen das verstehen, Kommissar, für einen Mann auf dem Lande erscheint Berlin als gefährliches Pflaster und Sündenbabel.«
»Das ist es auch«, sagte Aschinger und grub verstohlen nach dem Taschentuch.
»Sie müssen es wissen.« Marie sah ihren Mann von der Seite an. »Sollte Claire nicht noch etwas auftragen?«
»Ja, natürlich.« Der Geheimrat erhob sich und trat zur Tür, wo er nach dem Dienstmädchen rief. Als es erschien, erteilte er ihr leise ein paar Befehle.
»Ende der Fünfziger- oder Anfang der Sechzigerjahre war von Stepanitz also Gast bei Ihnen«, fasste Aschinger zusammen. »Er studierte auf Geologie, übte diesen Beruf, wenn es denn einer ist, nach dem Examen aber nicht aus.«
»O doch. Sogar im Ausland. In China.«
»Bitte, wo?« Aschinger glaubte sich verhört zu haben. Fontane hingegen war nicht überrascht. Er war damals bereits mit den Wangenheims befreundet gewesen und dem Rittmeister zwei-, dreimal begegnet.
»Wenn ich darüber nachdenke«, sagte Marie zu ihrem Gatten, der zu seinem Stuhl zurückgekehrt war, »es muss Ende der Fünfziger gewesen sein. Nach seinen Studien ging es gleich nach China.« Sie wandte sich wieder an Aschinger. »Er begleitete jene diplomatische Mission nach Shanghai, die der preußische Generalkonsul von Rehfues geleitet hat. Erst danach leistete er seinen Militärdienst und brachte es zum Rittmeister.«
Aschinger fuhr sich rasch mit dem Taschentuch über die Nase, verzichtete aber darauf, laute Geräusche zu machen.

»Verzeihen Sie mir, gnädige Frau«, sagte er nach dieser Prozedur, »würden Sie mir bitte auf die Sprünge helfen? Welche diplomatische Mission meinen Sie?«
»Sie kennen sicher den Grafen zu Eulenburg?«
»Den preußischen Innenminister? Den sollte ich als Polizeibeamter allerdings kennen.«
»Du weißt mehr darüber.« Frau von Wangenheim legte eine Hand auf den Arm ihres Mannes.
»Im Jahre 59 war Graf Eulenburg von der preußischen Regierung ausgesandt worden, um für Preußen, aber auch für die dem Zollverein angehörenden deutschen Länder Handelsverträge mit China, Japan und Siam abzuschließen«, erklärte der Geheime Oberregierungsrat, der ersichtlich in seinem Element war. »Er musste wohl erhebliche Schwierigkeiten aus dem Weg räumen, aber schließlich kam es zum Abschluss genannter Verträge. Im Sommer 1862 schickte man dann eine zweite Gesandtschaft, ad eins, um die Kontrakte zu ratifizieren, ad zwei, um in China und Japan ständige Vertretungen zu eröffnen. Herr von Rehfues leitete die Mission, und ihm zur Seite standen der junge Prinz Friedrich von Sayn-Wittgenstein, als Dolmetscher Carl Bismarck, dann unser derzeitiger Gesandter in Japan, Max von Brandt – ausgezeichneter Mann –, und als Legationssekretär Herr von Radowitz.«
»Den kennen wir doch«, flüsterte Emilie ihrem Mann zu.
Fontane nickte bloß.
Aschinger hatte die Augen weit aufgerissen. Sie füllten sich sofort mit Tränen.
»Von Radowitz?«, vergewisserte er sich. »*Der* Radowitz?«
»Allerdings«, bestätigte der Geheimrat. »Seine Exzellenz, der Geheime Legationsrat Joseph von Radowitz, dessen viel zu früh verstorbener Vater im Herbst 1850 für vier oder fünf Wochen preußischer Außenminister gewesen ist; und er selbst wurde, wie Sie sicher wissen, im vergangenen Okto-

ber als Staatssekretär des Auswärtigen Amtes gehandelt, also als der zweite Mann nach dem Fürsten.«

»Donnerwetter!«, entfuhr es Aschinger.

Claire hatte einen großen Auftritt, denn Aschingers Ausruf konnte sie durchaus auf sich beziehen: Sie war gerade mit einem Bronzetablett in den Salon gehuscht. Auf dem Tablett türmten sich die Kanapees, belegt mit Lachs, Roastbeef und Kaviar. Während sie das Servierbrett absetzte, sagte niemand ein Wort. Claire bedachte den Kommissar mit einem koketten Augenaufschlag, dann verließ sie den Salon. Von Wangenheim sprang auf und ordnete die Portiere, die mehr war als bloßes Dekor – sie hielt auch die Wärme im Zimmer und schützte vor Lauschern.

Aschinger beugte sich zur Freifrau vor.

»Und Ihr Verwandter frequentierte diese höchsten Kreise?«, wollte er wissen.

»Ich kann mir nicht vorstellen, dass man ihn bei den Radowitz' als Gast empfangen hat«, antwortete der Geheimrat statt seiner Frau. »Höchstens als Bittsteller. Er war bei der zweiten Chinamission als Geologe dabei, wie auch schon die Gesandtschaft des Grafen Eulenburg von einem solchen begleitet wurde. Ich vermute dahinter mehr als reines Forschungsinteresse. Schauen Sie sich doch um in Berlin. Immer mehr Schlote touchieren seit Jahren den Himmel. Das Gewerbe hungert nach Rohstoffen.«

»Verstehe.« Aschinger zerknüllte sein Taschentuch. »China also. Dahin kriegen mich keine zehn Pferde.«

»Nun ja«, meinte von Wangenheim, »der Ritt ist wohl auch beschwerlich und braucht Monate. Aber wie wäre es mit einem Steamer?«

»Nein, auch nicht mit dem Dampfschiff.« Aschinger machte eine entschiedene Handbewegung, fast wie ein Strich in der Luft. »Wann kehrte der Rittmeister denn aus Shanghai zurück?«

»Weil die Chinesen immer neue Schwierigkeiten erfanden, zog sich die Ratifizierung der Urkunden endlos hin; außerdem war man zeitweise in Japan, zum gleichen Zwecke. Auch der dortige Aufenthalt wurde zur Geduldsprobe. Der Asiat ist nicht nur verschlagen, er liebt nicht nur das Zeremoniell, er hat auch ein enormes Talent, die Dinge in die Länge zu ziehen. Irgendwann Anfang des Jahres 65 war die Delegation dann aber endlich wieder in Deutschland – mit den unterzeichneten Handelskontrakten.«

»Und der Herr von Stepanitz kam dann zu Ihnen, um Ihnen zu berichten?«

Marie von Wangenheim schüttelte den Kopf.

»Wir haben ihn seit seiner Abreise nicht wiedergesehen. Weil es die Höflichkeit erfordert, hat er sich von uns verabschiedet, also damals, im Sommer 62, und seitdem haben wir nur von Dritten über ihn erfahren. Er kam nicht mehr zu uns.«

»Er war seit 1862 nicht mehr zu Gast bei Ihnen?«

»Ja.«

»Aber vor drei Wochen sandte er Ihnen ein Billett, berichtete mir mein Mitarbeiter? Nach beinahe zwölf Jahren des Schweigens?«

»Ja.« Marie von Wangenheim fuhr sich über die Augen. »Sie können sich meine Überraschung vorstellen.«

»Allerdings. Was stand denn in dem Schreiben?«

»Un instant, Commissaire!« Sie nestelte einen gefalteten Briefbogen aus dem Ärmel ihres Kleids und schlug ihn auf. »Meine teure gnädige Frau«, las sie vor, »es ist an der Zeit, dass ich mir erlaube, mich bei Ihnen, meiner lieben Verwandten, wieder in Erinnerung zu bringen. Jahre harter Arbeit haben mich davon abgehalten, meiner Pflicht Genüge zu tun und Sie sowie Ihren hoch geschätzten Gatten aufzusuchen. Ich bitte, dieses an und für sich unentschuldbare Verhalten freundlichst zu verzeihen. Um diese meine Schuld abzutragen, bitte ich um Audienz.«

Aschinger drehte den Kopf zum Kamin und putzte sich die Nase, wobei er nur ein leises Schnauben hören ließ.
»Harte Arbeit beim Königlich Preußischen Statistischen Bureau?«, fragte er, nachdem er seine Aufmerksamkeit wieder der Hausherrin zugewandt hatte. »Hatte er denn dort eine bedeutende Position inne?«
»Das weiß ich nicht. Ich gebe zu, dass ich von der Existenz dieses Bureaus erst durch ihn erfahren habe.«
»Ich kann mich erkundigen«, sagte der Geheimrat. »Aber ich glaube nicht, dass seine Stellung über die Mitte der Karriereleiter hinausging.«
»Sie meinen, er war ein mittlerer Beamter, so wie ich?«
»Wenn Sie erlauben.«
»Da gibt es nicht viel zu erlauben, Exzellenz, ich *bin* es.«
Aschinger steckte das Taschentuch in sein Jaquette, betrachtete die Kanapees, zuckte mit den Schultern und stand auf.
»Gnädige Frau, gnädiger Herr!« Er machte einen Diener.
»Ich denke, Sie bedürfen nun der Ruhe. Meine wichtigsten Fragen haben Sie dankenswerterweise beantwortet. Ich fürchte zwar, dass ich Ihnen einen weiteren Besuch meinerseits nicht werde ersparen können, aber für heute soll es genug sein.«
»Aber nun essen Sie doch etwas, Kommissar«, forderte Marie von Wangenheim ihn auf.
»Bedaure«, sagte Aschinger. »Diese Köstlichkeiten sehen verführerisch aus, aber ich fühle mich außerstande, auch nur einen Bissen hinunterzubringen. Diese fatale Influenza!«
»Dann wünschen wir Ihnen gute Besserung«, sagte der Rat.
Auch Fontane und Emilie rüsteten zum Aufbruch. Doktor Hammerschmidt erhob sich ebenfalls. Karl Hermann von Wangenheim begleitete sie zur Tür. Claire eilte herbei und half ihnen in die Mäntel.
»Nun denn«, sagte Wangenheim zum Kommissar, »viel Erfolg!«

»Merci beaucoup«, erwiderte Aschinger. Man trat in das Treppenhaus, und die Tür wurde geschlossen.
Auch der Doktor nahm seinen Abschied. Er stieg die Stufen hinauf, Fontane, Emilie und Aschinger stiegen sie hinunter. Der Kommissar hatte schon wieder sein Schnupftuch in der Hand und röchelte hinein.
Auf der Straße hatte sich nichts verändert. Es schneite mit unverminderter Heftigkeit, sodass man das Trottoir kaum noch vom Fahrdamm unterscheiden konnte. Die Gaslaternen trugen hohe Mützen aus Schnee. Diejenige, unter welcher der Tote gelegen hatte, war immer noch ohne Licht.
»Wo bekomme ich eine Droschke?«, erkundigte sich Aschinger und schlug den Pelzkragen hoch.
»Am Landwehrkanal ist ein Halteplatz«, sagte Fontane. »Aber um diese Zeit und bei diesem Wetter ...?« Er hob die Schultern.
»Sie sehen so elegant aus«, meinte Emilie, während sich die drei in Bewegung setzten. Aschinger musste grinsen.
»Eleganter, als die Börse eines Kriminalkommissars vermuten lässt?«, fragte er.
»Das wollte ich nicht sagen ...«
»Aber Sie haben doch recht. Mein Hausbesitzer, der natürlich im ersten Stock des Vorderhauses wohnt, während ich eher auf Dienstbotenniveau hause, mein Hausbesitzer also hat ungefähr dieselbe Statur wie ich. Als mir der Bote vom Präsidium die Nachricht brachte und etwas von Freiherren und Regierungsräten erwähnte, dachte ich, dass ich mir angemessene Kleidung beschaffen müsse. Der Mantel ist nur geborgt. Ich könnte mich indes an ihn gewöhnen.« Aschinger strich sacht über den Pelz.
»Halt! Warten Sie!«, rief jemand in ihrem Rücken. Sie blieben auf der Stelle stehen und wandten sich um. Doktor Hammerschmidt hatte gerade das Haus verlassen. Seinen Wollmantel nachlässig über die Schultern geworfen, lief er

auf sie zu. Der noch nicht verharschte, pulvrige Schnee stiebte nach allen Seiten. »Sie haben etwas vergessen«, rief er und streckte beide Arme nach Aschinger aus. In den Händen hielt er die Medizinflakons.

»Wie fürsorglich«, sagte Aschinger und verzog das Gesicht. Er nahm die Flaschen entgegen, unsicher, wo er mit ihnen verbleiben sollte.

»Und Sie, mein lieber Fontane«, sagte der Doktor, der ein wenig außer Atem geraten war, »Sie erinnern mich daran, dass ich Ihnen bei der nächsten Gesellschaft die Geschichte der Frauen von Morzine zu Ende erzähle. Brrr, kalt! Bonne nuit, messieurs, madame!« Mit diesen Worten drehte er sich um und hastete zurück.

»Ist das die Geschichte, die wir schon kennen?«, fragte Emilie.

»Die wir schon ein halbes Dutzend Mal über uns ergehen lassen mussten«, bestätigte Fontane. Die tief hängenden dunklen Wolken drohten mit ewigem Schnee.

»Auf ein Wort, mein lieber Freund«, sagte Aschinger. Sie hatten den Weg fortgesetzt und den Landwehrkanal erreicht. Im Lichtkegel einer Laterne standen tatsächlich zwei Droschken und neben ihnen die beiden Kutscher, die sich die Arme um den Leib schlugen. »Ich habe während meines Gesprächs mit der Freifrau und ihrem Gatten bemerkt, wie interessiert Sie zugehört haben. Der Casus fasziniert Sie, nicht wahr?«

»Sie meinen wegen der chinesischen Implikationen?«

»Wenn es sie überhaupt gibt. Womöglich ist China nur eine Arabeske.« Aschinger winkte den Kutschern. Der Größere der beiden stieg sofort auf den Bock. »Ich repetiere nochmals eindringlich, mon cher, intervenieren Sie nicht in meine Obliegenheiten. Bei aller Freundschaft, ich möchte nicht, dass sich unsere Wege kreuzen. Oder nur«, er tippte sich, die Augen nun auf Emilie gerichtet, an den Zylinder, »beim

Kalbsbraten. Und nun halte ich es mit dem Doktor: Bonne nuit, monsieur, madame!« Mit einer weit ausholenden Bewegung schleuderte er die Arzneiflaschen in den Kanal. »Ich lasse mich doch nicht vergiften«, brummte er, überquerte mit großen Schritten die Straße, gab dem Chauffeur seine Anweisungen und sprang in den Wagen. Der setzte sich augenblicklich in Bewegung.

Ein lauter Trompetenstoß war Aschingers letzter Gruß.

»Wir laden ihn aber erst ein, wenn er wieder gesund ist«, sagte Emilie.

Zweites Kapitel

23. Februar 1874

Da er erst nach Mitternacht nach Hause zurückgekehrt war, hatte Fontane bis in den späten Vormittag hinein geschlafen. Aber von tiefem und erholsamem Schlaf konnte keine Rede sein: Immer wieder war er aufgewacht und hatte Stunden grübelnd verbracht. Der Anblick des toten Rittmeisters, der einsam im Schnee unter der blakenden Laterne lag, wollte nicht weichen, und alle Versuche, sich etwas Schönes vorzustellen, waren fehlgeschlagen. Er hatte sich an die Sommerfrische des Vorjahres erinnert, an die Thüringenreise mit Emilie, an seinen Aufenthalt in London, aber die Bilder, die er heraufbeschwor, wurden immer wieder von dem Bild des Toten beiseitegeschoben. Dabei hatte er den Mann kaum gekannt. Vor vierzehn, fünfzehn Jahren, als Johann Friedrich von Stepanitz noch gelegentlich die Wangenheims aufgesucht hatte, war er ihm zwar hin und wieder begegnet, aber er konnte sich nicht darauf besinnen, wie der damalige Student ausgesehen und ob sie je ein Wort gewechselt hatten. Das Zusammentreffen mit Stepanitz hatte keine Spuren in seinem Gedächtnis hinterlassen.

Nach dem Aufstehen und einer Katzenwäsche war er ins Berliner Zimmer gegangen, wo er Emilie über ihren Wirtschaftsbüchern vorfand. Die formlos herabhängende Hose, die er trug, bei der er stets nur den oberen Knopf schloss, die Filzschuhe und der Überzieher mit dem mausrigen Samtkragen erregten immer wieder Emilies Unwillen, aber er

fühlte sich wohl in dieser nachlässigen Kleidung, die ihn bei der Arbeit nicht beengte.
»Guten Morgen, meine Liebe«, grüßte er. Sofort packte ihn Entsetzen: Seine Stimme klang rau wie ein Reibeisen. Angestrengt schluckte er. Und tatsächlich, nach einer Weile verspürte er das gefürchtete Kratzen im Hals.
Emilie blickte ihn mit einem Ausdruck von Sorge und Mitleid an.
»O Gott, Théodore, du sprichst wie nach einer ausgiebigen Zecherei. Von den beiden Gläsern Champagner, die du gestern Abend getrunken hast, kann das aber nicht kommen.«
Sie wandte den Kopf nach der Küchentür. »Luise!«, rief sie. Wenige Lidschläge später wurde die Tür geöffnet, und eine wahrhafte Matrone erschien im Rahmen. Am auffallendsten an ihr war das weit herausragende Hinterteil, um dessentwillen die aus der Neumark stammende neue Haushaltshilfe im Familienkreise Ente genannt wurde.
»Madame?«, fragte sie.
»Bereite Herrn Fontane eine heiße Milch mit Honig«, ordnete Emilie an.
Fontane spürte sofort einen Würgereiz. Er setzte sich an den Tisch.
»Ein Kaffee wäre mir lieber«, sagte er.
»Aber Kaffee affiziert den Hals«, meinte Emilie.
»Trotzdem. Luise, bitte eine Tasse Kaffee! Heiße Milch auf nüchternen Magen bringt mich um.«
»Und Kaffee auf nüchternen Magen? Théodore, lernst du denn nie aus deinen Fehlern? Beim letzten Mal war dir den ganzen Tag übel.«
»Du musst dir keine Sorgen machen.« Fontane griff nach der *Vossischen Zeitung*, die seine Frau für ihn bereitgelegt hatte. »Ich habe nur schlecht geschlafen. Und wenn ich schlecht schlafe, habe ich morgens immer eine raue Stimme.«

»Ich habe auch kein Auge zugetan«, räumte sie ein. »Der Abend endete einfach zu schrecklich. Die ganze Nacht habe ich diesen armen Mann vor mir gesehen.«
Fontane nickte und überflog desinteressiert die erste Seite der Zeitung. Wie immer eröffnete das Blatt mit den Namen mehr oder minder verdienstvoller Männer, die Seine Majestät huldvoll zu befördern oder mit Orden zu behängen geruht hatten. Fontanes Name war noch nie in dieser Liste erschienen und würde es wohl auch nie, denn wozu sollte man einen Schriftsteller befördern? Gustav Freytag allerdings war Hofrat geworden, wenn auch nur beim Herzog von Sachsen-Coburg und Gotha. Wenn er mit einer Dotation verbunden wäre, würde Fontane nicht einmal den Hofrat des Fürstentums Mikrobien ablehnen.
Als könne sie seine Gedanken lesen, tippte Emilie auf das Wirtschaftsbuch, in das sie gerade sorgfältig alle Ausgaben der letzten Woche eingetragen hatte.
»Es steht schlecht, Théodore«, sagte sie.
»So steht's doch immer«, erwiderte er und schaute der Ente entgegen, die mit dem Kaffee angewatschelt kam.
»Erinnere dich der Worte des Commerzienrates Schürmann.« Emilie warf einen mehr als kritischen Blick auf den Becher. »Bei schiefer Finanzlage soll man die Einnahmen erhöhen oder die Ausgaben vermindern. Oder besser noch: Man tut beides.«
»Er scheint sich an seine Ratschläge selbst nicht gehalten zu haben.« Fontane beugte sich vor und sog den Kaffeeduft ein. »Seine Bank, die Hauscredit, ist seit November pleite.«
»Die Bank ist pleite. Der Mann selbst nicht.«
»Und, was gedenkst du zu tun? Brot und Wasser statt Sonntagsbraten?«
»Ich könnte unsere alte Idee aufgreifen und ein Zimmer vermieten«, erwiderte Emilie und schlug das Wirtschaftsbuch zu. Die Idee, eine Pension einzurichten, war tatsächlich alt.

Sie kam immer wieder aufs Tapet und wurde ebenso oft verworfen. Die Wohnung war bereits für eine fünfköpfige Familie gerade ausreichend, zumal sie die Kammer dem Dienstmädchen zur Verfügung stellen mussten.
Na ja, Mädchen, dachte Fontane, der Luise hinterhersah. Er nahm einen Schluck von dem Kaffee, der seinen empfindlichen Hals wärmte, in dem es überhaupt nicht mehr kratzte. Bevor er seiner Frau erwidern konnte, schellte jemand an der Wohnungstür.
Emilie hob die Brauen. Die Ente kam aus der Küche, rückte die Schürze zurecht und durchquerte das Zimmer. Wenig später hörte man sie die Tür öffnen.
Wie ein mittelalterlicher König oder Kaiser wurde der Gast durch Posaunen angekündigt, nur blies er sie selbst. Fontane und Emilie wechselten rasch einen Blick. Allein der Gedanke an Aschingers schwere Grippe ließ Fontanes Hals wieder schmerzen.
»Pardon«, hörte er den Kommissar sagen.
»Sehr zum Wohl«, sagte die Ente. Fontane stand auf. Er schloss die Hose vollständig und knöpfte auch den Überrock zu, bevor er Aschinger entgegenging. Emilie verstaute die Wirtschaftsbücher in der Anrichte.
»Bonjour, mon cher«, grüßte der Kommissar. Er streifte die Handschuhe ab und reichte sie Luise. Unter seinem rechten Arm klemmte eine Ledermappe.
»Das nenne ich eine Surprise«, erwiderte Fontane. »Wollen Sie mit uns frühstücken?«
»Ohne Einladung? Lieber Fontane, das wäre impertinent. Außerdem verzehrte ich eine Art Frühstück schon vor Stunden.«
»Eine Art?«, fragte Fontane.
»Drei Tassen Kaffee, mit dem man Tote hätte wecken können, aber keinen Kranken. Dazu etwas Zwieback. Ich kam mir vor wie am Morgen vor einer Schlacht.«

Luise verließ das Entree, Aschinger schaute ihr hinterher.
»Neues Dienstmädchen?«, wollte er wissen.
»Seit Ende letzten Jahres. Bitte einzutreten.« Fontane deutete zum Alkoven, der Entree und Berliner Zimmer verband. Aschinger ging voraus.
»Die liebe Frau Fontane!«, rief er, kaum dass er den Fuß über die Schwelle des Wohnzimmers gesetzt hatte. »Sie sehen entzückend aus.«
»Das sagen Sie immer«, sagte Emilie, lächelte aber geschmeichelt.
»Entzückend sage ich nur zu entzückenden Damen. Ein Kriminalist liebt die Wahrheit.«
»Ja, bei den Verbrechern. Luise, bereite noch einen Kaffee! Und kredenze dem Kommissar ein Stück von der Schwarzwälder Kirsch.«
»Sie haben gebacken?« Aschingers bernsteinfarbene Augen leuchteten. Ihr fiebriger Glanz sowie die vielen geplatzten Äderchen verliehen ihm eine gewisse monströse Note.
»Mit viel Sahne«, sagte Emilie und nahm Platz. Auch Aschinger und Fontane setzten sich.
»Medias in res.« Der Kommissar legte seine Mappe auf den Tisch. »Der Anlass meines Kommens ist ein dienstlicher. Besser gesagt, er ist halb offizieller Natur.« Er löste die Schließen und zog einen Stapel Briefe aus der Tasche, die mit einem roten Seidenband verschnürt waren. Sie verbreiteten den Geruch eines schweren Parfüms. »Es geht um beschriebenes Papier, und das ist doch etwas für einen Schriftsteller.«
Fontane fühlte sich düpiert, obwohl er sicher war, dass dies nicht in Aschingers Absicht gelegen hatte.
»Ein Schriftsteller tut etwas mehr, als Papier zu bekritzeln«, sagte er.
Luise brachte den Kaffee und ein großes Stück Torte. Aschinger nickte ihr flüchtig zu.

»Von Kritzeleien kann nicht im Mindesten die Rede sein. Was ich vor mir liegen habe, sind, wie unschwer zu erkennen, Korrespondenzen. Exactement Liebesbriefe. Vom Inhalt eher künstlich als kunstvoll, doch von der Form …« Er hob den rechten Zeigefinger. Urplötzlich straffte er den Rücken. Seine Augen traten aus den Höhlen, er atmete ein paarmal angestrengt und schniefte; offenbar rang er mit einem Niesanfall. Sowohl Emilie als auch Fontane rückten unwillkürlich ein Stück von ihm ab. Der Anfall blieb jedoch aus. »Wir haben dieses wohlverschnürte Bündel im Sekretär des von uns Gegangenen gefunden; in einem Geheimfach. Aber Sie wissen ja, die Geheimfächer entdeckt man immer zuerst – und der Schließmechanismus war für Wittlich mit seinen schmalen Fingern kein Problem.« Aschinger löste das Band und reichte einen Brief an Fontane. Der Parfümgeruch wurde nachgerade nasenbetäubend.

»Bevor Sie lesen, eine kleine Anmerkung zu der Wohnung des gewesenen Rittmeisters«, setzte er seinen Bericht fort. »Ich habe Räder heute Morgen zu dem hoch geschätzten Preußischen Statistischen Bureau geschickt.« Er zog die Nase kraus, diesmal aber nicht, um ein Prusten abzuwehren. »Man kann Stepanitz' Position vielleicht so beschreiben: Von den unteren Beamten war er ein oberer oder von den mittleren ein unterer. Zwei Kanzleisekretäre gehorchten seinen Befehlen sowie ein abgebrochener Student der Kameralistik, der immerhin über die Fähigkeit verfügt, Zahlen zu addieren. Sie behaupteten allesamt, Stepanitz habe darauf gelauert, innerhalb der nächsten Tage, Wochen, Monate befördert zu werden, zum Kanzleirat. Das hätte ihm sicher die eine und andere Mark mehr eingebracht, aber auch dann hätte er sich eine Wohnung nicht leisten können, wie er sie innegehabt.«

»Wie wohnte er denn?«, erkundigte sich Emilie, die sich sehr für die Interieurs menschlicher Behausungen interessierte.

»Zuerst einmal: *Wo* wohnte er? Am Kronprinzenufer, meine Liebe.«
Emilie sah zu ihrem Mann. »Da gehst du doch so gern spazieren, Théodore.«
»Wenn man sie sich auch nicht leisten kann«, sagte Fontane, »muss man die Wohnquartiers der vornehmen Welt doch kennen.«
»Für Romane?«, fragte Aschinger.
»Auch.«
»Wohnquartiers der vornehmen Welt, das haben Sie gut gesagt. Unser Mann, der noch nicht einmal Kanzleirat war, obwohl man doch mit solchen Titeln nur so um sich wirft, lebte also inmitten dieser Welt. Und das sehr kommod. Er hatte sich in der Beletage eingemietet, nannte fünf Zimmer sein Eigen. Versailles oder Sanssouci wurden nur für einen einzigen Mann erbaut, aber das war immerhin ein König. Auch Stepanitz residierte quasi königlich, wenn man seine Verhältnisse bedenkt. Er lebte offenbar auf sehr großem Fuß.«
»Vielleicht erhielt er eine Zuwendung aus den Erträgen des elterlichen Zuckerrübengutes«, gab Fontane zu bedenken.
»Das wäre eine Erklärung«, stimmte Aschinger zu. »Wir haben in dem Geheimfach aber noch etwas anderes entdeckt: Schuldscheine und längst fällige Wechsel. Glauben Sie mir, neben dieser Kollektion von Promessen war seine Liebesbriefsammlung schmal.«
»Er lebte also auf Pump«, stellte Fontane fest.
Aschinger nickte. »Wie es aussieht, ja. Aber diese Art von Einkommen gehört bekanntlich zum Adel wie das Wappen und die Arroganz.«
»Jetzt haben Sie endgültig meine Neugierde entfacht«, sagte Fontane und begann, den Brief aufzufalten. Das feine Papier fühlte sich seltsam an. »Was ist denn das für ein Material?«
»Das haben wir uns auch gefragt. Und da ich weiß, dass die

Politische Abteilung hin und wieder Briefe konfisziert, oftmals sogar heimlich, habe ich das Bündel zu Völker getragen. Nicht er, aber einer seiner Untergebenen hat es sofort erkannt. Es ist Reispapier.«
»Was ist das?«
»Papier, das aus Reis hergestellt wird. Man verwendet es in Ostasien.«
»China!«, rief Fontane. »Die diplomatische Mission!«
Aschinger nickte. Er trank einen Schluck Kaffee, ignorierte jedoch die Torte.
Aber nicht nur das Papier war ungewöhnlich, sondern auch die Schrift der Verfasserin; dass es sich um eine Frau handeln musste, war kaum zu bezweifeln. Offenbar war der Text nicht mit einer gewöhnlichen, sondern mit einer Zeichenfeder zu Papier gebracht und die schwarze Tinte weder mit Löschpapier oder mit Löschsand, sondern mit Goldstaub getrocknet worden.
»Da hat jemand eine nahezu unendliche Mühe aufgebracht, um seine Bekenntnisse loszuwerden«, sagte Fontane. »Das muss doch Stunden gedauert haben ...«
»Vielleicht war die betreffende Person versiert«, meinte Aschinger.
»Außerdem führte die Liebe ihre Feder«, warf Emilie ein. »Lies doch einmal vor!«, drängte sie ihren Mann.
Fontane runzelte die Stirn.
»Gar nicht so einfach«, murmelte er. »Mein liebster Amor«, entzifferte er die erste Zeile, »mein Herz gerät noch immer ... Ich weiß nicht recht. In Wallung? Vielleicht ... Mein Herz gerät noch immer in Wallung, wenn ich an unsere letzte Begegnung denke. O mein Gebieter, Du schönster Mensch unter der Sonne, die ... die sich neidvoll verdunkelt, wenn Du Deinen festen Schritt unter ihr ... Das nächste Wort ist unleserlich. Weiter: Ich bedarf Deiner so sehr, und jeden Morgen erwache ich mit Sehnsucht nach Dir – nach Deiner Stimme,

Deinem zärtlichen Blick, Deinen sanften Händen. Lass mich nicht warten, mein Cupido! Gib mir Nachricht auf dem bekannten Wege. Ich verzehre mich nach Dir, teuerster Geliebter. Du bist mein Glück. Du bist meine erste, meine einzige, meine ewige Liebe. Ich bete, flehe: Wann? Wann? Wann? O erhöre mich, Du mein ... Apoll, glaube ich. Herrje, Winckelmann dreht sich im Grabe um angesichts dieser Antikenfledderei!«

»Also, ich finde es poetisch«, sagte Emilie und schickte einen versonnenen Blick zum Fenster. Oder durch das Fenster zum grauen Himmel. Schneeflocken tanzten durch die Luft.

»Ja, mit den Alten hat sie es«, sagte Aschinger. »Außer Amor, Cupido und Apoll nennt sie Stepanitz auch Dionysos oder Bacchus – und sich selbst Venus, Diana oder Ariadne.«

»Bacchus, Ariadne.« Fontane fuhr sich nachdenklich über das Kinn. »Ariadne wurde von Theseus, den sie aus dem Labyrinth ihres Vaters befreit hatte, auf Naxos zurückgelassen. Er hat also ihre Liebe verschmäht, wofür sie jedoch durch Bacchus entschädigt wurde: mit seiner Liebe. Ich überlege ...«

»Überlegen Sie, ja!« Aschinger zwinkerte Emilie zu. »Ich wusste, dass es richtig ist, einen Schriftsteller zu konsultieren.«

»Ein Konversationslexikon hätte es auch getan«, wehrte Fontane ab.

»Ein Lexikon hat keine Phantasie«, sagte Aschinger. »Also, zu welchem Resultat sind Ihre Gedanken gediehen?«

»Wir könnten es mit einer Frau zu tun haben, die von ihrem Gatten verlassen wurde.«

»Das denke ich auch.« Der Kommissar rieb sich die Hände. »Eine Frau von Stand?«

»Vermutlich. Nach der Beschreibung, die Sie uns von Stepanitz' Wohnung gegeben haben, und nach dem blumigen Stil

des Briefes zu urteilen ... So schreibt nur eine Dame, die viel Zeit hat.«
»É molto interessante!«, sagte Aschinger, in dessen Familienhistorie sich ein neapolitanischer Großvater versteckte. »Eine vereinsamte, sitzen gelassene – pardon, Madame Fontane! – eine Frau also ...«
»Das bedeutet«, fragte Emilie, *»cherchez la femme?«*
»Wir werden natürlich versuchen, diese Frau zu finden.« Aschinger nahm Fontane den Brief aus der Hand, faltete ihn zusammen und legte ihn zurück auf das Bündel. Dann begann er, es wieder zu verschnüren. »Allerdings muss ich sagen, dass dieses *Cherchez la femme* doch ein gewaltiges Cliché ist. Es gehört eher in einen Roman als in die wirkliche Welt, ob sie nun vornehm ist oder nicht.«
»Aber nach dem, was Théodore vorgelesen hat, befinden wir uns doch mitten in einem Liebesroman«, protestierte Emilie.
»Glaub ich nicht.« Aschinger schob die Briefe zurück in seine Ledermappe. »Ich halte mich erst einmal an die Gläubiger, denn wie es aussieht, hat der Rittmeister außer Dienst seine Schulden nicht oder nur selten beglichen. Kann es da nicht sein, dass einer der Herren, die schon seit Jahren auf ihr Geld warten und es jetzt, in Zeiten der Crisis, dringend brauchen, unserem statistischen Zuckerrübengutbesitzersohn aufgelauert und ihn zur Rede gestellt hat? Ein Wort gibt das andere, die Wut kocht über, und dann? Das Messer gezückt – und exitus!«
»Lieber Herr Aschinger.« Emilie beugte sich ein wenig vor, aber als ihr die Influenza des Kommissars einfiel, zuckte sie zurück. »Was sind denn das für Herren?«
»Namen darf ich Ihnen nicht nennen.«
»Aber doch sicher keine gemeinen Wegelagerer, meinen Sie nicht?«
»Eher nicht.«

»Und Sie können sich vorstellen, dass einer dieser Männer ein Messer bei sich trägt? Das würde ja bedeuten, dass er schon mit Mordabsichten ausgegangen ist.«
»Weiß ich's?« Kriminalkommissar Aschinger verschloss die Mappe und erhob sich. »Es würde Sie überraschen, wenn Sie wüssten, wer alles einen Dolch im Gewande verbirgt, wenn er sich in der Dunkelheit auf die Straße wagt.«
»Haben Sie das Messer gefunden?«, fragte Fontane.
»Leider nicht. Räder und ein paar Schutzleute haben bei besserem Licht noch einmal im Schnee gewühlt, aber die Waffe kam nicht zum Vorschein.« Aschinger klemmte die Mappe unter den Arm. »Um auf die Briefe zurückzukommen: Sie sind alle in diesem lyrischen Ton und in dieser Schrift abgefasst, und aus keinem von ihnen geht hervor, wie Absender und Empfänger wirklich heißen.«
»Und die Enveloppes?«
»Wir haben noch nicht in jeden Winkel der Wohnung geschaut, aber bisher fanden sich keine.«
»Also wollte man die Namen verschleiern?«
»Möglich.« Aschinger hob die Schultern und ließ sie wieder fallen. »Ist noch eine letzte Frage gestattet?«
Fontane machte eine großmütige Geste. »Bitte.«
»Wie würden Sie diese Schrift bezeichnen?«
»Als Kalligraphie. Das bedeutet mehr als Schönschrift. Es ist eine Kunst.«
»Sie verkehren doch in der Gesellschaft … Pflegen die Damen diese Kunst?«
»Als im vorigen Jahrhundert die Chinoiserien Mode wurden, hat sich gewiss die eine oder andere Dame bei Hofe darin versucht«, antwortete Fontane. »Also in Frankreich, England und auch bei uns. Von den wenigen Damen aus den höheren Kreisen, die ich kenne – mein Umgang beschränkt sich auf die Freifrau von Wangenheim und ihre Gäste –, ist mir solches nicht bekannt.«

»Tun Sie mir den Gefallen und hören Sie sich um«, bat Aschinger, bevor er sich zum Alkoven wandte. »Vielleicht kennt man in Ihrer weiblichen Bekanntschaft eine Kalligraphin.«
»Heißt das, Sie wollen, dass ich Ihnen helfe?«
»Den Teufel will ich das«, sagte Aschinger und lachte; sofort kam ihn ein qualvoller Husten an. Er musste sich in ein Fauteuil werfen und brachte nur mit Mühe die Konvulsionen seines Körpers unter Kontrolle.
Emilie eilte erschrocken in die Küche. Fontane war etliche Schritte zurückgewichen und lehnte sich an den wohlig warmen Kachelofen.
Schweißperlen hatten sich auf Aschingers Stirn gebildet, die er mit seinem Taschentuch fortwischte. Emilie kehrte zurück und reichte ihm ein Glas. Es war unverkennbar, was es enthielt: heiße Milch mit Honig.
Aschinger leerte es brav. Fontane schaute auf seine Zehenspitzen.

Drittes Kapitel

25. Februar 1874

In der Nacht waren die Temperaturen weit unter den Nullpunkt gesunken. Fontane hatte bis in die frühen Morgenstunden an seinem Roman *Allerlei Glück* gearbeitet, der ein Sittengemälde der Siebzigerjahre werden sollte, und zwei- oder dreimal war er aufgestanden, um frische Luft einzulassen. Bevor er ziemlich rasch das Fenster wieder schloss, hatte er einen Blick auf das Thermometer geworfen. Um zwei hatte es minus zwölf Grad Réaumur angezeigt.

Er schlug den Kragen seines Mantels hoch, als er das Haus zu einem Spaziergang verließ. Gegen Mittag war er aufgestanden. Er hatte seinen Morgenkaffee getrunken, er hatte in der Zeitung geblättert und dabei nicht etwa an seinen Roman gedacht, der nur mühsam Gestalt annahm, sondern wieder an den Rittmeister von Stepanitz. Vor allem die Liebesbriefe gingen ihm nicht aus dem Sinn. Wenn eine Frau so kunstvolle Briefe verfasste, die sie viel Schweiß kosteten, musste sie sehr verliebt sein. Oder sie langweilte sich.

Fontane schlug den Weg zum Landwehrkanal ein. Auf Emilies ausdrücklichen Wunsch hatte er zwei Schals umgeschlungen, einen grauen und einen mit Schottenkaros gemusterten. Er trug einen weichen Filzhut mit breiter Krempe, der sein Gesicht zumindest halbwegs schützte, einen bis zu den Knöcheln reichenden, schon etwas abgetragenen Mantel sowie Lederstiefel mit gerundeten Spitzen. Der gefrorene Schnee unter seinen Füßen knirschte und krachte.

Auf dem Kanal schwammen ein paar Eisschollen, auf denen es sich Stockenten bequem gemacht hatten. Kurz nach halb eins waren es laut Thermometer immer noch minus acht Grad gewesen, und Fontane fröstelte. Die Enten taten ihm leid. Er wusste natürlich, dass ihr Gefieder sie gegen die Kälte schützte, aber trotzdem hätte er sie am liebsten mitgenommen und daheim vor den warmen Ofen gesetzt.
Er ging am Südufer des Kanals entlang und schritt weit aus, wie es seine Art beim Wandern war, ganz gleich, ob er die Stadt oder das Land durchquerte. Auf den Gehstock hatte er verzichtet, weil er befürchtete, er würde in der Schneedecke stecken bleiben; nicht überall kamen die Hauswarte oder Hauswartsfrauen ihrer Pflicht nach, die Gehsteige zu räumen.
Als schneller Spaziergänger brauchte er nicht lange, um das Kronprinzenufer mit seinen herrschaftlichen Häusern zu erreichen. Hier hatte man mit Stuck, kannelierten Säulen, ionischen und korinthischen Kapitellen, Atlanten, Karyatiden und Dachfriesen nicht gegeizt, und die Architekten – manchmal einfache Maurermeister – hatten die ganze falsch verstandene Antike an die Fassaden geleimt.
»Stille Größe und edle Einfalt«, murmelte Fontane vor sich hin. »Ich vermag nur Einfalt zu erkennen.«
Wenn er an die Antike dachte, fielen ihm sofort Amor, Apoll und Bacchus ein, auch Ariadne und ihr Faden. Die unbekannte Briefschreiberin hatte ihrem Liebsten bemerkenswerte Kosenamen verliehen, und er war sich nicht sicher, ob er das nun lächerlich oder erhaben finden sollte.
In einem der Häuser befand sich im Souterrain ein Delikatessengeschäft. Es hieß bezeichnenderweise *Sanssouci Delicatessenhandlung Erwin Kuntze & fils*. Erwin Kuntze und Sanssouci, es war zum Lachen. Fontane beschloss, etwas mehr zu tun, als nur spazieren zu gehen, und diesem Kuntze auf den Zahn zu fühlen. Er betrat den Laden. Eine Türglocke kündigte seinen Besuch an.

Drinnen roch es durchdringend nach vielerlei Gewürzen, die in der Armeleuteküche keine Verwendung fanden – diese Küche kannte nur zwei, nämlich Salz und Pfeffer. In hohen Holzregalen lagerten Weine, den Flaschenboden zum Betrachter, sodass man ihre Etiketten nicht erkennen konnte, aber es gab auch große Fässer, aus denen Wein direkt in ein mitgebrachtes Gefäß gefüllt werden konnte. Fontane entdeckte Döschen mit Kaviar, Gänseleber- und Wildpasteten, allerlei fremdländische Gaumenfreuden und sauer eingelegte Cornichons. Die Weinfässer verbreiteten einen eigenen Geruch, der sich mit den Gewürzaromen zu einer schweren Duftkomposition mischte. Nach spätestens einer halben Stunde, so schätzte Fontane, würde er hier Kopfschmerzen bekommen.

Zwischen den Wein- und den Gewürzregalen wurde eine Portiere zurückgeschlagen, und ein vom Hocken über den Büchern gekrümmter Mann (denn Sorgen konnte er, nahm man den Namen seines Ladens ernst, ja nicht haben) trat in den Verkaufsraum. Er war vollkommen kahlköpfig, ein Manko, das er mit einem exorbitanten Backenbart auszugleichen suchte. Ihm folgte ein schlanker Jüngling, dessen dunkle Haarpracht die polierte Glatze des Älteren konterkarierte, oder, anders ausgedrückt, der Kahlkopf karikierte die schönen Locken. Die Geheimratsecken, gegen die der junge Mann mit Kamm und Pomade ankämpfte, erlaubten einen Blick in die Zukunft.

Beide Männer hatten eine auffallend hoch ansetzende Nase, die bewies, dass der Junge *& fils* war.

»Bonjour, Monsieur.« Der Alte verbeugte sich. »Ça va?«

»Merci, très bien.«

»Bin hocherfreut«, sagte Kuntze *père*, wobei er offen ließ, ob ihn Fontanes Besuch erfreute oder der Umstand, dass es diesem angeblich sehr gut ging. »Womit können wir Euer Gnaden dienen?«

»Ich bin mir nicht sicher«, erwiderte Fontane, »womöglich brauche ich ein Geschenk. Es ist nämlich so, dass ein Verwandter von mir am Kronprinzenufer wohnt.«
»Ah«, machte der Delikatessenhändler bloß. Sein Sohn, der sich im Hintergrund hielt, musterte mit ausdrucksloser Miene Fontanes Mantel, Hut und Schals.
»Vielleicht kennen Sie ihn.« Die Visitation durch Kuntze *fils* war Fontane äußerst unangenehm. »Rittmeister von Stepanitz.«
»Kennen wir ihn?«, fragte der Senior den Jungen. Der hob bloß die Schultern. Der Blick seiner schwarzen Augen, die man in einem Groschenroman wohl als glutäugig bezeichnet hätte, ruhte nach wie vor auf Fontanes Kleidern; sie sahen zweifelsohne nicht nach Kronprinzenufer aus. »Sie kommen aus …?«
»Von Cüstrin«, log Fontane, froh, dass ihm so schnell eine Antwort eingefallen war. »Nicht direkt aus der Stadt, sondern von unserem Gut. Es befindet sich zwischen Cüstrin und Tamsel. Ein Zuckerrübengut.«
Das genügte dem alten Kuntze offenbar nicht als Ausweis, denn seine Miene verdüsterte sich. Fontane trat unwillkürlich einen Schritt zurück. Doch hatte er den Gesichtsausdruck falsch eingeschätzt. Es war keineswegs Misstrauen, sondern Bedauern, das die Wandlung bewirkt hatte.
»Also wissen Sie es noch nicht?«, sagte er. »Der Herr Rittmeister ist … verstorben.«
»Nein!« Pflichtschuldig schlug Fontane die Hand vor den Mund. »Aber er war doch noch nicht in dem Alter …«
»Wie soll ich es Ihnen nur sagen … Ihnen als einem Verwandten … Pierre, wie sage ich es ihm?«
»Sag, wie es ist«, beschied ihm Peter.
»Der Herr von Stepanitz, übrigens ein guter Kunde … ja, also, es ist so … Er wurde ermordet.« Der Rücken des alten Mannes wurde noch etwas runder.

»Ermordet? Ich bitte Sie, treiben sie keine bösen Scherze mit mir.«
»Es ist mir fatal, aber leider ist das kein Scherz. Die Kunden sprechen von nichts anderem.«
»Mein Gott, wie schrecklich!«, rief Fontane aus. »Traf ihn dieser Schicksalsschlag in seiner Wohnung?«
»O nein, auf der Straße. Abends. Man traut sich nach Einbruch der Dunkelheit schon gar nicht mehr aus dem Haus.«
»Sie verzeihen.« Fontane wandte sich ab und tat, als müsse er Tränen unterdrücken. Wenig später drehte er sich wieder zurück. »Wo wohnte er denn? Johann Friedrich?«, fügte er schnell noch hinzu.
»Das wissen Sie nicht?« Die Augen des Seniors wurden schmal.
»Deswegen habe ich Ihr herrliches Lokal ja aufgesucht«, sagte Fontane. »Ich habe seine Visitenkarte beim Umkleiden in meiner Hausjacke stecken lassen. Nun könnte ich mir eine Droschke nehmen und zum Hotel fahren, aber wenn Sie mir behilflich sein würden …«
»Selbstverständlich. Er wohnte in Numero sieben.«
»Verbindlichsten Dank.« Fontane lüftete den Hut.
»Und ein Präsent …?«
»Aber Vater!« Der Jüngling schüttelte den Kopf. »Was soll der Herr denn jetzt noch schenken?«
»Oh, ich vergaß … Manchmal ist der Geschäftssinn stärker als das Mitgefühl. Sie wissen, Euer Gnaden, die Crisis. Auch unsere Kundschaft, die es eigentlich nicht nötig hat, hält das Geld zusammen. Pardon, pardon! Und mein aufrichtiges Beileid.«
Diese Bekundung war alles andere als aufrichtig, doch Fontane nahm sie dankend entgegen. Er verabschiedete sich, ging zur Tür und öffnete sie. Die Glocke bimmelte.
»Für den Fall der Fälle«, rief Kunze *père* ihm hinterher, »ich habe den Preis für den Kaviar gesenkt.«

Die Fassade des Hauses Kronprinzenufer 7 unterschied sich nur in dem einen und anderen Detail von denen seiner Nachbarn; auch hier hatte der Erbauer mit der üblichen Maßlosigkeit die Antike geplündert.

Neben der Haustür stak ein Schild im Schnee: *Elegante Wohnung in der Belletage zu vermieten. Interessenten melden sich bitte beim Verwalter.*

Fontane war ohne große Hoffnung hierher gekommen, tatsächlich Zugang zu den Räumen des Rittmeisters zu finden, aber die mit wenig eleganter Hand geschriebene Annonce (die orthographisch falsche *Belletage* war eine hartnäckige Berliner Eigenart) gab ihm eine Idee ein, die er sofort in die Tat umsetzte. Neben der Tür befand sich eine Emailletafel mit der Aufschrift *Hauswart & Verwaltung* und darüber ein Klingelzug. Ohne zu zögern betätigte Fontane die Glocke.

Es brauchte eine Weile, bis ihm geöffnet wurde. Kurz bevor er ein zweites Mal schellen wollte, schob ein grauhaariger Mann in grauer Joppe und mit Kniebundhosen über abgewetzten Stiefeln die Tür auf. Seine prächtige Nase und die Augen waren gerötet, was Fontane sofort an Aschingers Influenza denken ließ. Eine leichte Weinfahne belehrte ihn jedoch eines Besseren.

Mit geübtem Blick umfing der Graue Fontanes Kleidung und Gestalt und hatte sich augenblicklich ein Urteil gebildet. Offenbar fiel es günstig aus, denn er fragte: »Sie wünschen, mein Herr?«

»Ich befinde mich auf meinem Morgenspaziergang und entdeckte soeben, dass Sie eine Wohnung zu vermieten haben«, antwortete Fontane.

In das Gesicht des Concierge stahl sich ein zuvorkommendes Lächeln: Ein Mann, der seinen Morgenspaziergang am Nachmittag absolvierte, musste jemand sein, der es sich leisten konnte, seine Zeit dem süßen Müßiggang zu widmen.

»Ja, eine sehr schöne Wohnung«, behauptete er. »Der Vormieter war immer ausgesprochen zufrieden.«
»Und was bewog ihn, sie aufzugeben?«
»Ach, eine schreckliche Geschichte.« Der Hauswart schaute sich nach allen Seiten um. »Der Herr fand einen tragischen Tod. Aber nicht in der Wohnung«, beeilte er sich zu versichern.
»So? Tragisch, sagen Sie? Ein Droschkenunfall?«
»Schlimmer«, hauchte der ernst gewordene Mann. »Ein Mord.«
»Um Gottes willen!«, rief Fontane. »Das ist in der Tat …«
»Nicht wahr? So ein feiner Mensch! Aber es trifft eben auch einmal die Falschen. Aber bitte, treten Sie doch ein. Falls Sie der Vorfall nicht abschreckt, der sich allerdings auf der Straße ereignet hat.«
»Nein, nein.« Fontane schüttelte den Kopf. »Ihren Worten entnehme ich, dass mich keine Blutflecke erwarten.«
Das Entree des Hauses war wenn nicht fürstlich, so doch großbürgerlich zu nennen. Pilaster aus künstlichem Marmor reichten hinauf bis zu der hohen, mit Stuckblumen verzierten Decke, und mit vergoldeten Rahmen versehene Spiegel vergrößerten den Vorraum. Die Treppe war breit und mit einem roten Sisalläufer versehen, den Handlauf zierten geschnitzte Mohrenköpfe. Leisten aus poliertem Messing bewahrten den Läufer davor zu verrutschen.
»Mein Name ist Pulvermüller«, stellte sich der Hauswart vor. Er ging voran, die Treppe hinauf zum ersten Stock. Aus der Hosentasche fummelte er ein opulentes Schlüsselbund, und mit schlafwandlerischer Sicherheit griff er einen Schlüssel heraus. »Sie erwägen einen Wohnungswechsel, Herr …?«
»Fontane.«
»Ich habe mir doch gleich gedacht, dass Sie von Familie sind. Meine Frau interessiert sich sehr für alles, was mit der deut-

schen Aristokratie zu tun hat. Sie hat den Adelskalender abonniert, und wenn ich von Ihrem Besuch erzähle, wird sie gleich nach einer Familie Thane schauen.«
Dann bin ich schon fort, dachte Fontane amüsiert. Ohne den Irrtum zu berichtigen.
»Ich suche keine Wohnung für mich und meine Frau, sondern für unseren Sohn«, erklärte er. »Der ist nun flügge geworden und braucht etwas Eigenes.«
»Sie werden diese Wahl nicht bedauern, sofern Sie sich entschließen.« Pulvermüller schloss die Tür auf und öffnete sie. Ein Vorhang, aufgehängt gegen die Zugluft, versperrte ihnen den Weg. »Noch sind die Möbel des bisherigen Mieters da, und die Herren von der Kriminalpolizei haben mich gebeten, mich vorerst nicht weiter um ihren Verbleib zu kümmern. Er war übrigens auch von Adel. Vielleicht kennen Sie ihn? Einen Herrn von Stepanitz?«
Fontane spielte den Entsetzten: »Doch nicht Johann Friedrich, der Rittmeister a. D.?«
»Eben jener.« Pulvermüller schob den Vorhang beiseite, und sie traten ein. In der Diele war es ziemlich dunkel, doch der Verwalter entzündete sogleich ein paar Gasleuchter, die den Flur in ein schummriges Licht tauchten. Er war sehr lang und von komfortabler Breite, seinen Boden bedeckten türkische und persische Teppiche, die ein Vermögen gekostet haben mussten, und die Möbel – Garderobe und Garderobentisch, Schränke, Spiegel und Schirmständer – hatten eine barocke Note. Zwei Kristalllüster aus dem vergangenen Jahrhundert hingen von der Decke herab, während die Gasleuchter an der Wand befestigt waren. Die Glaszylinder, in denen die Flammen mit einem leisen Zischen brannten, ruhten auf langen Messingarmen, die wie ein Bischofsstab in einer Krümme ausliefen. Innerhalb dieser fast zum Kreis gebogenen Enden befanden sich kleine Porträtbüsten mythologischer Figuren: An ihren Attributen ver-

mochte Fontane Diana, Venus, Apoll und Bacchus zu erkennen.
»Sehr schön«, murmelte er.
»Kannten Sie den Herrn von Stepanitz?«, wollte der Verwalter wissen.
»Nur flüchtig. Eigentlich bloß vom Sehen. Ich weiß nicht, ob ich je ein Wort mit ihm gewechselt habe. Dennoch, wie Sie sagten, es ist eine Tragödie.«
Pulvermüller öffnete die erste Tür auf der linken Seite des Flurs und ließ Fontane den Vortritt.
Bei dem Raum, dessen Fenster zur Straßenseite gingen, handelte es sich vermutlich um das Vorzimmer, in dem Gäste auf den Hausherrn warten mussten, es sei denn, es waren Vertraute, die sofort in den Salon geführt wurden. Vier Fauteuils, bezogen mit dunkelrotem Samt mit Granatapfelmuster, waren um einen runden Tisch gruppiert, auf dem ein paar Zeitschriften lagen. Auch die rosa Tapete wies ein Granatapfelmuster auf. Die Dielen waren blank gewienert, um Tisch und Sessel sorgte ein großer Orientteppich für Bequemlichkeit. Auf mehreren flachen, an die Wände gerückten Beistelltischen mit geschwungenen Beinen standen chinesische Vasen, Fächer und Rollbilder verschönerten die Tapete. Vor einem der Fenster standen Kristallvasen mit künstlichen Blumensträußen. Der Raum wirkte nicht unbehaglich.
Pulvermüller stieß eine Durchgangstür auf, die zum Salon führte. Das Zimmer war beinahe dreimal so groß wie das Antichambre, das Meublement ebenso erlesen. Es gab eine gemütliche Sitzecke unterhalb der Fenster, bestehend aus fünf wuchtigen Fauteuils und einem ausladenden Sofa, mit dunkelgrünem, gemustertem Samt bezogen, während die Tapete von zartem Apfelgrün war. Die Dielen wurden vollständig von morgenländischen Läufern und Brücken eingenommen, deren überschwängliche Formen und Farben das

Auge verwirrten. Anrichte und Bücherschrank waren über und über mit floralem Schnitzwerk verziert, über einem schönen Kamin hing aufgespannt ein riesiger chinesischer Fächer. Silberne Leuchter und Lackkästchen vollendeten das Ambiente.

Der Hauswart öffnete die beiden Türflügel neben dem Kamin, und Fontane war beeindruckt.

An den Salon schloss sich ein Esszimmer an, mit dem die straßenseitige Zimmerflucht ihr Ende nahm. Auf der anderen Seite des Flurs lag das Schlafzimmer des Hausherrn, daneben das Arbeitszimmer mit Schreibtisch, einer kleinen, aus Stühlen bestehenden Sitzgruppe und hohen Bücherregalen. Um die Gunst des Lesers konkurrierten in edles Leder gebundene Gesamtausgaben der griechischen, römischen und deutschen Klassiker mit Werken der Kirchenlehrer, mit Schriften Luthers, aber auch mit englischen und französischen Romanen sowie denen von Gustav Freytag, Wilibald Alexis oder der widerwärtigen Verserzählung *Amaranth* des katholischen Reaktionärs Oskar von Redwitz, den Fontane am liebsten samt seines Geschreibsels im Orkus hätte verschwinden sehen. Seine besondere Aufmerksamkeit, ja Bewunderung erregte eine mehrbändige lateinische Ausgabe der Traktate des Bernhard von Siena, wobei natürlich nicht gesagt war, dass Stepanitz sie auch gelesen hatte. Ein paar Philosophen aller Herren Länder, zumindest der europäischen, sowie Werke zur Geologie und Naturkunde, zur Militärwissenschaft und Kriegsgeschichte vervollständigten das Bild, darunter sogar Fontanes *Der deutsche Krieg von 1866*. Johann Friedrich von Stepanitz schien ein belesener Mann gewesen zu sein, es sei denn, er hatte sich die vielen Bücher nur als Standessymbole zugelegt wie andere Rassenhunde oder Reitpferde.

»Eine beachtliche Bibliothek, nicht wahr?«, sagte Pulvermüller so stolz, als wäre es die seine.

»Außerordentlich«, bestätigte Fontane. »Die ganze Wohnung strahlt die Vornehmheit und sittliche sowie geistige Bildung eines Herrn von Welt aus. Mir fehlt nur – verzeihen Sie mir bitte meine Indiskretion – das weibliche Element. Ein Mann wie Stepanitz … Ich glaube mich zu erinnern, dass er schön war wie Apoll?«
»Pfff!«, machte der Verwalter und hob die Schultern. »So etwas können nur die Weibsleute beurteilen. Meiner Ansicht nach war nichts Außergewöhnliches an seinem Äußeren. Wenn wir von der würdevollen Eleganz seiner Kleider absehen wollen …«
»Ja, so. Aber er empfing doch sicher Damenbesuch?«
Pulvermüller verschloss sein Gesicht.
»Davon ist mir nichts bekannt«, sagte er kühl.
»Ich weiß doch, dass Sie den Mietern nicht nachspionieren.« Fontane deutete einen Diener an. »Aber als Hauswart und Verwalter achten Sie sicher Ihren Pflichten gemäß darauf, dass kein Kroppzeug das Haus betritt. Meine Neugierde mag Ihnen impertinent vorkommen, aber Sie wissen, wie wir Menschen sind: Affären der Standespersonen erregen unsere Phantasie, aber auch unser Mitgefühl, wenn sie scheitern. Mir ergeht es da nicht anders als meiner Gattin … Also, Pulvermüller, hatte der Rittmeister *liaisons d'amour*?«
Der Hauswart schaute sich wieder nach jeder Seite um, als befürchte er Lauscher in den Wänden. Er wiegte den Kopf hin und her, schürzte die Lippen, rieb das rechte Ohrläppchen und sog geräuschvoll Luft ein. Fontane rechnete mit einem großen Geheimnis, doch er wurde enttäuscht.
»Von Affären und Lisongs mit weiblichen Personen ist mir nichts bekannt«, sagte Pulvermüller im Brustton der Überzeugung. »Ich denke, er hatte keine.«
»Aber Besuch wird er doch bekommen haben? Wozu brauchte er sonst ein Vorzimmer und einen Empfangssalon?«

»Natürlich hatte er Gäste. Wie jeder Mensch hielt er Freunde und Bekannte frei. Und ebenso selbstverständlich bin ich, während ich meiner Arbeit nachging, auch manchen dieser Herren begegnet. Alles Leute der besseren Gesellschaft, und einige kamen auch mit ihren Gattinnen. Doch ich lege meine Hand dafür ins Feuer, dass nie etwas Unrechtes in diesen Räumen geschah. Keine heimlichen Tehtatees. So etwas war bei einem Mann wie dem Rittmeister unvorstellbar.«
»Kein Zweifel?«
»Nicht der geringste.«
Die beiden letzten Räume, die es noch zu visitieren galt, waren die Küche und die Kammer für das Personal. Während die Küche viel Platz zum Schalten und Walten gewährte, zeichnete sich die Kammer durch ihre Enge aus. Ein Tischler hatte im Auftrag des Hausherrn einen Hängeboden eingezogen, sodass zwei Menschen untergebracht werden konnten, für die es jedoch unmöglich war, sich zu ganzer Größe aufzurichten. Der Hängeboden war allerdings leer, während der darunter befindliche, wenig freundlich wirkende Raum nur ein Bett und eine Truhe beherbergte. Die dünne Decke auf der Matratze war nicht bezogen, die offene Truhe leer.
»Die Dienstboten sind also fort?«, fragte Fontane.
»Ja, was denken Sie? Ohne Arbeitgeber gibt es auch keine Arbeit. Eine Stunde, nachdem die Polizei die Wohnung durchstöbert und mit ihr gesprochen hatte, war das Mädchen auf und davon.«
»Es gab nur ein Dienstmädchen? Versah es auch das Kochen?«
Pulvermüller schüttelte den Kopf.
»An gewöhnlichen Tagen schickte Herr von Stepanitz das Mädchen in die Gastwirtschaft *Côte d'or*, um sich eine warme Mahlzeit sowie Wein oder gelegentlich auch einen Krug Bier holen zu lassen. Hatte er Gäste, beschäftigte er einen Mietkoch, bei größeren Gesellschaften auch zwei. Oder

eine Mietköchin. Zu solchen Anlässen engagierte er übrigens auch einen Butler.«
Fontane überlegte angestrengt, ob er weiterhin jenem Impuls folgen sollte, der ihn bereits zur Wohnung des Rittmeisters geführt hatte. Auch wenn Pulvermüller es nicht gesagt hätte, es verstand sich von selbst, dass Aschinger oder einer seiner Assistenten mit der Hausangestellten gesprochen hatten. Fontane würde jedoch nie erfahren, was sie über ihren Dienstherrn preisgegeben hatte, und das wurmte ihn. Natürlich ging ihn die Sache im Grunde nichts an: Es hieße, sich selbst zu belügen, wenn er behaupten würde, er beschäftige sich mit ihr, weil Stepanitz ein entfernter Verwandter der Marie von Wangenheim war. Aber allein schon die seltsamen Liebesbriefe hatten seine Neugierde entfesselt, die berufliche des Schriftstellers wohlgemerkt, wie er sich einzureden versuchte. Außerdem war ihm jede Möglichkeit zur Flucht vor dem schwierigen Stoff, den er sich mit *Allerlei Glück* aufgeladen hatte, höchst willkommen, und so fragte er schließlich: »War das Mädchen zuverlässig?«
»Die Katharina? Doch, ja, ich denke schon.«
»Nicht schwatzhaft?«
»O nein«, sagte Pulvermüller, wandte aber sofort den Blick ab.
»Ich überlege nämlich«, sagte Fontane, »ob es nicht klug ist, ein Mädchen zu beschäftigen, dass die Räumlichkeiten schon kennt. Mein Sohn wird schließlich eins brauchen. Würde sich die Katharina glücklich schätzen, wenn ich sie wieder einstelle?«
»Gnädiger Herr von Thane, sie wird zutiefst dankbar sein«, erwiderte der Verwalter. »Als sie uns verließ, hatte sie Tränen in den Augen.«
»Wissen Sie, wo sie nun wohnt?«
»Sie ist zu ihren Eltern zurückgekehrt. Nach Tempelhof, wenn ich nicht irre.«

»Nun, das ist ein Dorf«, sagte Fontane, »wenn ich in der Kirche oder im Gasthof nach ihr frage, wird man sie wohl kennen.«
»Mag sein«, sagte Pulvermüller.
»Dann wäre es nützlich, wenn Sie mir ihren Familiennamen sagten.«
»Den Familiennamen? Tja ... ich kenne sie nur als Katharina ... Aber warten Sie!« Pulvermüller zupfte an seinem Hemd. »Etwas mit Groß. Großkopf? Oder Großjohann? Meines Erachtens war es etwas Hugenottisches ...«
»Sie meinen Grandjean?«, erkundigte sich Fontane, der ebenso wie Emilie französische Wurzeln hatte.
»Na, aber eben die deutsche Ausgabe davon, glaube ich. Also doch Großjohann. Nehmen Sie die Wohnung?«
»Was soll sie denn kosten?«
»Zwölfhundert Mark aufs Jahr.«
Das war eine gewaltige Summe, doch ließ sich Fontane nichts anmerken.
»Ich tendiere zum Ja«, sagte er. »Doch ein paar Tage Bedenkzeit müssen Sie mir gewähren. Außerdem ist es mein Sohn, der die Entscheidung trifft.«
»Dann bringen Sie ihn beim nächsten Besuch mit. Sie wissen ja, wo Sie mich finden.«

»Das war aber ein langer Spaziergang!«, sagte Emilie vorwurfsvoll, als Fontane im Entree seinen wassergetränkten Mantel auszog.
»Nicht länger als gewöhnlich«, murrte er. Die Ente nahm ihm den Mantel ab und trug ihn in die Küche, um ihn über dem Herd zu trocknen.
»Ja, aber bei diesem Wetter! Du bist leichtsinnig, Théodore. Halb Berlin liegt mit Schnupfen oder Influenza darnieder. Du solltest wenigstens jetzt eine heiße Milch mit Honig trinken.«

Fontane nickte und folgte seiner Frau schicksalsergeben ins Wohnzimmer. An dem großen Esstisch saßen seine beiden Söhne, der zehnjährige Friedrich und der siebzehnjährige Theodor, über ihren Büchern und Heften. Emilie begab sich in die Küche, Fontane nahm bei den Kindern Platz, die ihn aufmerksam anschauten.
»Interessante Hausarbeiten?«, erkundigte er sich.
Theo winkte ab.
»Nicht der Rede wert«, sagte er.
»Also eine leichte Aufgabe?«
»Papa«, Theo betonte das Wort französisch, »das ist Latein, eine Sprachleiche und die Crux des Humanistischen Gymnasiums! Gerundium und Gerundivum.« Er blickte ins Buch und las vor: »›Als einzige Form der Deponentien hat das Gerundivum passivische Bedeutung.‹ Das verstehen nur die Streber.«
»Na ja, lerne es auswendig, käue es wieder – und nach dem Abitur kannst du es vergessen.«
Theo grinste. »Sag das bloß nicht vor Mama.«
»Tue ich ja nicht. Und du, Friedel?«
»Hausaufsatz in Deutsch«, erwiderte Friedrich bedrückt. »Thema: ›Die Not, eine Lehrmeisterin‹.«
Fontane seufzte. Friedrich rückte seinen Stuhl näher an den Vater. »Du musst uns jetzt aber etwas erzählen. Was gibt es Neues über diesen Rittmeister, der abgestochen wurde?«
Gerade kam Emilie mit der Milch herein und begriff sofort die Lage.
»Vor den Kindern sollten wir nicht darüber reden«, sagte sie.
Wie aus der Pistole geschossen erwiderte Theodor: »Ich sehe nur ein Kind, Mama.«
»Ja, dich«, sagte Friedrich nicht minder rasch.
Emilie stellte die Tasse mit der Milch vor ihrem Mann auf den Tisch.

»Théodore, ich bitte dich inständig, kein weiteres Wort über diese schreckliche Sache. Ich kümmere mich jetzt mit Luise um das Abendbrot.« Mit einer entschiedenen Bewegung schlug sie Theodors Lateinbuch zu. »Papa kann dich abfragen.«

Emilie tippte ihrem Sohn auf die Schulter und ging zurück in die Küche.

»Also, Papa?«, flüsterte Friedrich.

Fontane schob ihm die Milch zu.

»Ich lüfte ein Zipfelchen, wenn du das trinkst«, sagte Fontane ebenso leise. Friedrich verzog das Gesicht, aber der angekündigte Lohn ließ ihn seinen Widerwillen niederringen. Er langte nach der Tasse, aber noch bevor er den Henkel ergreifen konnte, schellte es an der Tür. Fontane sprang auf.

»Ich gehe öffnen«, rief er nach der Küche. Auch Theodor und Friedrich standen auf, Theodor mit pennälerhafter Lässigkeit, Friedrich eher hastig.

Im Hausflur stand Aschinger und wischte sich die letzten Flocken von den Schultern. Seine verkniffene Miene verhieß nichts Gutes.

»Kommissar Aschinger!«, rief Friedrich und stürzte durch den Alkoven ins Berliner Zimmer und weiter in die Küche, um der Mutter den Gast anzukündigen. Theo reichte dem Kommissar wie ein Mann die Hand.

»Lieber nicht«, näselte Aschinger und fixierte Fontane. »Ich muss Sie sprechen.«

»Ja, bitte, gern. Gehen wir ins Arbeitszimmer.«

Aschinger nickte, legte den Mantel ab, gab ihn Theo und folgte dem Hausherrn. Im Arbeitszimmer ließ er sich unaufgefordert in einen Sessel fallen, schnäuzte sich ausgiebig und ließ Fontane nicht aus den Augen. Der schloss sorgfältig die Tür und setzte sich ebenfalls.

»Sie haben heute eine Stippvisite ans Kronprinzenufer gemacht?«, kam Aschinger sofort zur Sache.

»Nun ja …«
»Jedenfalls hat sich ein Herr von Thane für die neu zu vermietende Wohnung des Rittmeisters a. D. interessiert«, sagte Aschinger. Sein Gesicht war hochrot. »Sie sind sehr vergesslich! Gerade drei Tage sind vergangen, und schon erinnern Sie sich nicht an das, was ich Ihnen gesagt habe: keine Einmischung!«
Nach einem flüchtigen Klopfen riss Emilie die Tür auf, trat mit ihrem schönsten Lächeln ein und begrüßte Aschinger mit einem Überschwang, der sofort Fontanes Eifersucht erregte.
Aschinger erhob und verbeugte sich.
»Sie essen mit uns?«, wollte Emilie wissen.
»Ich möchte meine Störung Ihres Familienlebens auf ein Mindestmaß beschränken«, erwiderte der Kommissar. »Nach meinem Appell an Ihren werten Gatten …«
»Appell?« Sie warf Fontane einen abschätzigen Blick zu. »Nein, sagen Sie nichts. Théodore, wohin bist du am Nachmittag spaziert?«
Fontane betrachtete den Teppich. Beim Nachdenken pflegte er mitunter hin und her zu gehen, und die Spur seiner Wege hatte sich in das Muster gezeichnet.
»Ich habe die Wohnung des Rittmeisters aufgesucht«, sagte er mit gesenkter Stimme.
»So?« Das war das einzige Wort, mit dem Emilie ihn bedachte. Wütend wandte sie sich ab und verließ das Zimmer.
Aschinger wartete schweigend eine Minute, dann fragte er merklich gelassener: »Ist Ihnen als gutem Beobachter etwas aufgefallen?«
»Nicht mehr als Ihnen, denke ich.« Fontane sah den Kommissar an. »Stepanitz hat sehr komfortabel, um nicht zu sagen luxuriös gelebt. Außerdem fand ich die Lampen in der Diele bemerkenswert. Die mit den geschwungenen Schirmhaltern, wissen Sie? In der Krümme befinden sich die anti-

ken Gestalten, deren Namen von der unbekannten Dame in ihren Briefe quasi als Kosenamen benutzt werden: Amor, Apoll und Dionysos respektive Bacchus.«
»Richtig. Außerdem Diana, aber keine Ariadne. Welche Schlüsse haben Sie gezogen?«
»Vielleicht hat sich die Briefschreiberin davon inspirieren lassen? Was bedeuten würde, dass sie die Wohnung kennt. Nach Auskunft des Hauswartes und Verwalters Pulvermüller empfing Stepanitz aber keinen Damenbesuch.«
»Pulvermüller kann von seiner Wohnung aus nicht ständig das Geschehen im Haus im Blick haben«, meinte Aschinger. »Stepanitz kann sehr wohl Damenbesuch gehabt haben, ohne dass es jemand bemerkt hat.«
»Aber das Dienstmädchen, diese Katharina Großjohann, die müsste wissen, wer bei Stepanitz verkehrte. Pulvermüller hat behauptet, sie wäre verschwiegen gewesen, aber das nehme ich ihm nicht ab.«
»Verschwiegen oder nicht – natürlich weiß sie wie jede Hausangestellte, wer bei der Herrschaft verkehrt.« Aschinger tippte sich an die Brust. »Ich jedenfalls bin verschwiegen. Glauben Sie ja nicht, dass Sie mir entlocken können, was Katharina mir erzählt hat.«
»Sie ist zu ihren Eltern nach Tempelhof zurückgekehrt, nicht wahr?«
Aschingers Augen wurden schmal.
»Es kann Ihnen vollkommen gleichgültig sein, wohin sie zurückgekehrt ist. Der Mordfall Stepanitz ist ausschließlich meine Sache. Und wenn ich erfahren muss, dass Sie, wann auch immer, eine Schlittenfahrt unternehmen, weil Sie sich plötzlich für die Johanniterdörfer südlich von Berlin interessieren – nur als Schriftsteller natürlich und weil Sie aus Dankbarkeit etwas für das *Wochenblatt der Johanniter-Ordens-Balley Brandenburg* schreiben wollen – werde ich …«

»Ich habe für das Blatt schon geschrieben«, unterbrach ihn Fontane. »Im Sommer 1871 erschien dort mein Aufsatz *Gütergötz*.«
»Mir bekannt. Steht alles in Ihrer Akte bei der Politischen Abteilung. Sie wissen ja, für Völker sind Sie seit '48 ein Staatsfeind.« Aschinger erhob sich und wandte sich zur Tür. »Bemühen Sie sich nicht, ich kenne den Weg.«

Viertes Kapitel

1. März 1874

Seit Aschingers Besuch waren vier Tage vergangen. In seiner Eigenschaft als Theaterkritiker der *Vossischen Zeitung* hatte Fontane am Donnerstag und am Freitag Aufführungen im Schauspielhaus besuchen müssen, wo der Eckplatz Nummer 23 für ihn reserviert war. In beiden Inszenierungen hatte der nicht alternde, sondern längst gealterte Hofschauspieler Theodor Döring wie so oft weniger mit Kunst als mit Eitelkeit geglänzt, was Fontane in seinen Artikeln nicht verschwieg. Döring, der bis 1871 den Vorsitz am Stammtisch im Künstlerzimmer von *Lutter & Wegner* innegehabt hatte, sollte dort schon mehrfach geäußert haben, er würde den unbequemen Kritiker am liebsten vergiften.

Die Arbeit an *Allerlei Glück*, die Fontane fast täglich beschäftigte, glich einem Marsch durch zähen Lehm. Um sich von ihr abzulenken, konzipierte er einen neuen Aufsatz für seine märkischen Wanderungen. Schon seit Längerem hatte er die Neumark im Blick, doch als er sich über sie belas, war es beinahe zwangsläufig, dass seine Gedanken um ein gewisses Zuckerrübengut kreisten. Der Rittmeister a.D., den er ohnehin nicht aus dem Kopf bekam, drängte sich erneut in den Mittelpunkt seiner Aufmerksamkeit. Dass er so gar nichts von Aschingers Enquête erfuhr, begann ihn zu verstimmen.

Beim Frühstück am Sonntagmorgen schlug Fontane seiner Familie einen Ausflug vor.

Die Kinder – seine Söhne und auch die fast vierzehnjährige Mete – waren sofort begeistert. Emilie zögerte. Nachdem sie für ihre Behauptung, sie habe keine für eine Winterpartie geeignete Kleidung, allgemeines Gelächter geerntet hatte, zog sie sich auf die nächste Bastion zurück und erklärte, ein längerer Aufenthalt im Freien würde unweigerlich Grippe, Lungenentzündung und Tod bedeuten. Mete, die seit einiger Zeit Reformzeitschriften las, setzte entgegen, gerade die Winterluft sei gesund und stärke die Abwehrkräfte. Sie warf mit den Namen angeblich berühmter, Fontane jedoch vollkommen unbekannter englischer, französischer und deutscher Ärzte um sich, und angesichts der geballten Macht dieser Professoren gab Emilie ihre kleinmütigen Vorbehalte auf.

»Und wohin fliegen wir aus?«, wollte Friedrich wissen.

Fontane tat, als müsse er darüber nachdenken, dabei stand für ihn das Ziel schon fest. Den Anflug eines schlechten Gewissens niederringend, sagte er: »Wie wäre es mit Tempelhof?«

»Tempelhof, Papa?« Mete sah ihren Vater voll Skepsis an. »Willst du uns einen deiner langen Vorträge halten? Dieses Mal über Tempelritter und ihre Erben, die Johanniter?«

Fontane wich ihrem Blick aus. »Nein, ich möchte mit euch durch die schneebedeckten Felder wandern. Wir nehmen die Ringbahn und mieten am Bahnhof Tempelhof einen Schlitten.«

»Au ja, die Ringbahn!«, rief Friedrich. Die Kinder sprangen auf.

»Aber zieht euch warm an«, befahl Emilie.

Der Potsdamer Ringbahnhof, ein Flügel des Potsdamer Bahnhofs, befand sich in fußläufiger Entfernung von der Wohnung der Familie, und so war es nicht nötig, eine Droschke zu nehmen. Friedrich und Mete begannen schon auf dem Weg eine Schneeballschlacht, Theodor rümpfte die Nase, Emilie, warm verpackt in einen Mantel mit Doppelkragen, hakte sich bei ihrem Mann unter. Mit einer dem Sonntag angemessenen Geschwindigkeit schwebten große Schneeflocken durch die Luft.

Aus Rücksicht auf Emilies Sparsamkeit erwarb Fontane am Schalter fünf Billetts dritter Klasse, obgleich es nur eine kurze Fahrt bis nach Tempelhof war und in der zweiten Klasse nicht geraucht werden durfte. Nachdem er die Karten an der Bahnhofssperre vorgezeigt hatte, stürmten die Kinder den Perron und belegten Sitze in einem Nichtraucherabteil. Nachdem auch Fontane und Emilie Platz genommen hatten, erschien ein proletarisch wirkendes Ehepaar mit einem rotznasigen Mädchen. Der Mann machte eine entschuldigende Geste, dann zwängte er sich mit Frau und Kind zwischen den Knien der Sitzenden hindurch zur gegenüberliegenden Seite. Der Kondukteur schloss die Türen, die Lokomotive gab einen schrillen Pfiff von sich, und zischend setzte sich der Zug in Bewegung. Nach dem Passieren der Yorckstraßenbrücke gewann er rasch an Fahrt.

Wie Fontane gehofft hatte, warteten am Tempelhofer Bahnhof ein halbes Dutzend Schlitten auf Ausflügler. Es gab auch Droschken erster und zweiter Klasse, denn zumindest die Hauptwege des Dorfes hatte man geräumt. Da er eine Schlittenpartie versprochen hatte, gab Fontane dem ersten Kutscher mit kufenbewehrter Chaise einen Wink. Sein Gefährt wurde von zwei kräftigen Rappen gezogen, die sich inmitten der weißen Umgebung besonders dekorativ ausnahmen.

»Wohin soll's denn gehen, Herrschaften?«, fragte der Kutscher.

»Erst einmal zu einem Gasthaus.«

Der Fuhrmann brummte: »Lohnt sich ja kaum.«

»Wir wollen nur Wärme für eine Fahrt über Land speichern«, behauptete Fontane haarscharf an der Wahrheit vorbei.

»Na, denn steigen Se man uff.«
Die Kinder stiegen ein, Fontane war seiner Frau behilflich. Als er selber kaum saß, ließ der Kutscher schon die Peitsche knallen.
»Du willst in ein Gasthaus?«, fragte Emilie leise. »Hat Doktor Kletke dein Honorar erhöht?«
»Ich dachte nicht an einen Lunch, sondern nur an eine Tasse Gerstenkaffee.«
In der Restauration, die sich im Dorfkern gegenüber der Kirche und dem Gutshof befand, den mittlerweile die Gemeindeverwaltung als Amtssitz nutzte, war wenig Betrieb. Fontane hatte den Kutscher auf eine Tasse Kaffee eingeladen, was abermals Emilies Unwillen erregte, denn der Mann erwies sich als gerissen: Er behauptete, Gerstenkaffee nicht zu vertragen – »Der Magen, gnädige Frau!« –, sodass ihm Fontane einen Bohnenkaffee bestellte.
Während der Ober, ein schlaksiges Bürschchen und womöglich der Sohn des Inhabers, den Kaffee brachte, verließ Fontane unter dem Vorwand, er müsse einem drängenden Bedürfnis nachgehen, Tisch und Gaststube. Schnurstracks begab er sich in die Küche, wo ein breitschultriger, bäuerlich wirkender Mann Schweinsfüße säuberte.
»Wo finde ich den Wirt?«, wollte Fontane wissen.
»Steht vor Ihnen.«
»Kennen Sie eine Familie Großjohann? Die Tochter war bis vor Kurzem Dienstmädchen in Berlin.«
Der Gasthausbesitzer ließ von den Schweinsfüßen ab und schaute Fontane mit zusammengekniffenen Augen ins Gesicht.
»Bei diesem Herrn von und zu, dem man ein Messer in den Bauch gerammt hat?«, fragte er.
»Sie haben davon gehört?«
»Auf einem Dorf spricht sich alles in Nullkommanichts herum.«

»Dann ist Berlin auch ein Dorf«, meinte Fontane.
Der Wirt zuckte mit den Schultern.
»Bin selten dort. Mag die Großstadt nicht. Alles rennt und findet niemals Ruhe, immer nur zackzackzack! Man kennt seine Nachbarn nicht, und wenn man sie doch kennt, hasst man sie.«
»Na ja.« Mehr erwiderte Fontane nicht. Er wollte für die Annehmlichkeiten der Metropole keine Lanze brechen, zumal auch er selbst Berlin manchmal hasste und sich trotzdem keinen anderen Ort vorstellen konnte, an dem er dauerhaft leben wollte. Besonders im Sommer, wenn es aus den Rinnsteinen nach dem Unrat tausender Haushalte stank, war die Stadt für einen geruchsempfindlichen Menschen wie ihn unerträglich. Aber man baute ja jetzt endlich eine Kanalisation, die andere Großstädte bereits hatten – der Fortschritt brauchte in Preußen eben etwas länger. Und manchmal blieb er ganz aus.
Der Gastwirt widmete sich wieder den Schweinsfüßen und warf ein paar von ihnen in einen großen Topf mit heißem Wasser.
»Was wollen Sie vom Großjohann?«, fragte er über die Schulter.
»Ihm einen Besuch abstatten. Man hat mir seine Tochter empfohlen.«
»Er hat sieben«, sagte der Wirt.
»Sieben Töchter?«
»Was glauben Sie? Sieben Raben?«
Fontane verzog keine Miene. »Ich meine natürlich die Tochter, die als Hausangestellte gearbeitet hat.«
»Also Katharina. Die hat man Ihnen empfohlen? Gibt wohl keine stellungslosen Dienstboten in Berlin, dass Sie sich selber bemühen müssen?«
»Ich befinde mich auf einem Sonntagsausflug mit meiner Familie und dachte …«

»Denken ist immer gut. Ich zum Beispiel denke mir meinen Teil, wenn ein Mann wie Sie ein Dienstmädchen besuchen will.«

»Schauen Sie in den Gastraum, dort werden Sie meine Familie finden«, sagte Fontane verärgert. Seitdem die Krise Deutschland in Atem hielt, schienen ihm die Menschen misstrauischer geworden zu sein. »Wenn Sie mir nicht helfen wollen, kann ich mich auch gern auf der Straße erkundigen oder im Gemeindeamt.«

»Im Faultierhaus? Am Sonntag? Bitte, tun Sie sich keinen Zwang an.«

»Mein lieber Herr ...«

»Sie sind hartnäckig, oder? Wer sind Sie?«

»Ich bin Schriftsteller«, sagte Fontane in der Hoffnung, den Wirt damit beeindrucken zu können. Der blieb jedoch gleichmütig und warf die nächsten, nicht gerade sauberen Schweinsfüße in den Topf.

»Schreiben Sie über Dienstmädchen?«

»Sind sie es denn nicht wert?«

»Kann ich nicht beurteilen, ich lese keine Bücher. Aber als Gastwirt könnte ich welche verfassen. Man hört hier Geschichten, ich sage Ihnen ... Vor allem, wenn die Honoratioren einen in der Krone haben. Und einen in der Krone zu haben gehört sozusagen zu ihren Pflichten.«

»Auch Geschichten über Katharina Großjohann?«

»He, Sie sind ja ein schlauer Fuchs!« Der Wirt drehte sich zu Fontane um. »Vor allem über diesen Mord. Sie kennen die Leute: Sie schwatzen über alles, auch wenn sie überhaupt nichts wissen. Morde mögen sie besonders, Morde an einem Adligen noch mehr. Da kann man schön spekulieren über Affären und Skandale. Natürlich hat man der armen Katharina sofort ein Liebesverhältnis zu ihrem Herrn angedichtet. Und eine rachedurstige Ehefrau.«

»Er hatte keine«, sagte Fontane.

»Ich sprach ja auch von Dichtung. Sind Sie mit dem Wagen da?«
»Nein, mit der Bahn. Wir haben uns an der Station einen Schlitten genommen.«
»Dann ist der Fuhrmann ein Einheimischer«, stellte der Wirt fest. »Sagen Sie ihm, dass er Sie zur Schäferei bringen soll. Aber schreiben Sie bloß nichts über mich. Reklame kann ich gebrauchen, aber nicht in einem Roman.«

Erste Zweifel an Fontanes Redlichkeit regten sich bei Emilie, als er dem Kutscher befahl, zur Schäferei zu fahren. Weil sie den Kindern die gute Laune nicht verderben wollte, schwieg sie zwar, doch Fontane kannte sie lange genug, um jene senkrechte Stirnfalte richtig deuten zu können, die sich nur zeigte, wenn ihr eine Laus über die Leber lief.
Der Hof mit den Schafställen war südlich des Dorfes gelegen und im Sommer zweifellos von Weiden und Äckern, nun aber von einer Schneewüste umgeben, die sich so weit erstreckte, wie das Auge reichte.
»Wollten wir nicht wandern?«, fragte Theo nach einer Weile, womit er fraglos seiner Mutter das Wort aus dem Mund nahm.
»Gemach, gemach«, entgegnete Fontane.
»Sie werden bis zu den Knien einsinken«, lautete der Kommentar des Kutschers, bevor er an der palisadenartigen Umzäunung des Hofes hielt.
Ein Hund begann zu bellen.
Emilie weigerte sich, den Schlitten zu verlassen, und fragte: »Was hast du vor, Théodore?«
Fontane betrachtete seine Stiefelspitzen. »Ich dachte, dass du mit den Kindern ein paar Schritte gehst … Es ist so ein wunderbarer Tag …«
Emilies Stimme nahm einen scharfen Ton an. »Theodor Fontane, warum hast du uns hierher gelockt?«

Friedrich und Mete waren mittlerweile aus dem Schlitten gesprungen, hatten ihre Handschuhe abgelegt und rollten Schnee zu handlichen Kugeln.
»Soll ich die Gnädigste begleiten?«, erkundigte sich der Kutscher.
»Das ist nicht nötig. Mein Mann bezahlt Sie jetzt, und wir gehen zu Fuß. Und zwar zurück in den Ort!«
Fontane folgte der Aufforderung unverzüglich und zückte die Geldbörse. Offenbar von dem anschlagenden Hund alarmiert, machte sich jemand am Riegel des Hoftores zu schaffen. Der Fuhrmann steckte das Geld ein und sprang auf den Bock, als ein Torflügel nach innen aufgezogen wurde. Wenig später trat ein Mann heraus. Der große schwarze Hütehund folgte ihm, näherte sich sofort dem ängstlich erstarrten Fontane und schnupperte an dessen Hosenbeinen. Der Mann musterte den Fremden mit ausdrucksloser Miene. Dann schaute er zu Emilie und den Kindern, verfolgte das Wendemanöver des Kutschers und ließ den Blick zu Fontane zurückkehren. Der Hund betrachtete aufmerksam Friedel und Mete, die einander mit Schneebällen bewarfen. Rute und Ohren hatte er aufgestellt.
»Aus der Stadt?«, fragte der Mann. Es klang wie: Aus der Hölle?
Fontane nickte. »Herr Großjohann?«
»Wer will das wissen?«
»Mein Herr«, mischte sich Emilie ein, »niemand will das wissen. Wir machen nur einen Ausflug. Théodore, lass uns gehen!«
»Ich …« Fontane zögerte. »Ich möchte Ihre Tochter Katharina sprechen.«
»Ach?« Das Gesicht des Mannes zeigte jetzt offene Ablehnung. »Harras, Fuß! Hab acht!«
Der Hund gehorchte sofort. Mit gesträubtem Rückenfell nahm er neben seinem Herrn Aufstellung und knurrte.

»Von der Polizei sind Sie kaum«, meinte der Mann. »Die kommt nicht mit Familie. Außerdem war sie schon da.«
»Der Kommissar Aschinger, nicht wahr?«
»Vielleicht. Oder Meier? Lehmann? Was geht es Sie an?«
»Ich bin ein Verwandter des verstorbenen Rittmeisters von Stepanitz und …«
»Théodore!«
»Wir sind alle sehr betroffen von seinem Ableben und …«
Der Mann schloss demonstrativ den Kragen seiner fleckigen Joppe. »Also, was wollen Sie von Kathi?«
»Man nimmt doch Anteil … Man will doch wissen … die letzten Stunden eines lieben Angehörigen …«, stammelte Fontane und bedauerte längst seinen Entschluss, nach Tempelhof gefahren zu sein. Aufgeben mochte er aber noch nicht, also nahm er Zuflucht zu einem bewährten Mittel, harte Herzen zu öffnen. Er senkte die Stimme und sagte: »Es soll auch Ihr Schade nicht sein.«
Mit dem Mann ging tatsächlich die erwartete Veränderung vor. Da er bemerkt hatte, dass Emilie von einer finanziellen Abmachung nichts mitbekommen sollte, trat er einen Schritt näher und sprach, ebenfalls leise: »Wie viel?«
Fontane zuckte mit den Schultern. Worauf hatte er sich nur eingelassen? Das Schicksal eines Mannes, den er kaum gekannt hatte, konnte ihm doch gestohlen bleiben; außerdem lag die Untersuchung des Mordfalles bei Aschinger und seinen Leuten in den besten Händen. Emilie würde ihn mit tagelangem Schweigen strafen, wenn er auch nur noch einen Pfennig ausgab. Doch ein Rückzug kam nicht infrage – nicht, wenn man schon in der Linie stand.
»Was fordern Sie?«, fragte er und fühlte sich hilflos dabei: Schachern gehörte nicht zu seinen Talenten.
»Einen Goldfuchs?«
Fontane zuckte zusammen. Bisher hatte er dem Mann nachfühlen können, dass er seine Tochter schützen wollte, aber

diese Gier widerte ihn an. Zwar war sie die Krankheit des Jahrhunderts, wenn nicht gar die Krankheit des Menschen generell, gegen die kein Kraut gewachsen war außer dem Tod. Trotzdem war er immer wieder überrascht, wie schnell die Krone der Schöpfung ihre wahre Natur zeigte. Man musste ihr nur eine Münze präsentieren, schon sank sie unter das moralische Niveau eines Pantoffeltierchens, und darin unterschied sich ein gemeiner Schäfer nicht von einem gewöhnlichen Kommerzienrat. Zwanzig Mark konnte Fontane aber nicht nur nicht entbehren, er hatte sie nicht einmal, weder in der Börse noch überhaupt.

»Sie spinnen!«, sagte er aufgebracht.

»Keine Beleidigung!« Der Mann deutete auf Harras. Der Hunger nach Geld aber war stärker als sein Ehrgefühl. »Nicht mal eine Krone?«, fragte er, schon ein wenig devot. Doch selbst zehn Mark waren entschieden zu viel.

»Auch keine halbe«, sagte Fontane.

»Drei Mark?«

»Zwei.« Fontane streckte die Hand aus. Der Mann schlug ein.

Fontane hatte geschachert und gewonnen. Er schämte sich und wandte sich zu Emilie um. Sie hatte sich zu den Kindern begeben, wie eine gegen ihn gerichtete Phalanx waren sie nebeneinander angetreten.

»Wir gehen dann zurück und nehmen den nächsten Zug«, sagte Emilie.

»Danke für den schönen Ausflug, Papa«, sagte Theo.

Fontane wäre am liebsten im Boden versunken.

Doch der Boden war gefroren.

Nachdem sie handelseinig geworden waren, hatte Großjohann seinen Gast in die Küche geführt, vermutlich der einzig wirklich warme Raum dieses bäuerlichen Hauses. Zehn Minuten ließ er ihn allein mit dem Hund, der sich, da er

Fontane nun als Freund ansah, sofort besitzergreifend auf dessen Füße gelegt hatte, wo er zufrieden schnaufend einschlief. Fontane wagte es nicht, sich zu rühren.
Großjohann brauchte die Zeit vermutlich, um seine Tochter zu instruieren. Als sie schließlich die Küche betrat, machte sie vor Fontane pflichtschuldig einen Knicks. Sie betupfte sich die Augen mit einem großen karierten Leinentuch, setzte sich ebenfalls an den blank gescheuerten Küchentisch und sagte mit einem wehen Ton in der Stimme: »Er war ein so gütiger Herr.«
Fontane musste an den Verschlag denken, in den Stepanitz seine Hausangestellte gepfercht hatte und der kein Zeichen übergroßer Güte war; allerdings wurden Dienstmädchen oft so untergebracht.
»Auch ich habe Johann Friedrich als Mann mit Herz in Erinnerung. Und von Geist natürlich«, erwiderte er.
»Ja, die vielen Bücher!« Die schmächtige Katharina, die nach Aussage ihres Vaters zwanzig sein sollte, aber wie sechzehn aussah, nickte. »Er hat viel gelesen.«
»Und wohl auch viel gefeiert?«
»Wie kommen Sie darauf?«
»Herr Pulvermüller ...«
»Ach, der!« Sie machte eine wegwerfende Handbewegung. »Der lügt doch, wenn er den Mund aufmacht. Der Herr Rittmeister hatte eine anstrengende Arbeit in seinem Amt und war immer glücklich, wenn er abends seine Ruhe hatte. Gut gespeist, das hat er. Ich musste ihm immer ein Menü aus der Restauration holen und feine Vor- und Nachspeisen aus dem Delikatessenladen. Und er hat Champagner getrunken, jeden Abend eine Flasche für fünf Mark.« Sie lächelte genant. »Ich hab auch mal genascht.«
»Hatte er denn nie Gäste?«
»O doch. Einmal im Monat gab er eine Gesellschaft. Aber sagen Sie mal, Herr ...?«

»Fontane.«
»Herr Fontane, Sie stellen ja die gleichen Fragen wie der Kriminalkommissar.«
»Nun, mit dem Kommissar bin ich befreundet.« Fontane, etwas in Verlegenheit gebracht, strich dem Hund über den Kopf. Der stöhnte glücklich auf.
»Aber Sie sind kein Polizist?«
»Nein, nein«, versicherte Fontane, »ich bin Schriftsteller.«
Kathis Augen begannen zu glänzen.
»Schreiben Sie diese Romane, die ein sittsames Mädchen nicht lesen darf?«, wollte sie wissen.
Als wäre die Sittsamkeit der Mädchen ihr Stichwort, trat die Frau des Hauses auf. Früh ergraut und von den vielen Schwangerschaften gezeichnet, schob sie ihren unförmigen Körper zur Feuerstelle und machte sich am Herd zu schaffen. Ihr Gatte folgte ihr und nahm bei seiner Tochter Platz. Die Perpendikeluhr über dem Küchenschrank schlug vier, und in den Tiefen des Hauses fielen weitere Uhren ein.
»Wir trinken jetzt Kaffee«, sagte Großjohann. »Sie nehmen doch auch eine Tasse?«
»Gern«, sagte Fontane, der ahnte, dass der Kaffeegenuss um vier zwar ein sonntägliches Familienritual war, an diesem Tag aber vor allem praktiziert wurde, um lauschen zu können.
»Welche Gäste kamen denn zu den Gesellschaften?«, fragte er.
»Nur vornehme Leute. Der Oberstabsveterinär Professor Giehlow mit Gattin, Herr Professor Krüger von der Geologischen Forschungsgesellschaft, ebenfalls mit Frau. Der Architekt Schenk ließ sich manchmal blicken, war aber kein regelmäßiger Besucher. Zwei, drei Offiziere, mit denen der Rittmeister zusammen gedient hat. Wenn sie eine hatten, brachten auch sie ihre Frauen mit.«
»Aber, wenn Sie erlauben, Katharina ... Gab es denn überhaupt keinen ... Damenbesuch?« Fontane hüstelte und be-

tonte so, dass ihm das Thema, das er nun anschnitt, peinlich war. »Eine, nun ja, Geliebte?«

»Wo denken Sie hin?« Das Mädchen richtete sich auf und legte ihre ganze Abwehr in diese Bewegung. »Der Herr Rittmeister war piekfein. Die einzigen Damen, die ihn besuchten, waren die Ehefrauen seiner Freunde. Sie kamen natürlich immer in Begleitung.«

»Natürlich.« Fontane nickte. Frau Großjohann kredenzte den Kaffee; Fontane würde einige Schwierigkeiten haben, die dünne Plörre hinunterzubringen. Zweifellos war sie magen- und herzschonend.

»Aber mein lieber Verwandter wird doch wohl nicht nur einmal im Monat Besuch empfangen haben, oder? Ich weiß doch, dass er viele Freunde hatte.«

»Hm, tja ...« Kathi schaute Rat suchend zu ihrem Vater. Der trank den Kaffee mit einer Emphase, als wäre es der beste, den er jemals bekommen hatte. »So viele Freunde hatte er gar nicht. Manchmal kamen Männer, die irgendwie wütend auf ihn waren. Ich habe nie gelauscht, aber wenn sie laut wurden, musste ich zwangsläufig zuhören.«

»Und warum wurden sie laut?«

»Es ging um Geld. Um Schulden. Der Rittmeister verbrauchte ja viel für all die Köstlichkeiten, die er so gern verzehrte. Kaviar, Champagner, die teuren Wildgerichte aus dem *Kohtdor* – da kamen schon viele, viele Goldfüchse zusammen.«

»Die er beim Statistischen Bureau nicht verdient hat?«

Kathi verschränkte die Arme vor der Brust. »Das kann ich nicht beurteilen.«

»Aber wenn er Schulden hatte ...«

»Ich wurde nicht dafür bezahlt, mir Gedanken über sein Einkommen zu machen.«

»Nun trinken Sie doch Ihren Kaffee, sonst wird er ja kalt«, sagte die Hausfrau. Sie setzte sich neben ihren Mann und schlürfte behaglich ihr schwaches Gebräu. Fontane nahm einen Höflichkeitsschluck. Der Kaffee schmeckte wie Spülicht.

»Eines ist allerdings seltsam«, erklärte Katharina. »Ich habe das dem Kommissar gar nicht gesagt, aber Ihnen als einem Angehörigen ... Irgendwann in der Adventszeit tauchte ein sehr distinguierter Ausländer bei uns auf. Er nannte weder seinen Namen noch gab er mir seine Karte, doch der Rittmeister ließ ihn sofort vor – ich hatte den Eindruck, dass er ihn erwartet hatte. Sie zogen sich dann in das Kabinett zurück, und mein Herr verschloss sogar die Tür. Mehrere Stunden sprachen sie miteinander und tranken sehr guten Rotwein, den der Fremde mitgebracht hatte.«

»Woraus schließen Sie, dass er Ausländer war?«

»Aus seiner Sprache. Er konnte zwar auch Deutsch, aber nicht sehr gut. Mit dem Rittmeister redete er immer ... na, eben ausländisch.«

»Französisch?«

»Non.« Kathi lächelte. »Ich bin nur ein einfaches Mädchen vom Lande und kann nicht besonders gut lesen oder schreiben. Aber ich kann gut hören.«

Der große Vorzug der Dienstboten, dachte Fontane und schwieg.

»In einem besseren Haus«, breitete sie ihr Weltwissen aus, »flicht die Herrschaft schon hin und wieder ein französisches Wort ein: Missjöh, Madamm, Bongswah, Tsa va ... Also, das kann ich unterscheiden. Französisch sprach der Herr bestimmt nicht.«

»Chi va piano va sano?«, versuchte es Fontane mit einer italienischen Redewendung, die beinahe seine kompletten Kenntnisse dieser Sprache darstellte.

»Nein, auch kein Spanisch. Das war doch Spanisch?«

»Fast«, sagte Fontane. »Ich habe noch etwas in petto: Good morning, Sir! How are you?«

»Genau!« Kathi bohrte ihren rechten Zeigefinger in die Luft. »So hat er geredet. Was ist das?«
»Englisch.«
»Dann war er wohl ein Engländer?«
»Oder Amerikaner.«
»Nein, aber diese Eleganz! Das war englischer Schick, ganz sicher. Er trug immer einen Kattewey aus feinstem Zwirn, eine Brokatweste, ein weißes Seidenhemd und eine ebenfalls weiße Seidenkrawatte. Und Zylinder natürlich, wie ihn sich nur ein wohlhabender Mann leisten kann.«
»Woher wissen Sie das?«
»Nun, er hatte vollendete Umgangsformen und reichte ihn mir, bevor er vom Rittmeister empfangen wurde.«
»Verstehe. Sie lasen das Etikett. So gut lesen können Sie immerhin ...«
»Ich diente in einem vornehmen Haushalt«, entgegnete Kathi und zog eine Schnute. »Dort lernt man, was gut und teuer ist.«
»Und was ist gut und teuer?«
»Ein Schapohklack von Gebus aus Paris natürlich. Gebus hat den Schapohklack ja erfunden.«
»Und solche überflüssigen Dinge hast du gelernt?«, fragte Großjohann.
»Zum Schafehüten braucht man so was natürlich nicht«, konterte Kathi durchaus selbstbewusst. »Da reicht ein Filz vom Hutmacher Krüger aus Mariendorf.«
Großjohann schlug mit der flachen Hand auf den Tisch. »Und ob der reicht«, sagte er.
»Wenn ich mir noch eine Frage erlauben darf«, sagte Fontane, »der distinguierte Engländer, wie ich ihn einmal bezeichnen möchte, besuchte er häufig den Rittmeister?«
»Ich sagte ja schon, dass die Besuche in der Adventszeit begannen. Irgendwann Ende November oder Anfang Dezember erschien der Herr zum ersten Mal. Er muss sich brieflich

oder im Amt angemeldet haben, denn der gnädige Herr erwartete ihn. Ich hatte den Eindruck, dass er sogar ein wenig nervös war. Tja, und in den folgenden Wochen … fünf, sechs Mal kam er bestimmt.«

»Und der Rittmeister hat immer die Tür seines Kabinetts abgeschlossen, wenn sich die beiden zurückzogen?«

»Immer«, bestätigte Kathi.

»Die Gespräche wurden in Englisch geführt? Haben Sie nie ein deutsches Wort aufschnappen können?«

»Was denken Sie mir von?« Sie straffte ihren Oberkörper. »Zu mir hat er das eine oder andere deutsche Wort gesagt: ›Guten Morgen, guten Tag‹ oder ›Ich danke Ihnen‹, wenn ich ihm Hut und Kat abgenommen habe. Aber er sprach immer mit … wie nennt man das?«

»Akzent?«

»Ja.«

»Wann war er denn das letzte Mal bei Ihrem Herrn?«, wollte Fontane abschließend wissen.

»Das war einen Tag«, Katharina Großjohann schaute zu Boden, »vor dem schrecklichen Ereignis.«

Manchmal warfen seine Freunde ihm Rücksichtslosigkeit gegenüber seiner Familie vor und behaupteten, Fontane würde seine Frau ausnutzen. Stets wies er die Vorwürfe zurück; schließlich war er es, der das Geld heranschaffte, von dem die Familie lebte. Es war nie viel, doch zum Leben reichte es.

Natürlich, der gesamte Haushalt und die Erziehung der Kinder ruhten auf Emilies Schultern. Oft genug war sie mit Letzterem überfordert und griff zum Stock: »Vorlesungen aus Kloppstock«, pflegte er diese pädagogische Maßnahme zu nennen. In der Regel verfehlte sie ihre Wirkung nicht. Fontane hingegen mischte sich nicht ein und begnügte sich mit der bequemen Rolle als liebevoller Vater.

Nach seiner Rückkehr von Tempelhof war die Rolle für einen Abend ausgespielt. Er musste sich den Vorwurf anhören, er habe den Sonntagsausflug missbraucht, um seine eigensüchtigen und überdies albernen Ziele zu verfolgen. Um Emilie versöhnlich zu stimmen, spielte er mit ihr Whist. Das ging bis spät in die Nacht, aber als man sich zu Bett begab, war das Gewitter vorübergezogen. Emilie war bereit, ihn am kommenden Abend zu den Wangenheims zu begleiten.

Der Geheimrat und seine Gattin hatten zu einem Essen in kleinem Kreis geladen. Nur Emilie, Fontane und Doktor Hammerschmidt, den man wohl als Nachbarn hinzu gebeten hatte, waren anwesend.

Fontane berichtete von seinem Gespräch mit dem Dienstmädchen – auch in der Absicht, die Landpartie im Nachhinein zu legitimieren. Als Verwandte nahm Marie von Wangenheim Anteil an allem, was mit dem Tod des Rittmeisters zu tun hatte, und so konnte Fontane sich einreden, doch eine Art nicht erteilten Auftrag zu erfüllen. Vor allem Emilie sollte so denken.

»Wir haben wirklich wenig von ihm gewusst«, sagte die Frau des Hauses beinahe schuldbewusst, nachdem er seinen Bericht beendet hatte.

Der Geheimrat ergriff ihre Hand.

»Es lag nicht an uns«, sagte er. »Doch wenn Johann Friedrich je in England oder Amerika gewesen wäre, so hätten wir davon gehört. Irgendwer aus deiner Familie hätte uns Mitteilung gemacht. Allerdings ...«, er füllte die Gläser mit einem spritzigen Moselwein, »... die deutsche Gesandtschaft von 1862 wohnte während ihres Shanghai-Aufenthalts im amerikanischen Settlement. Er wird also zwangsläufig Umgang mit Amerikanern gepflegt haben.«

»Seitdem sind zwölf Jahre vergangen, Karl Hermann. Und das Dienstmädchen scheint doch sicher zu sein, dass der Unbekannte sich wie ein Engländer verhielt.«

»Sie hat noch nie einen zu Gesicht bekommen. Vielleicht erfüllte sein Auftreten ihre Vorstellungen von der Distinguiertheit der Engländer. Warum sollte nicht auch ein Amerikaner vollendete Umgangsformen haben?«

»Stellt sich nur die Frage, was er von dem Rittmeister wollte? Und die Frage nach dem Grund der Geheimnistuerei«, sagte Fontane. »Wenn Katharina tatsächlich kein Wort von der Unterhaltung verstehen konnte, musste er doch die Tür nicht verschließen. Wäre sie aus Versehen eingetreten, hätte man nicht einmal verstummen müssen.«

»Ja, das ist durchaus mysteriös«, bestätigte der Geheimrat.

Der Arzt rückte sein Fauteuil näher an Fontanes Sessel, was diesem Anlass zu der Befürchtung gab, er wolle seine Erzählung von den hysterischen Frauen fortsetzen oder, schlimmer noch, sie noch einmal von vorn beginnen.

»Der Kommissar Aschinger verfolgt doch aber bereits eine Spur?«, erkundigte sich Marie. »Er deutete an, dass Johann Friedrich erhebliche Schulden gehabt hätte. Was uns übrigens unbekannt war. Woher hätten wir es auch wissen sollen?«

»Das Mädchen machte eine entsprechende Andeutung: Dass sich manchmal Herren eingefunden hätten, die mit dem Rittmeister über Geld stritten. Beim Geld hört die Freundschaft zwar auf, aber ist es nicht etwas weit hergeholt, dass Männer aus höheren Kreisen einen Schuldner im Streit um Geld erstechen, noch dazu auf der Straße? An ihre Außenstände gelangen sie so auch nicht.«

Doktor Hammerschmidt hob den Zeigefinger. »Der Affekt«, sagte er. Fontane hatte große Angst, dass es vom Affekt zur Hysterie nur ein kleiner Schritt wäre, aber Hammerschmidt ließ es mit dieser Bemerkung vorerst bewenden.

»Übrigens erwähnte die Großjohann auch einige Freunde oder Bekannte des Rittmeisters, so einen Oberstabsveterinär Professor Giehlow. Vielleicht kennen Sie ihn, Doktor?«

»Warum sollte ich?« Hammerschmidt spielte den Empörten. »Ich bin doch kein Vieharzt.«

Fontane schaute zu den Wangenheims. Beide schüttelten den Kopf.

»Einen Professor Krüger von der Geologischen Forschungsgesellschaft?«

»Nie gehört«, sagte der Geheimrat.

»Oder einen Architekten namens Schenk?«

Auch den kannte niemand.

Claire brachte eine Silberplatte mit aufgeschnittenem Braten, ofenwarmes Weißbrot und gelbe Butter. Sie verteilte Teller und Bestecke auf dem Tisch am Kamin. Der Geheimrat schenkte Wein nach.

»Vielleicht wollte sich der Rittmeister eine Villa bauen lassen«, gab Hammerschmidt zu bedenken, kaum dass Claire den Salon verlassen hatte.

»Von seinen Schulden?«

»Fast das gesamte Gewerbeleben nach dem Sieg über Frankreich war doch auf Schulden gebaut.«

»Und damit auf Sand, wie wir seit Monaten zu spüren bekommen.«

Für einen Moment trat Schweigen an. Marie von Wangenheim übernahm es selbst, ihren Gästen vom Braten aufzulegen.

»Ein Stabsveterinär, ein Geologieprofessor, ein Architekt«, sprach sie vor sich hin. »Den Bruder hat das Dienstmädchen nicht erwähnt?«

»Welchen Bruder meinen Sie?«, fragte Fontane.

»Den Bruder des Rittmeisters.«

»Von der Existenz eines Bruders wusste ich nichts.«

»In der ersten Aufregung habe ich gar nicht an ihn gedacht«, erklärte Marie. »An Rudolf, der zwei, drei Jahre jünger sein dürfte als Johann Friedrich. Ich bin sicher, dass Sie ihn kennen.«

»Einen Rudolf von Stepanitz?« Fontane warf einen Blick zu seiner Frau. Die hob die Schultern.
»Dass Sie ihn nicht unter diesem Namen kennen, überrascht uns nicht«, sagte der Geheimrat. »Er ist aber wie Sie publizistisch tätig und veröffentlicht seine … tja, Aufsätze unter *noms de guerre*, die Sie zumindest gehört haben dürften: Gustav Glanz, Thomas Martin Nachtwey oder Anselm Schönhaus.«
Fontane riss die Augen auf.
»Sprechen Sie von dem Pamphletisten? Der in diesem und jenem katholischen Organ eine Art Privatfehde gegen Bismarck führt? *Das* ist der Bruder?«
»Es ist fast peinlich, das einzuräumen, weil ich ja auch mit ihm verwandt bin«, sagte die Freifrau, »aber genau ihn meinen wir. Das Wort Privatfehde trifft es übrigens recht genau. Er bildet sich wohl ein, die katholische Sache zu vertreten, wenn Sie also wollen, auch *meine* Sache, aber ich kann mich mit seinen hasserfüllten Angriffen keineswegs identifizieren.«
»Wobei ich als Protestant ausdrücklich erklären möchte, dass ich Bismarcks Katholikenpolitik keinesfalls billige«, verlautbarte Hammerschmidt.
»Danke, Doktor.« Marie von Wangenheim nickte ihm zu. »Persönlich kennen wir Rudolf übrigens nicht. Er hat uns nie besucht.«
»Vielleicht bin ich ihm zu staatsnah«, ergänzte der Geheimrat kopfschüttelnd.
»Das muss ich erst einmal verdauen.« Fontane griff nach dem Weinglas und nahm einen kräftigen Schluck. »Glanz, Nachtwey, Schönhaus – dahinter verbirgt sich also ein von Stepanitz. Schreibt er nicht für die Zeitschrift *Germania*?«
»Am häufigsten«, bestätigte der Geheimrat. »Er hat aber auch auf eigene Kosten ein paar Broschüren veröffentlicht. Irgendwo in meinem Arbeitszimmer findet sich gewiss die

eine oder andere. Ich muss bekennen, dass ich nie über die Lektüre der ersten Sätze hinausgelangt bin. Hass und Zorn sind keine guten Ratgeber bei einer politischen Auseinandersetzung.«

»Der Rittmeister hat sich aber in dieser Sache nicht profiliert?«

»Als Mann im Staatsdienst? Das kann ich mir kaum vorstellen. Wenn er klug war, hat er auf Abstand zu seinem Bruder gehalten.«

»Was erklären würde, dass das Dienstmädchen Rudolf nicht erwähnt hat«, ergänzte die Freifrau. Sie deutete auf den Brotkorb. Emilie tat sich keinen Zwang an und langte als Erste zu.

»Ich vermute hinter diesem Verbrechen eine Liebesgeschichte«, sagte sie, während sie eine dicke Schicht Butter auf das Brot strich. Doktor Hammerschmidt beugte sich augenblicklich vor.

»Sie sind wohl eine Romantikerin, Frau Fontane?«

»Ich kann eine sein«, erwiderte sie mit einem koketten Lächeln, das in Fontane sofort Eifersucht erweckte. »Nein, als Frau eines Schriftstellers und Mutter von vier Kindern war ich immer gezwungen, mit beiden Beinen auf dem Boden der Tatsachen zu stehen. Was bleibt einer Frau übrig, wenn schon der Mann den Kopf in den Wolken hat?«

»Na, na, Emilie!« Fontane schüttelte den Kopf.

»Doch da sind nun einmal diese poetischen Liebesbriefe einer unbekannten Absenderin«, fuhr sie unbeirrt fort.

»Einige hat uns der Kommissar auch vorgelegt«, sagte Marie. »Wir konnten sie aber niemandem zuordnen.«

»Über ihre poetischen Qualitäten kann man geteilter Meinung sein«, konnte sich Fontane nicht enthalten zu sagen.

»Aber ich teile durchaus Ihre Auffassung«, sagte der Doktor, der endlich eine Brücke zu seinem Lieblingsthema gefunden hatte. »Es ist häufig die Liebe oder ihre Abwesenheit, die Frauen zu Wahnsinnstaten hinreißen kann. Nehmen wir die Hysterikerinnen von Morzine. Ich erwähnte wohl bereits bei Ihrem letzten Besuch, dass in diesem abgelegenen Alpendorf zwei Mädchen kurz vor der Erstkommunion plötzlich begannen, Tobsuchtsanfälle zu bekommen. Sie verfielen in Zuckungen, verfluchten Gott, schleuderten den Erwachsenen ihren ganzen Hass entgegen. Und warum? Weil sie unglücklich waren. Weil man ihnen verboten hatte, zu tanzen und Männer zu treffen. Natürlich, es war ein strikt katholischer Ort. Aber damit nicht genug, infizierten sie bald alle Gleichaltrigen mit ihrem Wahn. Dann ihre Mütter. Am Ende spielten sämtliche Frauen der Ortschaft verrückt.« Hammerschmidt hatte sich in Begeisterung geredet und rieb sich die Hände. Fontane wechselte einen Blick mit dem Herrn des Hauses. Von Wangenheim zuckte bedauernd mit den Schultern.

Fünftes Kapitel

4. März 1874

Fontane hatte seine Schritte in das Villenviertel südlich vom Großen Tiergarten gelenkt, wo neben den Besitzern alten Geldes und neben den neureichen Aufsteigern auch jene Vertreter der gebildeten Stände wohnten, die es sich leisten konnten. Obwohl er häufig durch die Stadt spazierte, war ihm Emilie doch mit Misstrauen begegnet, als er ihr erklärt hatte, er wolle ein wenig Luft schnappen. Sie hatte ihn ermahnt, sich Aschingers Worte zu Herzen zu nehmen und es mit dem Spaziergang bewenden zu lassen. Darum, es ihr zu versprechen, hatte er sich gedrückt.

Es waren die in kunstvoller Schrift verfassten Liebesbriefe, die ihm keine Ruhe ließen, und nicht die Briefe allein, sondern vor allem das Geheimnis, das Verfasserin und Empfänger um sie gemacht hatten. Vielleicht hatte Emilie recht, vielleicht waren sie der Schlüssel zu dem Mord. Ehebruch und Eifersucht waren Dinge, die ihn als Schriftsteller brennend interessierten. Sie stellten nicht bloß bewährte Ingredienzien für einen Roman dar, sie waren Mordmotive von alters her.

Zwei Frauen standen auf seiner Agenda, Frauen, die beim Rittmeister von Stepanitz häufiger zu Gast gewesen waren, wenn auch, schenkte man dem Dienstmädchen Glauben, stets in Begleitung ihrer Ehemänner. Das schloss jedoch heimliche Tête-a-têtes ebenso wenig aus wie Liebesbriefe, Liebesschwüre, Liebeshändel …

Cherchez la femme!

Die Villa des Oberstabsveterinärs Professor Giehlow war ein beachtliches Bauwerk in einem streng klassizistischen Stil, bei dem eine vollkommene Harmonie aller Bauglieder angestrebt wurde, und der erste Schritt zur Harmonie war offenkundig: Symmetrie. Dem beinahe quadratischen Gebäude war ein Portikus vorgebaut, zu dem die Stufen einer breiten Treppe führten, über dem Portikus befand sich eine Loggia, über dieser ein dreieckiger Giebel. Den Portikus gliederten ionische, die Loggia korinthische Säulen, im Giebel tobte eine Kentaurenschlacht. Die Außenwände waren so weiß, dass es den Anschein hatte, man habe sie aus dem Schnee, der den großen Garten kniehoch bedeckte, geformt. Sie bestanden allerdings nicht stilgerecht aus Marmor; das Weiß war nur Tünche.

Fontane blickte durch das schwarz lackierte, eiserne Tor auf das Grundstück. Bereits am Morgen hatte er sich überlegt, wie es ihm auf unverfängliche Weise gelingen könnte, Zugang zu erlangen. Seine Interessen waren zwar durchaus vielfältig, aber das Veterinärwesen gehörte nicht dazu. Professor Giehlow aber war kein gewöhnlicher Mediziner, sondern als Oberstabsveterinär Tierarzt beim Militär. Fontane seinerseits hatte mehrere Werke über die großen Kriege verfasst, deren letztes Ergebnis die Gründung des Deutschen Reiches war, er konnte sich also mit Fug und Recht Kriegsschriftsteller nennen. Das war womöglich die Brücke zum Herzen des Professors, und so hatte er dem Boten, der eine eilige Theaterkritik zur Redaktion der *Vossischen Zeitung* bringen sollte, zugleich ein Billett an Giehlow in die Hand gedrückt. Er war gespannt, ob es ausreichte, empfangen zu werden.

Fontane betätigte den Klingelzug neben dem Tor. Ein, zwei Minuten verstrichen, dann erschien ein livrierter Diener auf der Treppe vor dem Portikus. Er spannte einen großen Schirm auf, und obwohl die Zufahrt für die Droschken geräumt worden war, setzte er seinen Fuß betont vorsichtig auf den gefrorenen Boden. Als er näher kam, entdeckte Fontane, dass er Lackschuhe mit dünnen Ledersohlen trug. Offenbar biss ihn der Frost in die Zehen, denn er schaute ziemlich unglücklich drein.

»Sie wünschen?«, fragte er, kaum dass er das Tor erreicht hatte.

»Ich habe dem Herr Professor heute Morgen einen Brief geschrieben«, sagte Fontane. »Mir ist bewusst, dass ich gegen die Etikette verstoße, denn ich hätte natürlich die Antwort abwarten müssen. Zu meiner Rechtfertigung kann ich nur anführen: Es pressiert.«

Der Bedienstete nickte. »Sie sind also Schriftsteller«, sagte er und öffnete einen Torflügel.

»Ja. Aus meiner Feder stammen Arbeiten über die Kriege gegen Dänemark, gegen Österreich und Frankreich. Nun ist es doch aber so, dass Tiere im Krieg eine wichtige Rolle spielen und seit Jahrtausenden gespielt haben. Ich denke an Hannibals Elefanten, an Brieftauben und Kriegshunde, vor allem aber an das Pferd. Da sitze ich also an meinem Schreibtisch und fühle mich, was diesen Gegenstand betrifft, mit Blindheit geschlagen. Professor Giehlow wurde mir als profunder Kenner dieser Materia empfohlen und …«

»Der Herr Professor sind an der Universität«, unterbrach ihn der Diener. »Aber die gnädige Frau wird Sie empfangen. Sie liebt die Literatur.«

Er hielt den Schirm über Fontanes Kopf und geleitete ihn so zur Villa.

Durch einen schmalen, torwegähnlichen Gang ging es in den Salon, der tatsächlich ein Quadrat war. Vier freistehende Säulen mit den schneckenförmigen ionischen Kapitellen trugen eine Kassettendecke, den Boden bedeckten Terrakottafliesen mit geometrischen Motiven; sie lugten allerdings nur an den Rändern großer Perserteppiche hervor.

Das Meublement war üppig. Wuchtige Fauteuils und Chaiselongues, barocke Tische und biedermeierliche Vertikos, Etageren für die Topfpflanzen und eine Unzahl von Stehlampen schienen die Nüchternheit des Raumes verbergen zu sollen: Die jetzigen Bewohner hatten dem an der italienischen Renaissance orientierten Geschmack des Erbauers die Geschmacklosigkeit der Zeit hinzugefügt.
Der Lakai forderte Fontane auf, es sich bequem zu machen, dann verließ er den Salon, um den Besucher zu melden.
Die Villa wie auch ihre Einrichtung erschienen selbst für das Einkommen eines Oberstabsveterinärs und Professors der Berliner Universität zu kostspielig. Fontane nahm an, Giehlow habe mit seiner Frau auch Geld geheiratet.
Die Dame des Hauses betrat das Empfangszimmer durch eine Seitentür. Fontane hatte den Rittmeister nur als Leichnam gesehen und konnte sich an ihre Begegnung Ende der Fünfziger- oder Anfang der Sechzigerjahre kaum mehr erinnern; dennoch war er überzeugt, dass Frau Professor Giehlow mindestens zehn Jahre älter war. Sie war ungewöhnlich klein, und um diesem Makel, wenn es denn einer war, abzuhelfen, trug sie ihr kastanienbraunes Haar sehr hoch aufgetürmt. Kämme und Spangen hielten die instabil wirkende Frisur in Form. Auf die Haarfarbe abgestimmt war das vermeintlich anspruchslose Hauskleid, doch feinste Brüsseler Spitze an Kragen und Ärmeln bewies, dass der Schein trog.
»Ich muss um Verzeihung bitten für diesen Überfall.« Fontane erhob sich und hauchte einen Kuss auf die ihm dargebotene Hand. Frau Giehlow reichte ihm gerade einmal bis zur Brust.
»Keine Ursache. Seien Sie willkommen, Herr Fontane. Mein Mann wird Ihnen Ihre Fragen sicher gern beantworten, allerdings erwarte ich ihn erst in zwei Stunden zum Essen. Wir müssen die Zeit mit Causerien verbringen«, sagte sie,

und ihr war anzusehen, dass ihr der Gedanke an eine Plauderei mit einem Schriftsteller Vergnügen bereitete. Frau Giehlow forderte Fontane auf, wieder Platz zu nehmen, dann rief sie über die Schulter: »Amelie!«
Sofort erschien ein blutjunges Dienstmädchen mit herben, bäurischen Zügen.
»Bringe uns Kaffee und Biskuits!«
»Zu Befehl, gnädige Frau!« Das Mädchen knickste und verschwand.
»Wir könnten uns über einen gemeinsamen Bekannten unterhalten«, schlug Fontane vor.
»Wir haben einen gemeinsamen Bekannten?« Auch die Frau Professor setzte sich. Der Haarturm schwankte bedrohlich. »Wen?«
»Den Rittmeister von Stepanitz.«
Frau Giehlow wurde blass. »Johann Friedrich von Stepanitz?«, vergewisserte sie sich mit gesenkter Stimme. »Sie waren mit ihm bekannt?«
»Weitläufig.«
»Schrecklich, was ihm widerfahren ist, nicht wahr? So jung zu sterben, mit gerade vierunddreißig Lenzen …«
Fontane nickte.
»Kann man in dieser grässlichen Stadt überhaupt noch leben?«, fragte die Frau Professor mehr sich als Fontane. »Kann man noch unbefangen auf die Straße gehen, wenn man überall Mord und Totschlag fürchten muss? Ich sage Ihnen, die vielen Habenichtse und die armen Arbeiter, die Berlin überschwemmen, sind eine Crux unserer Zeit. Ihre ungeheuere Zahl ist eine Kehrseite der Entfaltung des Gewerbelebens. Aber darf ich klagen? Ich bin eine geborene Thiel. Ernst Thiel Chemische Werke – das sagt Ihnen sicher etwas?«
Fontane nickte wieder. Das sagte ihm eine Menge, vor allem auch über die Herkunft des Reichtums.

»Merkwürdig, dass Johann Sie nie erwähnt hat«, fuhr Frau Giehlow fort. »Sie sind ja, mit Verlaub zu sagen, insonderheit Ihrer Balladen wegen nicht unberühmt.«
Dass die Dame des Hauses ihn kannte, schmeichelte Fontanes Eitelkeit, allerdings brachte es ihn auch in die Bredouille. Was sollte er erwidern?
Das Dienstmädchen verschaffte ihm Bedenkzeit, als es den Kaffee und die Biskuits brachte. Nachdem es den Salon wieder verlassen hatte, sagte er: »Man kann nicht sagen, dass wir uns nahestanden. Wir sind uns nur gelegentlich bei dem Geheimen Oberregierungsrat von Wangenheim begegnet, dessen langjährige Freundschaft ich mir zur Ehre anrechnen kann.«
»O ja, das ist ein wichtiger Mann. Einer solchen Freundschaft können Sie sich glücklich schätzen.« Frau Giehlow deutete auf die Biskuits. Aus Höflichkeit nahm Fontane eines. Es war staubtrocken. »Und für mich ist Ihr Besuch eine Freude. Leider haben wir gar keinen Dichter in unserem Kreise, sondern vor allem Offiziere und«, ihre Mundwinkel bogen sie kaum merklich nach unten, »Tierdoktoren. Auch ich dilettiere in der Dichtkunst.«
»Wie schön«, sagte Fontane, dachte aber das Gegenteil.
»Natürlich verfüge ich nicht über Ihre Kunstfertigkeit, aber in aller Bescheidenheit darf ich doch sagen, dass ich durchaus einigen Effekt erringe, wenn ich meine Schöpfungen vortrage. Man soll ja nicht Gleiches mit Gleichem vergelten, doch da Sie quasi mit der Tür ins Haus gefallen sind, würde ich gern mit einer Kostprobe das Nämliche bei Ihnen tun. Erlauben Sie?«
»Ich bitte darum«, erwiderte Fontane, der das Schlimmste fürchtete. Andererseits bot ihm das vielleicht die Gelegenheit, ein Blatt mit den lyrischen Ergüssen der Frau Professor in die Hand zu bekommen und so einen Blick auf Papier und Schrift zu werfen.

Frau Giehlow verließ für einen Augenblick den Raum, und Fontane spülte mit dem Kaffee den Staub aus dem Mund. Der Diener erschien mit einem Silbertablett, auf dem eine Visitenkarte lag.
»Die gnädige Frau sind …?«, fragte er.
»Nur un instant in ihr Kabinett gegangen.«
Der Diener wartete mit Fontane auf ihre Rückkehr. Kurze Zeit später betrat Frau Giehlow mit einer Mappe, die mit Blüten bedruckt war, den Raum. Sie warf dem Diener einen ärgerlichen Blick zu. Der verbeugte sich und reichte ihr das Tablett.
»Non, Henri-Claude, ich empfange nicht.«
»Diese Herren sollten Sie vielleicht …«
»Nicht einmal den Kaiser!«
»Es sind zwei Herren von der Kriminalpolizei«, sagte der Diener nicht ohne Ehrfurcht. Fontane fuhr vor Schreck zusammen. Nur mit Mühe gelang es ihm, die Tasse zurück auf die Untertasse zu stellen, so sehr zitterten seine Hände. Viel zu schnell erhob er sich, sodass ihm für einen Moment schwarz vor Augen wurde und er schwankte.
»Aber Herr Fontane, ist Ihnen nicht gut?«, wollte die Hausherrin voll Sorge wissen. Die Mappe legte sie auf den Tisch.
»Eine kleine Schwäche.« Fontanes Stimme klang brüchig. »Wenn ich ein wenig kaltes Wasser … ins Gesicht …«
»Aber natürlich. Henri-Claude zeigt Ihnen das Bad.«
Das Badezimmer war groß und ebenfalls mit Terrakottafliesen ausgelegt, wie vermutlich das ganze Haus. Die Wände waren mit einem bräunlichen und offensichtlich falschen Marmor verkleidet, von denen das weiße Waschbecken ebenso abstach wie die weiße Badewanne. Darüber hinaus gab es ein ebenfalls weißes und aus Porzellan gefertigtes Wasserklosett. Fontane setzte sich auf den Deckel. Am liebsten hätte er sich davongestohlen, aber ihm war klar, dass eine Flucht keinen Zweck hatte, denn Aschinger oder wer immer

soeben die Villa betreten hatte, würde ohnehin von der Hausherrin von seinem Besuch erfahren. Er musste zurück in den Salon. Dass er den Bogen überspannt hatte und Aschingers Freundschaft aufs Spiel setzte, war ihm nur zu bewusst.

Es waren Aschinger und Wittlich, die in zwei Fauteuils Platz genommen hatten. Frau Giehlow stand neben dem Tisch, auf dem ihre Mappe lag. Aschinger starrte Fontane aus entzündeten Augen an, Wittlich, wohl peinlich berührt von der unverhofften Begegnung, betrachtete seine Hände. Die Dame des Hauses stellte sie einander vor.

»Herr Kriminalkommissar Aschinger, Herr Kriminalschutzmann Wittlich«, sagte sie. »Herr Theodor Fontane, ein bekannter Dichter.«

Aschinger nickte Fontane flüchtig zu, Wittlich hob nur den Blick und bemühte sich um eine möglichst ausdruckslose Miene. »Wir schickten uns gerade an, über Dichtkunst zu plaudern, als man mir Ihre Karte brachte.«

»Von Dichtkunst sollte ein Dichter ja auch etwas verstehen«, sagte Aschinger spitz.

»Ich muss mich auf den Weg machen«, sagte Fontane. »Der Herr Kommissar möchte sicher mit Ihnen allein sprechen.«

»Ich bedaure die Unterbrechung.« Noch immer stehend, schlug sie die Mappe auf. Sie nahm das eine und andere Blatt heraus und betrachtete es, wobei Fontane erkannte, dass es sich um Büttenpapier handelte. Schließlich legte sie einen der Bögen beiseite, leerte die Mappe, brachte die übrigen Seiten zu einem Vertiko, öffnete die Schublade und legte sie hinein. »Herr Fontane ist übrigens ein Bekannter des Johann von Stepanitz, dessen Tod der Anlass für Ihren Besuch sein dürfte«, sagte sie zu Aschinger. Zum Tisch zurückgekehrt, deponierte sie das eine Blatt in der Mappe, trat zu Fontane und reichte sie ihm. »Ich möchte Ihnen dieses kleine Gedicht schenken. Außerdem wäre es mir ein großes Vergnügen, wenn Sie am kommenden Samstag zum Tee kämen. Wir nehmen ihn auf englische Art um fünf.«

Fontane ergriff die Mappe. »Verbindlichsten Dank.«

»Wenn der Herr Dichter mit dem bedauernswerten Opfer ruchloser Tat bekannt ist«, sagte Aschinger pathetisch und stand auf, »erlauben gnädige Frau sicher, dass ich ihn zum Tor bringe und ein paar Worte mit ihm tausche?«

»Ich habe der Polizei nichts zu erlauben.« Frau Professor Giehlow setzte sich mit schwankender Frisur. »Tun Sie Ihre Pflicht.«

Als sich Aschinger und Fontane der Haustür näherten, sprang Henri-Claude mit dem Schirm herbei, aber der Kommissar wies die Begleitung zurück. Der Diener öffnete die Tür, Aschinger ließ Fontane den Vortritt. Draußen schneite es so stark, dass man die Villen auf der gegenüberliegenden Seite der Straße nur als Umrisse erkennen konnte.

Aschinger schnäuzte sich ausgiebig und behielt das Schnupftuch in der Hand.

»Ich enthalte mich vorerst eines Kommentars«, sagte er. Der irgendwann am Morgen oder Vormittag geräumte Weg war nun daumenhoch mit Schnee bedeckt. »Aber ich muss mit Ihnen reden. Auf neutralem Boden. Haben Sie einen Vorschlag?«

»Die *Frederichs'sche Speisewirtschaft* in der Potsdamer Straße?«

»Kenne ich. Warten Sie dort auf uns. Und nehmen Sie das nicht als Wunsch, sondern als Befehl.« Ohne Gruß wandte sich Aschinger um und eilte in die Villa zurück. Fontane zog den Hut tief ins Gesicht und machte sich auf den Weg.

Obgleich nur einen Katzensprung von seiner Wohnung entfernt, suchte Fontane die *Frederichs'sche Speisewirtschaft* nur selten auf, denn er und mehr noch Emilie vermeinten, sich einen solchen Besuch nicht leisten zu können. Die Restauration war das Lieblingslokal des Malers Adolf Menzel, der fast jeden Abend nach getaner Arbeit an einem eigens für ihn reservierten Tisch eine üppige Mahlzeit einnahm. Nun jedoch, am Nachmittag, gab es Plätze in Hülle und Fülle.

Fontane setzte sich an einen Tisch am Fenster und schlug die Mappe auf. Er nahm das Büttenblatt in die Hand und hielt es gegen das Licht. Wie erwartet, hatte es ein Wasserzeichen, eine geschwungene Lilie. Der Kellner nahm seine Order auf, Fontane bestellte einen Kaffee. Dann überflog er das zweistrophige Gedicht:

Uns hat der Winter geschadet überall,
Heide und Wald, die sind beide nun fahl,
Wo sonst so süß klang der Stimmlein Hall.
Säh' an der Straß' ich die Mädchen den Ball
Werfen! So käm' auch der Vögelein Schall.

Möcht' ich verschlafen des Winters Zeit!
Wacht' ich derweile, so trag' ich ihm Neid,
Dass er Gewalt hat so weit und so breit.
Weiß Gott, er lässt doch dem Maien den Streit:
Dann les' ich Blumen, wo jetzt es noch schneit.

Fontane verzog das Gesicht, als hätte er in eine Zitrone gebissen. Er würde das »Werk« über den grünen Klee loben müssen, um sich ein Gespräch darüber vom Halse zu halten. Allerdings begab man sich mit einer Eloge in die Gefahr, das gesamte Œuvre der Frau Professor in die Hand gedrückt zu bekommen – sofern er ihrer Einladung zum Tee folgen würde.

Fontane untersuchte die Schrift. Die sauberen, in ihrem Schwung gezähmten Buchstaben verrieten, dass das Gedicht ins Reine geschrieben worden war, allerdings konnte von

Kalligraphie, noch dazu in chinesischer Manier, keine Rede sein. Überhaupt bezweifelte er, dass Frau Giehlow etwas mit den Liebesbriefen zu tun hatte. Auch bei einem Mann von Stand und Ehre führte ein Seitensprung dazu, dass die sogenannte Gesellschaft ihn kritisch betrachtete, doch war man geneigt, ihm sogar eine weitaus jüngere Geliebte zu verzeihen, eben weil er ein Mann war. Eine Frau hingegen traf nicht nur der Bannstrahl, mit einem um die zehn Jahre jüngeren Casanova gab sie sich der Lächerlichkeit preis. Niemand würde sie mehr einladen, niemand sie besuchen, und dem Gatten war es erlaubt, sie mittellos aus dem Haus zu weisen. Mit der Visite bei Frau Giehlow hatte sich Fontane zweifellos auf eine falsche Fährte begeben.
Der Ober brachte den Kaffee, Fontane schlug die Mappe zu. Er schaute hinaus in den Schnee und sann darüber nach, ob er es wagen solle, als Nächstes den Professor Krüger von der Geologischen Forschungsgesellschaft aufzusuchen. Kein Gesetz verbot es ihm, und Aschinger konnte sich darüber zwar echauffieren, verhindern konnte er es nicht. Im Grunde aber war es Unsinn: Mit solchen Höflichkeitsbesuchen würde es ihm nicht gelingen, der Verfasserin der Liebesbriefe auf die Spur zu kommen. Schließlich konnte er nicht direkt nach ihnen fragen.
Seufzend nahm er einen Schluck von dem lauwarmen Kaffee und verzog abermals das Gesicht. Er machte Aschinger und Wittlich auf der gegenüberliegenden Straßenseite aus, wo sie einen Dampfschneepflug an sich vorbeifahren ließen, bevor sie die Fahrbahn überquerten. Wenig später betraten sie das Lokal. Fontane straffte den Oberkörper und wappnete sich für eine Auseinandersetzung.
Aschinger und Wittlich nahmen an seinem Tisch Platz, der Kommissar winkte nach der Bedienung. Berliner Kellner waren üblicherweise hochnäsig und ließen die Gäste gern warten, dieser aber erschien sofort.

»Einen großen Krug Bier«, bestellte Aschinger und deutete auf Fontane, »auf Rechnung dieses Herrn.«
Fontane widersprach nicht. Aschinger lehnte sich zurück, schnäuzte sich und betrachtete sein Gegenüber mit unbeweglichem Ausdruck. Wittlich zückte Notizbuch und Bleistift.
»Ich hatte eine Bitte geäußert«, begann der Kommissar in einem fast freundlich zu nennenden Ton. »Haben Sie sich unter Ihren hochgestellten Bekannten umgehört, ob man von einer Dame mit Neigungen zu chinesischer Schönschrift weiß?«
»Ich hatte noch nicht die Gelegenheit«, behauptete Fontane.
»Hatten Sie nicht?« Aschinger runzelte die Stirn. »Oder wollten Sie sich erst einmal die Freunde des Rittmeisters a. D. zur Brust nehmen? Die Giehlow, Krüger und wie sie alle heißen?«
»Ja«, bekannte Fontane, denn etwas anderes blieb ihm gar nicht übrig.
»Haben Sie gedacht, dass wir das nicht tun? Trauen Sie mir nicht einmal zu, das Naheliegende zu unternehmen? Fontane, Sie enttäuschen mich. Und meine Warnungen haben Sie auch in den Wind geschlagen. Ach, ja«, er schaute zu Wittlich, »meine Worte sind Perlen vor die Säue.«
»Also, ich muss doch bitten!«, protestierte Fontane.
»Bitten Sie getrost. Wittlich, referieren Sie!«
»Aber Kommissarius!«
»Tun Sie es nur. Der Herr Dichter wird doch ohnehin all das erfahren, was wir wissen, denn er hat eine Einladung zum Fünf-Uhr-Tee.« Aschinger griff nach der Mappe und öffnete sie. Er warf einen Blick auf das Gedicht und stieß ein kurzes, bellendes Gelächter aus, das in einen Hustenkrampf überging. Der von steter Angst vor Katarrhen geplagte Fontane wandte sich ab.

Es brauchte eine Weile, bis Aschinger sich beruhigt hatte. Sein Gesicht war von der Atemnot hochrot, Schweißperlen standen auf seiner Stirn. Langsam beugte er sich vor.
»Ich wünsche Ihnen, dass die Frau Ihnen mehrere Stunden lang ihre Gedichte vorträgt. Wittlich, fangen Sie an!«
»Tja«, der Kriminalschutzmann fuhr sich mit der stumpfen Seite des Bleistifts über die Wange, »wo beginnen? Vielleicht ... Kennengelernt haben sich Giehlow und Stepanitz beim Militär. In der Garnisonstadt Prenzlau, wo es nur zwei Dinge gibt: Exerzieren und Langeweile. Stepanitz war damals gerade zum Rittmeister befördert worden, Giehlow war Stabsveterinär und kümmerte sich um die Kavalleriepferde und die Wachhunde. Viel zu doktern gab es aber wohl nicht, und so trafen sie sich häufig zum Kartenspiel. Verstanden sich gut, kamen einander näher. Mag sein, dass auch der Branntwein ihre Herzen öffnete. Giehlow ist zwölf Jahre älter, er nahm den jungen Offizier sozusagen unter seine Fittiche. Stepanitz hat ihm sogar Briefe aus Shanghai geschrieben, und nach seiner Rückkehr knüpften sie ihre Bande erneut. Seit einiger Zeit jedoch ...« Wittlich blätterte in dem Notizbuch. »Es ist eine gewisse Unterkühlung eingetreten. So hat es die Frau Professor ausgedrückt: eine gewisse Unterkühlung.«
»Und warum, wenn man fragen darf?«, sagte Fontane. Wittlich schaute zu seinem Chef, der nickte. Der Kellner trug den Bierkrug und drei Becher herbei.
Der Kriminalschutzmann wartete, bis er sich getrollt hatte, und sagte dann: »Stepanitz hat den Herrn Oberstabsveterinär mehrmals angepumpt. Zuerst gab Giehlow gern, aber als die Rückzahlungen immer mehr ins Stocken gerieten ...«
»Sie verharmlosen, Wittlich«, warf Aschinger ein. »Sie sind nicht ins Stocken geraten, Stepanitz machte überhaupt keine Anstalten, die geliehenen Summen zurückzuzahlen.«
»Um wie viel handelt es sich denn?«

»Fast fünfhundert Goldmark«, sagte Aschinger.

»Das ist ja ganz erheblich«, meinte Fontane. »Haben Sie Giehlow in Verdacht?«

»Können Sie sich einen Universitätsprofessor vorstellen, der nachts mit einem Messer einem Schuldner auflauert und diesen massakriert?«, fragte Aschinger zurück.

»Sie haben doch gesagt, dass Sie sich an die Gläubiger halten wollen«, bemerkte Fontane.

»Unter anderem. Natürlich verfolgen wir auch die amouröse Spur, wenn ich sie mal so nennen darf. So wie Sie.« Aschinger füllte die Becher. »Was halten Sie von der Giehlow?«

Fontane zuckte mit den Schultern.

»Ich weiß nicht recht. Sie ist klein von Gestalt, einige Jahre älter und nicht sonderlich attraktiv. Mit einer solchen Frau hätte sich Stepanitz wohl kaum abgegeben.«

»Vermutlich nicht«, bestätigte Aschinger. »Und damit Sie sehen, dass wir nicht bloß Däumchen drehen: Wir haben auch den Geologen-Krüger und dessen Gattin aufgesucht und ein paar von den Offizieren, die bei Stepanitz verkehrten. Ich muss sagen, da gibt es schon die eine und andere schöne Frau, die einem Mann den Kopf verdrehen kann. Nicht wahr, Wittlich?«

»Jawohl, Kommissar.«

»Ein Verdacht will sich aber noch nicht einstellen«, sagte Aschinger und langte nach seinem Becher. »Dass Stepanitz auch bei all den anderen in der Kreide stand, muss ich sicher nicht betonen. Jeder hatte einen mächtigen Rochus auf den angeblichen Freund, und manche haben bereits erwogen, das Wechselgericht anzurufen. Ich meine, das hätte mehr Aussicht auf Erfolg gehabt als ein Mord.«

»Der Mensch ist eben von Natur aus schlecht.« Fontane schüttelte den Kopf. »Haben Sie eigentlich schon mit dem Bruder des Rittmeisters gesprochen, mit Rudolf von Stepanitz?«

»Ja, was denken Sie denn? Wittlich, Herr Fontane vermutet anscheinend wirklich, dass wir nur Däumchen drehen!«
»Und?«
»Was, und?«
»Was hat der Bruder gesagt?«
»Das werde ich Ihnen wohl kaum auf die Nase binden. Die beiden hatten keinen Kontakt, außer vielleicht bei Familienfeiern auf dem Gut der Eltern. Man kann sagen, dass sie wie Hund und Katze waren. Wenn Sie auch nur einen Aufsatz des Rudolf von Stepanitz lesen, erkennen Sie, warum der Rittmeister mit seinem jüngeren Bruder nichts zu tun haben wollte.« Aschinger nahm einen Schluck Bier. »So, Fontane, jetzt wissen Sie Bescheid. Wir bedürfen Ihrer Hilfe nicht, also gehen Sie nach Hause und widmen sich *Ihren* Leisten.« Er tippte auf die Mappe. »An Anregung fehlt es ja nicht.«

Fontane saß in seinem Zimmer, füllte Seite um Seite und war doch nicht zufrieden. Die Arbeit an *Allerlei Glück* gab er immer schnell auf und widmete sich dann seinem Aufsatz *Die Grafschaft Ruppin*, der sich allmählich zu einem immer umfangreicheren Skript auswuchs. Auch vier Theaterkritiken hatte er zu verfassen, aber in den Momenten, da ihm die Worte nicht gerade zuflogen, sann er immer wieder auf eine Möglichkeit zur Flucht. Mitunter waren Arbeitszimmer und Schreibtisch regelrechte Orte des Schreckens.
Unruhig stand er auf und blickte aus dem Fenster. Immer noch rieselte der Schnee.
Auf dem kleinen Beistelltisch nahe beim Fenster lagen neben ein paar Büchern über die Neumark drei der Schmähschriften des Rudolf von Stepanitz, die der Geheimrat für Fontane herausgesucht und ihm mitgegeben hatte. Bisher hatte er sie unbeachtet gelassen, doch nun nahm er die zuoberst liegende in die Hand. Sie war in einen billig wirkenden, schon angegilbten Pappdeckel gebunden und trug den

Titel *Der Kulturkampf. Der Feldzug eines Kulturlosen wider das Parlament.* Stepanitz hatte sich hinter dem Pseudonym Anselm Schönhaus verborgen. Den Decknamen durfte man wohl als eine Anspielung auf den Bismarck'schen Herrensitz Schönhausen verstehen, und dass mit dem Kulturlosen der Reichskanzler gemeint war, wusste Fontane, bevor er die Broschüre aufschlug. Während er die Schrittspuren in seinem Teppich vertiefte, blätterte er die Seiten durch.
Die Sprache war abstoßend und schreckte selbst vor Beleidigungen nicht zurück. Bismarck wurde als ungebildeter Rohling, als Feind des christlichen Abendlandes, sogar als Teufel in Menschengestalt bezeichnet, als gewissenloser Lügenbaron und als Machtmensch ohne Prinzipien. Fontane war kein Freund des Fürsten und hätte manches durchaus unterschrieben, nur machte der Ton die Musik, und ein gutes, treffendes Argument litt darunter, wenn es mit Hohn und Rechthaberei vorgetragen wurde. Dabei traf Rudolf von Stepanitz schon den Nagel auf den Kopf – Bismarcks Kampf gegen die katholische Kirche war in Wahrheit ein Kampf gegen die Zentrumspartei, die ihm in den Parlamenten zu mächtig geworden war. Vor allem um sie zu treffen, hatte der Kanzler sein Gesetzeswerk durchgepeitscht: das bei Zuwiderhandlung mit Gefängnis oder Festungshaft bestrafte Verbot, von der Kanzel Staatsangelegenheiten zu behandeln, die Aufhebung des Jesuitenordens und schließlich die Maigesetze von 1873, mit denen die katholische Kirche endgültig der Kontrolle des Staates unterstellt wurde.
Fontane nahm die zweite Broschüre *Die Constitutio Pastor Aeternus und ihre falschen Interpreten* in die Hand. In ihr setzte sich Stepanitz – diesmal als Gustav Glanz – mit dem Dogma der päpstlichen Unfehlbarkeit auseinander, das Bismarck und seinen Beratern viel Munition geliefert hatte. Die auf dem Ersten Vatikanischen Konzil am 18. Juli 1870 beschlossene Infallibilität wurde selbst von vielen Katholiken

abgelehnt und hatte in Deutschland zu einer Spaltung des Katholizismus geführt; für ihre Gegner bedeutete sie Anmaßung, ja sogar den Griff nach der geistigen Weltherrschaft, und das war Wasser auf die Mühlen der Kanzlerpartei.
»Infallibilität heißt ausschließlich Entscheidungsvollmacht des Papstes in Fragen der Glaubenslehre«, hatte Stepanitz geschrieben. »Das Unfehlbarkeitsdogma soll keinesfalls die geistige Freiheit unterbinden: Feinde der geistigen Freiheit sind allein Attila Bismarck und seine Horden. Pius und den Männern der Konzils war es darum zu tun, durch die Zusammenziehung der Lehrentscheidungen beim Papst die staatlichen Gewalten und Nationalisten daran zu hindern, Landeskirchen zu den Vollstreckern ihrer Politik zu machen.«
Fontane schüttelte den Kopf. Rudolf von Stepanitz fehlte entschieden die Distanz für eine sachliche Polemik. Er glaubte sich zu erinnern, dass von Bismarcks Seite mehrfach Beleidigungsprozesse angestrengt worden waren.
Fontane kehrte zurück an den Schreibtisch, überflog noch einmal seine Theaterkritiken und verschloss sie dann in einer Enveloppe. Im Wohnzimmer, wo Emilie schon wieder über ihrem Wirtschaftsbuch hockte, ließ er sich von der Ente einen Kaffee bringen, den er rasch trank. Er erklärte, dass er die Rezensionen in die Redaktion bringen wolle, kleidete sich im Entree an und verließ das Haus.
Den Weg in die Breite Straße legte er zu Fuß zurück, weil ihm das Gelegenheit gab, im eintönigen Rhythmus der Schritte seine Gedanken zu ordnen.
So wenig er von dem Rittmeister bisher wusste: Johann Friedrich und Rudolf von Stepanitz schienen ein sehr ungleiches Brüderpaar gewesen zu sein. Auf der einen Seite stand der über seine Verhältnisse lebende, studierte Geologe, der an einer diplomatischen Mission teilgenommen und sich in den Staatsdienst geflüchtet hatte, auf der anderen der freie

Publizist, dessen Pasquillen ihm nur wenige Freunde, dafür umso mehr Feinde eingebracht haben dürften. Fontane hatte den Luxus gesehen, in dem Johann Friedrich geschwelgt hatte; für den schreibenden Bruder stellte er sich eher eine karge Studierstube vor, und während der eine Champagner trank, führte der andere seinen verbitterten Kampf gegen Windmühlenflügel. Das war schon fast ein Romanstoff.
In der Redaktion der *Vossischen* gab Fontane seine Kritiken ab und nahm einen Wechsel entgegen, dann stieg er hinab ins Archiv und ließ sich die letzten Jahrgänge der katholischen Zeitschrift *Germania* bringen. Wie erwartet, fand er dort mehrere Aufsätzen von Glanz, Nachtwey und Schönhaus, deren Inhalte und Ton er bereits kannte. Es brauchte nicht lange, bis sie ihn ermüdeten. Nur der Wunsch, auf etwas besonders Bizarres zu stoßen, ließ ihn ausharren.
Plötzlich tippte ihm jemand auf die Schulter. Fontane fuhr herum. Hinter ihm stand Doktor Kletke, der Chefredakteur. Mit journalistischer Wissbegier lugte er zu der aufgeschlagenen Doppelseite.
»Das sieht mir aber nicht nach einer Arbeit für das Feuilleton aus«, bemerkte er heiter. »Thomas Martin Nachtwey, herrje, Fontane, machen Sie jetzt in Ultramontanismus?«
Ultramontan, so lautete die abwertende Bezeichnung für Anhänger des Papstes, und es bedeutete reichsfeindlich, undeutsch, unpatriotisch und ewiggestrig.
»Sie kennen Nachtwey?«, fragte Fontane, ohne sich zu erklären.
»Wer kennt ihn nicht? Gerade in unseren Kreisen? Er behauptet schließlich, Journalist und Schriftsteller zu sein.«
»Mit Kennen meinte ich eigentlich …«
»Persönlich? Es hat die eine oder andere Begegnung gegeben, aber ich habe mich gehütet, mehr als ein paar Floskeln mit ihm zu wechseln; unsere alte Tante ist schließlich eine liberale Zeitung.«

»Dann wissen Sie also, dass Nachtwey gar nicht Nachtwey heißt?«
»Nein, er heißt …« Bei Kletke fiel der Groschen. »Ach, ich verstehe. Ihr Interesse gilt gar nicht dem Ultramontanismus, sondern Stepanitz selbst. Noch ein Mordfall, in den Sie Ihre Nase stecken?«
»Der Bruder dieses Stepanitz«, Fontane tippte auf die *Germania*, »war schließlich ein Verwandter meiner Freunde, der Wangenheims.«
»Mir bekannt. Das stand sogar in unserem Blatt.« Kletke klemmte sich seinen Kneifer auf die Nase, um Fontane besser mustern zu können. »Einer strengen Logik zufolge ist dann wohl auch der Nachtwey-Stepanitz ein Verwandter«, meinte er. »Was hoffen Sie denn zu finden in diesen Machwerken?«
Fontane hob die Arme zu einer Geste der Ratlosigkeit und bekannte: »Ich weiß es selbst nicht genau. Es ist wohl eine Berufskrankheit.«
»Antworten mehr auf dem geduldigen Papier zu suchen als im wirklichen Leben?«
»Das Leben geizt gern mit Antworten«, gab Fontane schnell zurück.
»Wohl war.« Doktor Kletke zog sich einen Stuhl heran und setzte sich zu seinem Theaterrezensenten, der immerhin mit dazu beitrug, dass die *Vossische* ein gern gelesenes Blatt war. »Ich könnte Ihnen ein wenig aus dem Leben berichten … Rudolf von Stepanitz hält sich nicht nur für einen wortgewaltigen Journalisten, er glaubt sogar, dass er zur Crème de la crème unseres Berufsstandes gehört. Also verkehrt er häufig bei *Lutter & Wegner* – womöglich sieht er in sich einen E. T. A. Hoffmann der Gegenwart. Sie sollten ihn dort einmal seine Reden schwingen hören; unter dem Einfluss des Weines wird er nämlich gern laut. Wie er dann über den Reichskanzler herzieht, grenzt bereits an Vaterlandsverrat.

Regelrechte Hetzreden sind das. Ich möchte annehmen, dass die Politische Polizei ihn schon im Visier hat.«

Die Erwähnung der Politischen Abteilung ließ Fontane sofort an den stets übel gelaunten Kommissar Völker denken, dessen Bekanntschaft er sich rühmen konnte. Das bedeutete allerdings nicht, dass er jederzeit Zutritt bei ihm hatte. Im Gegenteil, Völker würde ihn achtkantig aus dem Polizeipräsidium werfen lassen, wenn er ihn mit irgendwelchen unausgegorenen Fragen behelligte. Und mehr als solche hatte er nicht zu bieten.

»Hieß es nicht, dass der Fürst einen Beleidigungsprozess gegen ihn angestrengt hat?«, wollte er wissen.

»Einen?« Kletke lachte. »Ich untertreibe sicher, wenn ich von einem halben Dutzend spreche. Und er hat sie alle gewonnen. Da dürfte einiges an Geldstrafe und Schadenersatz fällig geworden sein. Stepanitz wurde aber keineswegs ruhiger, nein, je häufiger er einen Prozess verlor, desto wütender wurden seine Angriffe. Michael Kohlhaas ist ein Waisenknabe neben ihm.«

»Ich weiß nicht, ob das nicht Äpfel mit Birnen vergleichen heißt«, erwiderte Fontane. »Kohlhaas hat immerhin seinen Kopf riskiert.«

»Ja, und Stepanitz riskiert Festungshaft. Ich möchte behaupten, dass er mit einem Bein schon im Verlies steht. Und da er sich unbelehrbar zeigt, ist es nur eine Frage der Zeit, bis er sein Brot in Spandau oder Brandenburg verzehrt. Eine Frage von ein, zwei, drei Artikeln noch.« Kletke stand auf. »Mitleid habe ich nicht mit ihm, sondern allein mit seiner Frau.«

»Warum mit seiner Frau?«

»Können Sie sich das nicht denken? Niemand wird sich ihrer annehmen, wenn ihr Mann als Staatsverbrecher verurteilt wird. Obwohl sie nichts dafür kann, wird man sie wie eine Aussätzige behandeln.« Er nahm den Kneifer ab und steckte ihn in seine Jackentasche. »Ihre Kritiken sind übrigens wie

gewohnt brillant. Habe die Ehre! Und meine Empfehlungen an die Frau Gemahlin.«
Der Chefredakteur verließ das Archiv. Fontane führte seine Lektüre nicht fort. Ein Blick zum Fenster hatte ihn belehrt, dass die Dämmerung eingesetzt hatte, also brachte er die *Germania* dem Archivar und machte, dass er nach Hause kam, bevor es vollkommen dunkel wurde.

Als Fontane die Wohnung betrat, empfing ihn ein wildes Geschrei aus dem Wohnzimmer. Den Diskant erkannte er als den seiner Tochter, der Bass, den sie zu übertönen versuchte, gehörte Theo, und hin und wieder waren – quasi als Chor – die dunkle Stimme Emilies und die volltönende der Ente zu hören. Fontane legte Hut, Mantel, Schals und Handschuhe ab und stürzte an den Ort des Geschehens.
Inmitten des Raumes stand Mete in einem Kleid, an dem sie seit Wochen von Hand genäht hatte. Sie hatte dazu aprikosenfarbene Seidenreste verwendet, ein Geschenk der Marie von Wangenheim, und niemand hatte je nach dem Arbeitsstand fragen dürfen, weil das Kleid erst präsentiert werden sollte, wenn es fertig war. Und das war es nun offenbar. Mete plärrte, ohne dass Fontane den Anlass für ihr Heulen begriff.
»Ich sag doch, du siehst aus wie eine kokette Mamsell«, nahm Theo einen Faden wieder auf. »Nein, wie eine Kokotte! Jedenfalls nicht wie ein Hoffräulein!«
»Theo!«, sagte Emilie. »Mete hat sich so viel Mühe gegeben.«
»Kokotte!«, rief der noch einmal und schlug sich auf die Oberschenkel. Dann sah er den Vater in der Tür stehen. »Oh, Papa!«
»Papa!« Mete lief auf nackten Füßen geradewegs auf Fontane zu und warf sich ihm in die Arme. »Theo ärgert mich.«

»Du solltest gar nicht auf ihn achten.« Fontane strich seiner Tochter über das aufgelöste Haar.
»So ein schönes Kleid«, sagte die Ente, die Mete ebenfalls trösten wollte. »Nur Damen tragen so was.«
»Ja, im Boudoir. Auf der Straßen tragen's nur Kokotte.«
»Theo, ich verbiete dir jedes weitere Wort!« Emilie geriet allmählich außer sich. »Mit siebzehn solltest du dich gehöriger betragen. Und Sie, Luise, gehen bitte wieder in die Küche.«
»Wo's doch so'n schönes Kleid ist!« Die Ente gehorchte und verschwand.
»Was ist eine Kokotte?«, fragte Friedrich. Fontane hatte ihn gar nicht bemerkt, da er direkt neben der Tür in einem Sessel saß und offenbar bloß zugeschaut hatte, für ihn sicherlich ein köstliches Divertissement.
»Ein Weib, das sich …«, begann Theo. Die mütterliche Hand gebot jedem weiteren Wort Einhalt. Theodor hielt sich die Wange, stand aber aufrecht wie ein Mann.
»Was habe ich nur für schreckliche Kinder.« Emilie ließ sich auf einen Stuhl am Tisch fallen. Auch ihre Augen waren feucht. »Nur immer Streit und dummes Gerede. Ich bin stolz auf Mete, denn nicht einmal ich hätte ein solches Kleid hinbekommen. Nein, sei still, Theo! Ich weiß genau, was du sagen willst. Und du, Mete, lauf nicht mit barsten Beinen herum. Die Dielen sind kalt, also zieh endlich deine Pantoffeln an!«
»Oder Socken«, empfahl Theo, der es einfach nicht lassen konnte.
»Socken!«, heulte Mete sofort los. Alle Familienmitglieder wurden von Emilie mit selbst gestrickten Socken bedacht. »Zum Seidenkleid! Du bist so dumm, Theo!«
Dann schaute sie ihren Vater an, und ihr Blick wurde wirklich kokett. »Krieg ich Seidenstrümpfe zum Geburtstag, Papa?«, fragte sie listig.
Fontane antwortete nicht.

»Das war ein Tag!« Mit diesem Stoßseufzer sank Emilie in ihren Stuhl am Kachelofen. Endlich waren die Kinder im Bett, Luise hatte sich mit einer Näharbeit in ihre Kammer zurückgezogen. Fontane brachte seiner Frau einen heißen Lindenblütentee, dann schurrte er den Sessel quer durch den Raum zum Ofen. Er hatte erst die Hälfte des Weges zurückgelegt, da wurde bereits in der darunterliegenden Wohnung mit dem Besenstiel an die Decke geklopft.

Emilie nahm einen Schluck.

»Das fehlt mir noch, dass ich mich auch noch mit den Nachbarn streiten muss«, sagte sie. »Schon am Morgen ging's los. Stell dir vor, der Bäcker an der Ecke hat das Brot teurer gemacht. Na, dem hab ich die Meinung gesagt.«

Fontane seufzte bloß.

»Und dann hat die Ente beim Spülen zwei Tassen zerbrochen – und es mir verschwiegen. Mir, Théodore, die ich jede Tasse mit Vornamen anspreche!«

»Ich bin schon lange der Überzeugung, dass nicht die Italiener die doppelte Buchführung erfunden haben, sondern du«, schmeichelte Fontane. Er gedachte, die augenblickliche Schwäche seiner Frau zu nutzen, um einen Gedanken in die Tat umzusetzen, der seit seinem Besuch im Archiv in seinem Kopf Gestalt anzunehmen begann.

»Ich weiß manchmal nicht, woran ich mit dir bin«, sagte Emilie misstrauisch. »War das jetzt ein Kompliment?«

»Ja, schon.« Fontane bemühte sich um einen möglichst unschuldigen Gesichtsausdruck.

»Ein Kompliment sagt selten die Wahrheit, eine Grobheit fast immer.« Emilie streckte die Beine aus. »Die Kinder haben mich dann endgültig geschafft. Na ja, der Zankapfel fällt nicht weit vom Stamm.«

»So oft streiten wir doch gar nicht«, entgegnete Fontane und rechnete damit, dass gleich eine Auseinandersetzung bevorstand.

»Du hast recht. Mehr als drei Bände würden unsere Ehekräche nicht füllen. Was hast du auf dem Herzen?«

»Ich?« Emilie kannte ihn einfach zu gut.

»Du brütest was aus.«

»Tja ... Ich dachte, du könntest vielleicht ein bisschen Erholung gebrauchen ...« Fontane schaute an seiner Frau vorbei auf die Ofenkachel mit dem Sprung, die Folge eines Gefechts zwischen Theo und Friedel.

»Die werde ich in der Sommerfrische finden. So lange muss ich mich noch gedulden. Oder?« In ihre Stimme schlich sich ein lauernder Ton.

»Du weißt doch, dass ich sei Längerem plane, meinen Aufsatz über das Oderland um ein Kapitel ›Jenseits der Oder‹ zu erweitern«, begann Fontane und wartete eine Reaktion ab. Aber Emilie nickte nur. »Ich habe schon ein paar Bücher gelesen ...«

»Ja, ich hab sie auf deinem Tisch liegen sehen.«

»Wir hatten besprochen, dass ich im Frühjahr reise. Nach Cüstrin, Tamsel ...«

»Cüstrin, Tamsel«, wiederholte Emilie, und ihre Augen wurden schmal. »Mir schwant etwas.«

»Wir könnten doch schon jetzt ... wir beide ...« Fontane betrachtete das Aderngeflecht auf seinem Handrücken.

»Verschone mich mit Ausflügen, mir sitzt noch der letzte in den Knochen. Du willst allen Ernstes mit mir bei Eis und Schnee verreisen? Wie stellst du dir das vor? Soll ich einfach alles stehen und liegen lassen, um irgendwo in einer Schneewehe stecken zu bleiben und jämmerlich zu erfrieren? Meinst du das mit Erholung?«

»Aber du könntest ...«

Emilie zog die Beine an, richtete sich auf und stellte die Tasse mit einem lauten Geräusch auf den Teewagen. »Nein, Théodore, deine Sorge um mich ist nur vorgeschoben. *Du* könntest, willst du sagen. Du könntest dem Zuckerrübengut derer von Stepanitz einen Besuch abstatten. Dazu lasse ich mich nicht herbei. Kommt überhaupt nicht infrage.«

»Emilie, denk an Metes Worte: Die frische Winterluft ist gesund.«

»Wir haben kein Geld.«

Auf diesen Moment hatte Fontane gewartet. Aus der Tasche seiner Hausjacke zog er den Wechsel, den er in der Redaktion erhalten hatte, und hielt ihn triumphierend in die Höhe. Bevor er sich versah, ließ Emilie das Papier unter ihrer Schürze verschwinden. »Der ist für die Haushaltskasse.«

»Ohne mein Indossament kannst du ihn nicht einlösen«, mahnte Fontane.

»Nein?« Emilie lachte. »Wer schreibt deine Skripte ins Reine? Ich kenne deine Handschrift besser als meine.«

»Daran darfst du nicht einmal denken!« Fontane war entsetzt. »Das wäre ja … Wechselbetrug.«

Emilie stand auf, ging zur Anrichte, öffnete eine Schublade und tat so, als suche sie ein Schreibgerät. »Das interessiert mich nicht. Ich indossiere den Wechsel mit deiner Unterschrift.«

»Emilie, lass gut sein!« Fontane trat zu ihr und schloss die Lade. »Ich habe verstanden, dass du mich nicht begleiten willst.«

»Was heißt begleiten? Du reist auch nicht allein.« Sie deutete auf ihre Schürze. »Schließlich habe ich das Geld.«

Sechstes Kapitel

8. März 1874

Zwei Wunder waren geschehen. Mit einem hatte Fontane insgeheim gerechnet, und er sah mit Wohlgefallen, wie seine Frau dem Dienstmädchen ihre Befehle erteilte: »Nun hantieren Sie doch nicht so grob mit den Koffern, Luise! Und denken Sie daran, den Kindern nicht jeden Wunsch zu erfüllen!«

Emilie stand in ihrem langen, hochgeschlossenen Wollmantel zwischen Tür und Angel, während Fontane in seinen Havelock schlüpfte, einen gerade geschnittenen Mantel, der statt der Ärmel eine hüftlange Pelerine besaß. Die Kinder waren zur Verabschiedungscour angetreten, in den Augen einen gewissen Neid.

»Vorsicht auf dem Treppenabsatz!« Emilie schaute Luise hinterher und wandte sich dann zu ihrem Mann um: »Théodore, bist du denn fertig? Die Droschke wartet, aber der Zug nicht.«

Fontane nickte und bückte sich nach seinen Koffern. Es war ihm gelungen, seine Frau von der Reise in die Neumark zu überzeugen – mit dem Argument, das bei ihr am schlagkräftigsten wirkte: Man würde Schloss Tamsel besuchen. Emilie schwärmte für Herrenhäuser, und mit Tamsel verband sich außerdem eine Geschichte nach ihrem Geschmack: Nach seinem gescheiterten Fluchtversuch und nachdem er der Enthauptung seines Freundes Katte in der Festung Cüstrin hatte zuschauen müssen, war Kronprinz Friedrich von seinem Vater zum Dienst bei der Cüstriner Kriegs- und Domänenkammer verdonnert worden. Mehrmals hatte der Neunzehnjährige die fünf Jahre ältere Luise von Wreech auf Tamsel besucht. Für Emilie, und nicht nur für sie, verbarg sich hinter diesen Visiten eine Romanze. Fontane war dessen nicht so sicher, aber wie auch immer, als er ihr obendrein ausmalte, eine Familie von Stepanitz habe sicher auch ein Schloss, hatte Emilie der Reise zugestimmt.

»Seid schön brav«, ermahnte sie jetzt die Kinder.

»Das sind wir doch immer«, behauptete Friedel.

»Man lügt nicht«, sagte Emilie mit einem flüchtigen Lächeln. Dann folgte sie ihrem Mann die Treppe hinab.

Vor der Haustür erwartete sie das zweite Wunder, das bereits ein frühmorgendlicher Blick aus dem Fenster verkündet hatte: Es schneite nicht mehr. Im Gegenteil, es lag der hoffnungsfrohe Geruch des Frühlings in der Luft, obgleich der Himmel noch keineswegs blau war und mit Wolkenbergen drohte. Allein der Geruch jedoch weckte Hoffnungen und Lebensgeister.

Fontane übergab seine Koffer dem Kutscher, der sie neben denen von Emilie verstaute. Die stieg bereits ein, nicht ohne der Ente abermals alle Regeln und Vorsichtsmaßnahmen einzuschärfen, die sie zu beachten hatte. Luise presste ein Taschentuch an die Augen, während Fontane noch einmal hoch zu den Fenstern schaute. Die Kinder winkten nicht. Wahrscheinlich drängelten sie sich just vor der Speisekammer.

Nachdem er Luise, der Tränen in den Augen standen, die Hand gedrückt hatte, kletterte auch Fontane in den Wagen. Unter dem zuversichtlichen Zwitschern der Vögel in den kahlen Bäumen setzte sich das Gefährt in Bewegung.

Das Empfangsgebäude des Ostbahnhofs am Cüstriner Platz nördlich vom Bahnhof der Schlesischen Bahn war erst im Jahre 1867 fertiggestellt worden. Das Ziegelbauwerk, ein mit

allerlei architektonischem Zierrat geschmückter Kopfbau, hatte zum Platz hin drei Etagen, die beiden Seitenflügel waren eingeschossig. Im südlichen Flügel befand sich die Abfahrt-, im nördlichen die Ankunftstation; der Kopf beherbergte Räume für den preußischen König, der nun auch deutscher Kaiser war, und Beamtenwohnungen. Die Fontanes verließen die Droschke, und schon war ein Kofferträger zur Stelle, der seinen Karren belud, während Fontane den Chauffeur entlohnte. Emilie warf einen Blick auf die Uhr am Empfangsgebäude und drängte zur Eile.
Der Kofferträger blieb gelassen. Er schob den Karren zum Südflügel, und durch eine von Säulen getragene Vorhalle ging es in den Flur mit den Fahrtkartenschaltern und Wartesälen, den Aborten und der Gepäckaufnahme. Fontane löste Karten zweiter Klasse, dann wurden die Koffer aufgegeben und der Träger bekam seinen Obolus. Fontane zückte die Uhr. Bis zur Abfahrt des Schnellzuges nach Bromberg blieben ihnen noch siebenunddreißig Minuten, und die preußischen Staatsbahnen waren für ihre Pünktlichkeit bekannt.
»Es lohnt sich gar nicht mehr, den Wartesaal aufzusuchen«, sagte er. »Was meinst du, Emilie, gehen wir schon auf den Perron?«
Emilie nickte. Zum wiederholten Male warf sie einen Blick in ihre Handtasche, um sich zu vergewissern, dass sie nichts vergessen hatte. Fontane nahm ihre Hand, schob sie sich unter den Arm und schlenderte den Flur entlang zu den Bahnsteigen.
Der Beamte an der Sperre, durch seine Uniform aus der menschlichen Gesellschaft herausgehoben, nahm die Billetts in Augenschein, als handle es sich bei ihnen um kaiserliche Erlasse. Er trug einen gründlich gewichsten Schnurrbart, dessen Enden leise zitterten, und Fontane hatte den Eindruck, die Bartspitzen läsen mit. Schließlich reichte der Beamte die Karten zurück und winkte einem Untergebenen.

»Zeigen Sie den Herrschaften das Coupé Nummer drei!«
»Gute Reise«, wünschte der Beamte noch, bevor er sich den Nächsten zuwandte.
Die Bahnsteighalle war ungewöhnlich lang; an ihrem Ende und schon außerhalb der Überdachung stand die Lokomotive bereits unter Dampf.
»Wo-allah!« Der Helfer riss eine Tür auf. Obwohl es weder nötig war noch erwartet wurde, gab Fontane ihm ein Trinkgeld. »Gute Reise, die Herrschaften«, wünschte auch der dienstbare Geist. Fontane half seiner Frau ins Coupé und dort aus dem Mantel. Für die Fahrt hatte sie ein anthrazitfarbenes, enges und fußfreies Reisekostüm angelegt. Den Hut mit Bändern, den sie nach einer Zeichnung in der Zeitschrift *La Grande Mode de Paris* selbst gefertigt hatte, behielt sie auf; die Illustrierte hielt sie nicht selbst, sondern bekam sie von Marie von Wangenheim, ebenso wie den *Petit Courrier des Dames* und den in Wien erscheinenden *Spiegel*, dem Mitte der Vierzigerjahre das Kunststück gelungen war, einen Auszug aus Friedrich Engels' Buch *Die Lage der arbeitenden Klasse in England* zu veröffentlichen, jenen Abschnitt, der sich auf die grauenhaften Verhältnisse in der Spitzenindustrie bezog.
Emilie gab die Journale nach ausgiebiger Lektüre an Luise weiter, und dort verlor sich ihre Spur.
Sie nahmen Platz. Die Abfahrtglocke ertönte zum ersten Mal. Der Kondukteur ging die Wagenreihe entlang und schloss die noch offenen Türen. Abermals wurde die Glocke geschlagen, dann setzte sich der Zug in Bewegung.
Hinter Strausberg dann schneite es wieder. Die Flocken wirbelten so heftig, dass man kaum mehr durch diesen Vorhang hindurchblicken konnte.
Mit einem Seufzer lehnte sich Emilie zurück. Sie schloss die Augen und sagte: »Théodore, ich habe mein Parapluie vergessen.«

»Besser wäre bei diesem Wetter wohl ein Paraneige«, meinte Fontane, um seine Frau aufzuheitern.
Emilie seufzte abermals. »Ich habe es geahnt«, sagte sie.
»Was hast du geahnt, meine Liebe?«
»Dass wir in die Tundra fahren«, lautete die wenig freundliche Antwort.

Schnee fiel auch in Cüstrin. Schon auf dem Bahnhof der Garnisonstadt bemerkte Emilie in Pelze gehüllten Menschen. Kaum war sie ausgestiegen, fuhr sie fröstelnd zusammen; in diesem östlich der Hauptstadt gelegenen Ort war es ungleich kälter.
»Tundra«, sagte sie nur. Fontane, der seine Atemfahne betrachtete, nickte. Er schlug die behandschuhten Hände zusammen und eilte mit seiner Frau über den Perron zur Gepäckausgabe. Der unvermeidliche Träger erschien mit seiner Karre und brachte die Koffer zum Bahnhofsvorplatz, wo man einen Schlitten herbeiwinkte. Fontane hatte seine Wanderungen noch nie während des tiefsten Winters unternommen und fühlte sich ein wenig wie ein Abenteurer, wie ein Entdecker auf unbekanntem Terrain. Aber was hieß denn tiefer Winter? Es war März, unter normalen Umständen blühten um diese Zeit bereits die ersten Krokusse.
Der Kutscher, ein älterer Mann mit einer großen Pelzmütze und Eiskristallen im dichten Bart, versorgte seine Fahrgäste mit Decken und Fußsack, dann konnte die Reise beginnen. Der Schlitten überquerte zuerst den östlichen Arm der Oder und dann die Warthe – beide Flüsse waren zugefroren. Kinder vergnügten sich auf dem Eis, geduldige Männer hielten Schnüre in fast kreisrunde Löcher, neben denen Spitzhacken lagen. Ein eisiger Nordost spielte mit dem Pulverschnee und trieb ihn in langen Fahnen vor sich her.
»Ist es weit bis zum Gut der von Stepanitz?«, erkundigte sich Emilie. Ihre Wangen und vor allem ihre Nase waren gerötet.

»Wird wohl nicht weit sein, gnä' Frau«, erwiderte der Kutscher mit tiefer Stimme. »Wird wohl so seine drei preußischen Meilen haben.«
»Und wie lange brauchen wir?«
»Wird wohl vier Stunden dauern.«
»Vier Stunden? Für knapp dreiundzwanzig Kilometer?« Emilie schmiegte sich an ihren Mann, schnellte aber sofort wieder zurück. Offenbar war sie ihm gram, weil er sie zu einem Ausflug in den Tod durch Pneumonie verführt hatte. »Théodore, wenn wir überhaupt ankommen, bin ich ein Eisblock. Meine Füße sind schon jetzt abgestorben.«
Obwohl von zwei kräftigen Braunen gezogen, kam der Schlitten in den Schneemassen nur langsam voran. Fontane dachte über die seltsame Angewohnheit des Mannes nach, jeden Satz mit einem »Wird wohl« zu beginnen, während man sich einer Hügelkette näherte, die ein Einschnitt durchquerte. Die Hügelkuppen und die sanft geschwungenen Abhänge wurden von einem dichten Fichtenwald bedeckt. Die Wetterseite der Bäume zeigte das düstere Grün der Nadeln, während die Zweige auf der geschützten Seite in gefrorenen Schnee gehüllt waren.
»Hat diese … hm … Schlucht einen Namen?«, fragte Fontane.
»Wird wohl der Höllengrund sein.«
»Was für ein passender Name«, sagte Emilie spitz.
Fontane ließ sich von seiner Frau nicht beirren. »Kennen Sie eigentlich die Familie von Stepanitz?«
»Werd sie wohl kennen«, so die Antwort.
»Gut?«
»Hm.«
»Haben Sie gehört, dass einer der Söhne …«
»Es sind Herrensöhne.«
Dieser Satz ließ sich beim besten Willen nicht in der üblichen Manier beginnen.
»Werd wohl nix gehört haben.«

»Spricht man denn nicht davon, dass der Rittmeister von Stepanitz in Berlin ermordet wurde? Das stand doch sicher auch in der hiesigen Zeitung.«
»Wird wohl von gesprochen.«
»Und? Was sagen Sie dazu?«
Der Mann hob die Schultern.

Der Kutscher hatte sich nicht verschätzt. Nach nicht ganz vier Stunden, etlichen Bergen, Gründen und Schlünden sowie weiten Feldern, auf denen im Sommer Zuckerrüben angebaut werden mochten, verließ der Schlitten ein Gehölz, und vor ihnen breitete sich eine flache Senke aus. Ein Bach schlängelte sich durch die Mulde, aber was immer er gewöhnlich tat – rieseln, plätschern, schäumen oder murmeln –, im Augenblick war er erstarrt. Eine Handvoll Häuser lag verstreut am Bachlauf, deren Dächer weiße Hauben trugen, und aus ihren Kaminen quoll Rauch. Mitten im Dorf erhob sich eine unscheinbare Feldsteinkirche mit Bretterturm und neben ihr ein Backsteinbau, vielleicht das Pfarrhaus. Am Ausgang des Ortes, wo sich die Senke wieder hob, befand sich ein Bau aus gelblichen Ziegeln und mit einem Schornstein, der zeigerfingergleich in die Höhe ragte. Ein paar Schuppen umgaben ihn, zwei leere Transportwagen standen vor einer Rampe. Fontane tippte dem Kutscher auf die Schulter.
»Ist das eine Schnapsbrennerei?«, fragte er.
»Wird wohl eine sein.« Der Mann ließ sich zu einer näheren Erklärung herab: »Der Stepanitz'sche Zuckerrübenschnaps ist in der ganzen Gegend berühmt. Sogar die Offiziers in Cüstrin besaufen sich mit ihm.«
Der Fabrik gegenüber fiel eine hohe Mauer ins Auge, nur unterbrochen von einem schmiedeeisernen Tor. Die Mauer schützte einen Park vor Eindringlingen oder auch nur neugierigen Blicken. Im Moment unterschied sich der Garten

aber nicht von den umliegenden Äckern, die bis zu den Wäldern am Horizont reichten; alles war in einheitliches Weiß gehüllt. Aus all diesem Weiß ragte altrosa das Herrenhaus. Schon von Weitem vermochte Fontane zu erkennen, dass es eine Dreiflügelanlage war, errichtet im sogenannten Tudorstil mit Türmchen und Zinnen.

Fontane berührte vorsichtig den Arm seiner Frau. Ihr Gesicht war wie Kreide.

»Ich habe nur einen Wunsch.« Emilies Zähne schlugen aufeinander. »Ein großes Feuer, in das ich mich legen kann.«

Der Kutscher spornte noch einmal die Pferde an, und da es bergab ging, erreichten sie eine beachtliche Geschwindigkeit. Kläffende Hunde begrüßten sie im Tal. Menschen ließen sich nicht blicken, obwohl diese winterliche Einöde gewiss nur selten Besucher sah.

Marie von Wangenheim hatte an ihre Verwandten depeschiert und den Besuch ihrer lieben Freunde angekündigt. Sie hatte sich auf Fontanes Wunsch nach einem Gasthof erkundigt, aber der Gutsherr hatte sich in seiner Antwortdepesche dagegen verwahrt, die Gäste an einem anderen Ort unterzubringen als im Schloss: Emilie würde also auf ihre Kosten kommen.

Glücklich sah sie dennoch nicht aus.

Auch Fontane war trotz der Plaids und des Fußsackes vollkommen durchgefroren. Seine Glieder waren steif, Zehen und Fingerspitzen taub. Nur der Schmerz in den Ohrmuscheln hatte irgendwann nachgelassen. Wahrscheinlich waren Fleisch und Knorpel abgestorben, und man würde sie einfach abbrechen können.

Die Ankunft des Schlittens war nicht verborgen geblieben. Die zweiflügelige Glastür, die ins Entree führte, wurde geöffnet, und zwei in lange Fellmäntel gehüllte Männer traten auf den Vorplatz.

»Pelz«, hauchte Emilie, »ich brauche einen Pelzmantel.«

Schweigend stapften die Männer zum Schlitten, um dem Kutscher beim Abladen der Koffer behilflich zu sein. Ein dritter Mann erschien, ein wohlgenährter Mittsechziger, glattrasiert und mit einem grauen Haarkranz. Er trug ein schwarzes Sakko, schwarze, mit weißen Streifen versehene Hosen, schwarze Stiefel und eine schwarze Weste über dem weißen Hemd. Den einzigen Farbakzent in seiner Kleidung setzte die Krawatte: Sie war bordeauxrot und wurde von einer goldenen Nadel gehalten. Der Mann strahlte eine vornehme Eleganz aus, und den Schnee nicht achtend schritt er auf die Ankömmlinge zu. Bei ihnen angekommen, deutete er eine Verbeugung an.

»Gutsbesitzer Gottlieb Arnulf von Stepanitz«, stellte er sich vor. »Willkommen in *Monplaisir*.«

Fontane stutzte. Niemand hatte ihm gesagt, dass das Schloss der Stepanitz' diesen ambitionierten Namen trug. Das Dorf jedenfalls, das wusste er, hieß Neuendammen.

»Ich sehe eine gewisse Verwirrung bei Ihnen«, meinte der Hausherr. Er verzog keine Miene, wie sein Ausdruck überhaupt etwas überaus Beherrschtes und Starres hatte. »Den Namen verdankt Gut Neuendammen meiner Frau. Sie französisiert gern. Sie denken sicher: Ein im Tudorstil errichtetes Herrenhaus müsse *My pleasure* heißen. Aber die Frauen!« Er zuckte mit den Schultern und warf Emilie einen Blick zu. »Sie halten das Englische für derb und das Französische für fein. Doch ich bitte einzutreten.« Von Stepanitz machte eine einladende Geste. »Sie sehen beide ganz verfroren aus.«

Fontane und Emilie betraten die Halle. Es handelte sich um einen schlichten Vorraum, dessen einziger Luxus in einer Holzvertäfelung bestand. Die Wände über den Paneelen wurden von Fresken eingenommen, die Jagdszenen darstellten, verfertigt von einem unbegabten Maler, dem es nicht gelungen war, auch nur eine einzige Figur nach der Natur zu treffen.

»Ich weiß, sie sind schlecht«, sagte der Gutsherr, der Fontanes Blick gefolgt war. »Aber treiben Sie in dieser Gegend mal einen geschickten Freskanten auf. Man müsste nach Berlin schicken …«
»In manchen der feineren Häuser der Hauptstadt sehen Sie nichts Besseres«, versicherte Fontane. »Man hat mitunter den Eindruck, der Malermeister und seine Gesellen hätten die Wände bemalt.«
»Wie in unserem Fall«, sagte von Stepanitz. Um seine Mundwinkel spielte ein Lächeln.
Vom Entree ging es durch ein weites Stiegenhaus mit einer breiten, geschwungenen Treppe direkt in den Salon. Dort wurden die Gäste von der Dame des Hauses erwartet, von Annmaria Luisa Josefa von Stepanitz, geborene von Wohlthat. Fontane schätzte, dass sie ein knappes Jahrzehnt jünger war als ihr Mann, und auch in ihr aschblondes Haar hatte sich schon Grau gemischt. Das enge, giftgrüne Tornürenkleid aus feinem Satin und das noch engere Mieder verrieten, dass sie Schwierigkeiten mit dem Altern hatte; die Farbe wirkte unpassend, zumal für eine Trauernde, und der Schnitt betonte die üppigen Formen, anstatt sie zu verbergen. Mit einer gezierten Bewegung reichte sie Fontane die rechte Hand, und er beugte sich über sie, um auf den Handrücken zu hauchen. Fontane und Emilie kondolierten, dann wechselte man ein paar Worte über die Reise und das Wetter. Ein junges Hausmädchen in Schürze und Haube tauchte auf, um mitzuteilen, dass sich die Koffer nunmehr auf den Gästezimmern befänden. Die gnädige Frau erlaubte den Besuchern, sich frisch zu machen, und zog sich mit Verweis auf ihre angegriffene Gesundheit zurück. Der Hausherr selbst unternahm es, Emilie und Fontane die Zimmer zu zeigen. Langsam stiegen sie die ölglänzende Treppe in den ersten Stock hinauf.
»Ihre Gattin ist leidend?«, erkundigte sich Emilie.
Stepanitz hob die Arme.

»Die Nerven«, sagte er. »Ich bin mehr als fünfunddreißig Jahre mit ihr verheiratet, und seitdem ich sie kenne, kurt sie zwei Mal im Jahr. Bad Gastein, Karlsbad, Marienbad, Spa … Sie kennt mittlerweile alle Bäder der Welt. Tja, und jetzt noch Jeans Tod … Sie hat ihn immer nur Jean genannt. ›Mon petit Jean‹ – auch als er schon ein stattlicher Mann war, der auf eigenen Beinen stand.«

»Mütter können nur schwer akzeptieren, dass ihre Kinder flügge werden«, sagte Emilie.

»Man kann sich aber gegen den Lauf der Dinge nicht stemmen. Wir bleiben nicht ewig jung, ein Kind bleibt kein Kind, aus Königreichen werden Republiken, aus Republiken Königreiche. Das einzig Beständige ist der Tod. Bitte!« Der alte Stepanitz öffnete eine Tür auf der rechten Seite des Flures.

»Und wie nennt Sie Rudolf?«, wollte Fontane noch wissen. »Sicher Rodolphe?«

»Das könnte man erwarten, aber so ist es nicht. Sie hat sich gegen diesen Namen gesperrt, fand ihn zu gewöhnlich, doch ich habe mich durchgesetzt. Nach meinem vor elf Jahren verstorbenen Bruder wurde unser Jüngster schließlich getauft. Meine Frau ging daraufhin für ein Vierteljahr nach Trouville – ohne das Kind. Nun ja, in Trouville konnte sie den ganzen Tag Französisch parlieren …«

»Und sie hat keinen Kosenamen für ihn?«

»O doch. Sie sagt René zu ihm, nach René d'Anjou, wissen Sie? Dem verhinderten König von Neapel, der das *Buch vom liebentbrannten Herzen* geschrieben hat.« Stepanitz schüttelte den Kopf.

»Dann ist Ihre Frau ja eine Romantikerin«, rief Emilie aus.

»Wie alle Frauen, die es mit den Nerven haben«, sagte der Gutsherr kalt, bevor er sich zum Gehen wandte.

Zwei nebeneinanderliegende, aber nicht durch eine Tür verbundene Zimmer hatte man für die Gäste hergerichtet und geheizt. Fontane lehnte sich gegen den Kachelofen, der fast glühte, sodass er es nach wenigen Minuten schon nicht mehr aushielt und ans Fenster trat. Der Blick ging hinaus in den Park.

Ein paar entlaubte Bäume ragten hier und da aus dem Schnee. Nach und nach machte er aber doch Zeichen dafür aus, dass die Anlage hinter dem Schloss dem Vergnügen diente. Er sah einen Brunnen mit Wasserspeiern und einem schneegefüllten runden Becken, ein paar der Antike nachempfundene Plastiken in ruinösem Zustand, ja im äußersten Winkel bei der Mauer sogar einen Tempietto. *Monplaisir*, dachte er und ließ die Worte des Hausherrn Revue passieren. Er wusste nicht, wie der Garten im Sommer aussah, aber jetzt machte er einen leeren, öden Eindruck, und das Gefühl, dass sich mit diesem Eindruck verband, ließ sich in einem Wort zusammenfassen: Einsamkeit. Aber nicht im romantischen Sinne von *Solitude* (eine treffende Bezeichnung vielleicht für den Tempietto), sondern als nacktes, kaltes, lähmendes Alleinsein.

Frau von Stepanitz, so schien es ihm, hatte sich hier vermutlich immer einsam gefühlt, deshalb ihre Nervenkrisen und ihre Flucht in die Bäder. Und deshalb hatte sie dem Schloss seinen Namen gegeben – als eine Maske, hinter der sie sich versteckte. So wie ja auch das ganze Schloss Masken trug mit seinen Türmchen und seinem Zinnenkranz, die verbargen, dass es sich hier keineswegs um einen Palast oder um eine Burg handelte, sondern um das Herrenhaus eines Zuckerrübengutes. *Monplaisir*: der verzweifelte Versuch, mit einem aufgesetzten Wort die Trostlosigkeit und die Abwesenheit von Freude zu kaschieren.

Es klopfte. Fontane wandte sich um. Emilie trat ein. Ihr Gesicht hatte wieder Farbe bekommen, und sie wirkte sogar aufgeräumt.

»Was denkst du, Théodore?«, fragte sie. »Das ist ein schönes Schloss, nicht wahr?«

»Ich weiß nicht recht.« Fontane rieb sich das Kinn. »Wir sind gerade angekommen, also ist mein Urteil vom ersten Anschein bestimmt, doch sagt mir mein Gefühl, dass es hier drinnen noch kälter ist als draußen.«

»Sie wollen also Tamsel besuchen?«, erkundigte sich der Hausherr beim Diner. »Ich muss sagen, Sie hätten sich eine bessere Jahreszeit aussuchen sollen.«
»Wer konnte schon damit rechnen, dass wir jetzt noch solche Temperaturen und so viel Schnee haben. Als ich … als wir die Reise planten, gingen wir davon aus, dass schon die ersten Krokusse blühen.«
»Und Sie stoßen wohl Ihre Pläne nur ungern um?«, fragte Frau von Stepanitz.
»Mein Mann ist eigensinnig«, antwortete Emilie an Fontanes Statt.
»Das liegt in der Natur der Männer. Wenn sie ihren Willen nicht durchsetzen können, werden sie ungnädig.«
»Wie mein Mann sagte, wir haben die Reise gemeinsam geplant«, log Emilie, wobei sie ein charmantes Lächeln aufsetzte.
»Sie können über mich verfügen«, entgegnete Stepanitz. »Wenn Sie einen Schlitten und einen Kutscher brauchen, so genügt ein Wort. Sie sind Schriftsteller, nicht wahr? Leider habe ich noch nichts von Ihnen gelesen, aber ich verspreche Ihnen, das zu ändern. Was ich natürlich gern wissen möchte: Können Sie von Ihrer Profession leben und Ihre Familie ernähren?«
Emilie zuckte zusammen. Bei Fontane löste diese oft gestellte Frage heftiges Unbehagen aus: Dass er seine Familie mehr schlecht als recht ernährte, war ja ein ewiger Streitpunkt zwischen ihm und seiner Frau.
»Es ist ein ständiges Auf und Ab«, sagte er, denn irgendwie musste er antworten. »Man ist abhängig von den Zeitungs-

redakteuren und Verlegern und natürlich vom Publikum.«
Zu Fontanes Überraschung nickte Gottlieb Arnulf von Stepanitz verständnisvoll.
»Das kenne ich«, sagte er. »In der Landwirtschaft sind wir auch von etlichen Imponderabilien dependent: das Wetter, die Ernte, der Markt, die Preise … Gute Zeiten, schlechte Zeiten wechseln ständig. Sogar handfeste Krisen haben wir erlebt. Erlebt und überlebt. Aber es gibt doch auch sehr erfolgreiche Schriftsteller?«
»Ja, weil sie den Vorlieben und dem Geschmack der breiten Masse huldigen«, sagte Fontane, in dem ein kalter Zorn aufstieg, der sich nicht gegen Stepanitz richtete, sondern gegen die Zunft der »Erfolgsschriftsteller«.
»Sie meinen«, und nun lachte der Hausherr sogar, »weil sie dem Publikum Zucker in den Allerwertesten blasen?«
Annmaria von Stepanitz fuhr zurück und presste ihren Rücken aufrecht gegen die Stuhllehne.
»Aber mon cher«, sagte sie, »was ist das für eine vulgäre *façon de parler*. Noch dazu vor Gästen!«
»Bitte, Frau von Stepanitz«, versuchte Fontane sie zu beruhigen, »wir sind nicht so empfindsam.«
»Aber ich«, entgegnete sie in scharfem Ton und warf ihre Serviette auf den Tisch, »ich bin es. Ich mag diesen bäurischen Ton nicht!«
»Verzeih, meine Liebe!« Der Hausherr ergriff ihre Hand, die sie ihm sofort entzog. »Mein täglicher Umgang sind nun einmal Bauern, Tagelöhner und Schnapsbrenner. Das färbt ab.«
»Du solltest sie besser erziehen.« Annmaria war schon etwas milder gestimmt. »Und Sie müssen entschuldigen«, wandte sie sich an Fontanes, »Sie sehen selbst, um meine Nerven ist es nicht zum Besten bestellt. Bitte, erzählen Sie mir doch von Jean Frédéric.«
»Wird Sie das nicht zu sehr aufregen?«, fragte Fontane behutsam und mit einem Seitenblick zu Stepanitz.

Der hob die Augen zum Stuck der Zimmerdecke.
»Diese Aufregung habe ich hinter mir«, sagte sie mit einem unverhofften Anflug von Stolz.
»Wo beginnen?« Fontane sah Rat suchend zu Emilie.
»Mit dem Anfang«, schlug sie vor.
»Es war der zweiundzwanzigste Februar«, sagte er. »Wir waren bei den Wangenheims zu einer Soirée geladen. Es wurde noch ein Gast erwartet, aber dieser Gast kam nicht.«

Nach Fontanes Bericht zog man sich an den Kamin zurück, wo Kaffee, für die Damen Likör und für die Herren Cognac kredenzt wurden. Er hatte sich kurz gefasst und auch einiges verschwiegen, etwa alles, was die großspurige Lebensart des Verstorbenen anbelangte. Frau von Stepanitz hatte mit unerwarteter, fast demonstrativer Contenance zugehört, während ihr Gatte ein paarmal aufgestöhnt und sich in seinen Augen Tränen gesammelt hatten – auch das überraschte Fontane.
Die Dame des Hauses brach das Schweigen.
»So ist es also wahr«, sagte sie leise und betrachtete dabei die gelbliche Flüssigkeit in ihrem Likörglas. »Jean verkehrte in den höchsten Kreisen der Hauptstadt.«
Fontane hatte nichts dergleichen behauptet. Aber er begriff sofort: Johann Friedrich von Stepanitz musste seiner Mutter die Illusion vermittelt haben, dass er in nämlichen Kreisen aus und ein ging. Und sie glaubte es natürlich bereitwillig, gab es ihr doch eine weitere Möglichkeit, sich eine vermutlich düstere Wirklichkeit schön zu träumen.
»Hm«, machte Fontane bloß.
»Bei Seiner Exzellenz, dem Geheimen Oberregierungsrat von Wangenheim«, fuhr die Dame des Hauses fort, und ihr Gesicht nahm einen versonnenen Ausdruck an. »Wir haben ihm immer geraten, sich an unsere lieben Verwandten zu halten.«

Mit denen sie nie auch nur ein Wort gewechselt hat, dachte Fontane.
»Und sogar mit der Exzellenz von Radowitz«, sagte Annmaria. »Wir waren immer sehr stolz auf Jean. Er war ein so begabtes Kind. Er konnte buchstäblich alles.«
Vor allem hochstapeln, dachte Fontane.
»Das glanzvoll absolvierte Studium in Bonn …«
Bonn?, fragte Fontane sich.
»… und seine Carrière beim Militär. Zwischendurch ging er auf Auslandsmission nach China. Tausend Ängste habe ich ausgestanden, denn dort war ja Krieg. Aber er hat alle Gefahren mit Bravour bestanden. Ach, Jean!« Annmaria zauberte ein Spitzentuch aus dem Ärmel ihres giftigen Kleides und betupfte sich die Augen. »Ich will Ihnen nicht verhehlen, dass uns seine Freundschaft mit dem Herrn von Radowitz besonders glücklich machte; die beiden müssen sich in China sehr nahegekommen sein. Mir wird noch heute schwindlig, wenn man bedenkt, dass Seine Exzellenz im letzten Herbst beinahe Außenminister geworden wäre.«
»Nicht Außenminister, ma chérie«, berichtigte sie ihr Mann. »Die Außenpolitik lässt sich Fürst Bismarck nicht aus der Hand nehmen.«
»Ja, aber doch …« Annmaria blickte verständnislos in die Runde.
»Staatssekretär«, sagte Fontane. »Im Auswärtigen Amt kommt der Staatssekretär gleich nach dem Kanzler.«
»Immerhin.« Sie betupfte abermals die Augen. »Stellen Sie sich einmal vor, von Radowitz wäre es tatsächlich geworden. Was für Möglichkeiten für Jean! Ich verstehe bis heute nicht, wie sich Bismarck für diesen mediokren Bülow entscheiden konnte.«
Fontane betrachtete Frau von Stepanitz, die sich in Rage geredet hatte. Von Politik verstand sie sicherlich nichts, und so musste ihr Urteil über Staatssekretär von Bülow von jemand

anderem stammen, womöglich von ihrem Gatten. Bülow galt als tüchtig, taktvoll, zuverlässig und gewandt, allerdings auch als ein Mann ohne Überzeugungen. Für Bismarck war er gerade deshalb das brauchbarste und beste Werkzeug.

»Wenn mir eine Frage gestattet ist?« Fontane schaute zu Herrn von Stepanitz, der nickte. »Ich möchte das Stichwort *medioker* aufnehmen: Warum entschied sich Ihr Sohn trotz all seiner glänzenden Verbindungen, eine vergleichsweise – pardon – mittelmäßige Arbeit beim Statistischen Bureau aufzunehmen?«

»Das habe ich auch nie verstanden.«

»Ich schon.« Annmaria schob das Taschentuch in den Ärmel zurück. »Und wenn du nicht immer nur mit deinen Rüben und deinem Schnaps beschäftigt wärst und ihm einmal richtig zugehört hättest, würdest auch du es wissen. Mir hat er erklärt, dass er den Staat erst einmal in allen seinen Winkeln kennenlernen wolle, um sich so auf eine größere Carrière vorzubereiten. Er wollte nach oben nicht durch Protektion, sondern durch profunde Kenntnisse. Ich finde, dass ist ein sehr schöner Zug seines Wesens.«

»Zweifellos«, sagte Fontane. »Aber sagen Sie, wie alt war Jean eigentlich, als er sich der diplomatischen Mission nach China anschloss?«

»Wie alt?« Herr von Stepanitz blickte zu seiner Frau.

»Zweiundzwanzig«, sagte sie.

»Noch sehr jung«, bemerkte Fontane.

»Ja, aber mit solchen Examina! Außerdem hatte er ein Empfehlungsschreiben des Herrn von Wangenheim.«

»Was hatte er?« Fontane glaubte, sich verhört zu haben. Wangenheim hatte nie von einem Empfehlungsschreiben gesprochen.

»Eine Rekommandation des Geheimrates von Wangenheim«, wiederholte Frau von Stepanitz, etwas ungnädig angesichts solcher Begriffsstutzigkeit. »Ohne sie hätte er trotz seiner glänzenden Zertifikate kaum an der Mission teilnehmen können.« Sie seufzte. »Man traut selbst der begabtesten Jugend so wenig zu.«

Für einen Augenblick schwiegen alle. Fontane schaute rasch zu Emilie. »Und Sie haben wirklich keine Vermutung, wer ihn getötet haben könnte?«, fragte er schließlich.

Beide Eltern schüttelten den Kopf.

»Nicht die geringste«, sagte der Vater. »Es muss ein Raubüberfall gewesen sein.«

»Nur dass nichts geraubt wurde ...«

»Möglicherweise wurde der Verbrecher gestört bei seiner grausamen Tat.«

»Darüber hat der Kommissarius auch spekuliert.«

»Sehen Sie ... schrecklich!«

Gottlieb Arnulf von Stepanitz nahm die Cognacflasche vom Beistelltisch und füllte Fontanes Glas. Seine Frau und auch Emilie hatten noch nicht einen Schluck getrunken, aber nun holte Emilie es nach. Dann beugte sie sich ein wenig gegen die Hausfrau vor, stellte das leere Glas auf den Tisch und sagte mit ihrer warmen Stimme: »Sie haben noch einen zweiten Sohn, nicht wahr, Frau von Stepanitz?«

Fontane war erstaunt, mit welchem Geschick es ihr gelang, genau jenes Thema aufs Tapet zu bringen, das auch er noch hatte ansprechen wollen, ohne zu wissen wie.

»Ja. René. Er macht uns Sorgen, hat sie uns von klein auf gemacht.«

»Von Sorgenkindern kann ich ein Lied singen«, sagte Emilie.

»Wie viele Kinder haben Sie?«

»Vier.«

»Oh.« Annmaria nippte an ihrem Likör. »Auch schon erwachsen?«

»Nein, nein.« Emilie lächelte. »George ja, der ist schon aus dem Haus. Theodor glaubt, erwachsen zu sein, Martha wird am einundzwanzigsten März vierzehn, Friedrich ist Anfang Februar zehn geworden.«

»Dann kennen Sie alle Mutterfreuden und alles Mutterleid«, stellte Frau von Stepanitz nicht ohne Pathos fest. »Vier Kinder? Meine aufrichtige Bewunderung! Und die haben Sie großgezogen mit den Auf-und-Ab-Gehältern Ihres Mannes? Verzeihen Sie mir, Herr Fontane!«

»Die Wahrheit muss man nicht entschuldigen«, brummte der.

Das Gespräch über das, was sie Mutterfreuden und Mutterleid genannt hatte, schien die Hausherrin aufzumuntern.

»Rudolf, also René, war immer etwas schwach auf der Brust«, erklärte sie. »Schon vom kleinsten Windstoss bekam er einen Katarrh. Das erforderte meine ganze Fürsorge ...«

Eher wohl die der Amme und des Kindermädchens, dachte Fontane.

»Irgendwann kam mir dann ein schrecklicher Verdacht. Kinder können furchtbar selbstsüchtig sein. Ich vermutete, René würde bewusst krank werden, um eben diese Sorge zu erzwingen. Er hatte wohl immer das Gefühl, im Schatten seines kräftigeren, intelligenteren, charmanteren Bruders zu stehen.«

Das forderte sofort Widerspruch von Seiten des Vaters heraus: »Mache Rudolf nicht gar zu schlecht!«

»Das tue ich nicht. Er kämpfte eben mit *seinen* Mitteln um Aufmerksamkeit. Er wollte wahrgenommen werden in einem Haus, in dem sich alles – wie sagtest du? – um das Wetter, die Ernte, den Markt, die Preise dreht.«

»Dein Vorwurf verletzt mich.« Gottlieb Arnulf schüttelte betrübt den Kopf. »Glauben Sie nicht«, wandte er sich an seine beiden Gäste, »dass es bei mir rein ökonomisch und damit vollkommen kulturlos zuginge. An einem Tag im Herbst konzertieren Künstler aus Frankfurt oder Landsberg bei uns, manchmal sogar aus Berlin. Wir laden dann die

Gutsbesitzer der Nachbarschaft ein und veranstalten ein Fest.«

»An *einem* Tag im Herbst«, wiederholte seine Frau mit gerunzelter Stirn.

»Es gibt noch andere Feste. Erntedank und ...«

»Erntedank ist ein Bauernfest«, fuhr ihm Annmaria in die Parade. »Das ist nichts für einen gehobenen Geschmack. Du fühlst dich ja wohl, wenn du dich in deiner elenden Joppe unter die Landleute mischen und deinen Schnaps probieren kannst ... und die jungen Dinger zum Tanz aufforderst ... in deinem Alter ...«

»Ich fühle mich nicht alt«, erwiderte der Gutsherr und sah dabei beschämt aus. »Und denk an unsere Leseabende. Ist das denn keine Kultur?«

»Kultur? O ja! In Paris würde man uns um eine solche Kultur beneiden!« Annmarias Stimme bekam einen hohen Ton. »Denn was hast du den Kindern und mir vorgelesen an diesen sogenannten Leseabenden? Die Zeitung.«

»Und aus der Bibel«, ergänzte Gottlieb Arnulf, nun schon ganz verzagt.

»Sie sind katholisch?«, warf Fontane rasch ein, das Stichwort nutzend.

»Wie?« Stepanitz musste sich erst besinnen. »Wie kommen Sie ...? Ach, natürlich, wegen Rudolfs Sottisen. Ja, wir sind Katholiken. Das hat mit der Herkunft meiner Familie zu tun. Mein Urgroßvater stammt aus der Gegend von Würzburg. 1799 hat er dieses Gut gekauft und sich hier niedergelassen, als ein gewöhnlicher Stepanitz. In den Adelsstand wurde erst mein Vater erhoben, wegen seiner Verdienste während der Befreiungskriege. Unser Prädikat ist also noch jung.«

»Und Sie, gnädige Frau?«

»Ich habe kurz vor unserer Hochzeit den Glauben meines Mannes angenommen.«

»Ich sage immer, dass vor Gott alle Menschen gleich sind«, betonte der Gastgeber, nun wieder etwas lebhafter. »Er schaut auf unseren Lebenswandel und nicht darauf, ob wir katholisch, lutherisch, pietistisch oder sonst wie reformiert sind.«
»Wohl wahr«, bestätigte Fontane, der sich aus Glaubensfragen nicht viel machte. Darin hielt er es mit Christoph Martin Wieland, der Religion und Interpunktion zur Privatsache erklärt hatte. »Nur, wenn Sie Rudolf in diesem Sinne erzogen haben, wie ich annehme: Woher rührt dann sein unversöhnlicher Hass? Mir ist natürlich bewusst, dass es beim Kulturkampf nicht um Religion geht, sondern um Macht, und dennoch …«
»Das ist mir wie Ihnen ein Rätsel. Wir können es beide nicht verstehen. Es passt auch gar nicht zu ihm, jedenfalls nicht zu dem Rudolf, den wir kennen und der eher zurückhaltend und schüchtern war. Womöglich ist er unter den Einfluss ultramontaner Leute geraten, die ihn aufgehetzt haben und von seiner Weichheit profitieren.«
»Weich kann man seine Aufsätze aber überhaupt nicht nennen«, meinte Fontane.
»Die Aufsätze sind nicht der Mensch.«
»Zweifellos nicht, aber sie offenbaren etwas über ihn.«
»Falls sie nicht etwas verhüllen«, sagte der alte Stepanitz. Für einen Moment kehrte Schweigen ein. Fontane bemerkte, dass Emilie müde aussah, und auch er musste gegen ein heftiges Gähnen ankämpfen. Dem Hausherrn entging das nicht. Kurzentschlossen stand er auf.
»Sie werden nun zu Bett gehen wollen«, sagte er, »also heben wir unsere Plauderrunde auf. Ich nehme mir morgen die Zeit, Sie nach Tamsel zu begleiten. Und nach Zorndorf, wo im Siebenjährigen Krieg eine berühmte Schlacht gewonnen wurde, was Sie sicher wissen. Man sieht nichts mehr, aber man spürt noch etwas: den Wind der Geschichte.«

Der Wind der Geschichte, dachte Fontane, als er in seinem Zimmer ans Fenster trat und hinaus in den nächtlichen Park blickte. Das Einzige, was er sah, war der Widerschein erleuchteter Fenster im Schnee. Ein seltsames Bild, dachte er; es bedeutete, dass die Menschen durch ihre Geschichte getrieben wurden. Vielleicht war es so, aber vielleicht war es auch ein Sog – es war müßig, jetzt darüber nachzugrübeln. Er jedenfalls verspürte einen Sog, der vom Bett ausging.
Auf dem Flur vernahm er Schritte, die er als die Emilies erkannte, und wenig später stand sie in seinem Zimmer. Das Gespräch mit den Stepanitz' würde sie wohl beide schwer schlafen lassen. Emilie trug noch nicht einmal ihr Nachtgewand.
»Was für eine bedauernswerte Frau«, sagte sie und setzte sich in den Sessel vor dem Ofen.
Fontane nickte. »Und mit ihrem Unglück macht sie ihren Mann unglücklich, der nach Möglichkeit aus dem Schloss flieht, was sie hinwiederum noch trostloser werden lässt. Ihre vielen Kuren sind auch nichts anderes als Flucht. Eine Spirale des Leidens. Allerdings hat sie ja von der Selbstsucht der Kinder gesprochen … Ich finde sie auch reichlich selbstsüchtig.«
»Wer im Glashaus sitzt, werfe nicht den ersten Stein.«
»Emilie, ich muss doch …«
»Schon gut.« Sie winkte ab. »Ob sie ihn wohl einmal geliebt hat?«
»Im schlimmsten Falle liebt sie ihn sogar noch immer.« Fontane rückte einen Stuhl an den Ofen und nahm ebenfalls Platz. »Et vice versa.«
Emilie schüttelte den Kopf. »Und zu dieser Tragödie kommt nun noch der Tod des ältesten Sohnes. Ich muss die beiden bewundern, denn sie wirkten alles in allem recht gefasst.«
»Sie hatten zwei Wochen Zeit, sich in das Unvermeidliche

zu fügen.« Fontane verschränkte die Hände und stützte sein Kinn auf beide Daumen. »Seltsam, ich dachte immer, Mütter würden ihr jüngstes Kind am meisten lieben.«
»Wer sagt das?«
»Das ist so eine Vorstellung ... Wie ist es eigentlich bei dir?«
»So, eine Vorstellung ist das? Eine geistige oder eine Theatervorstellung? Ich liebe alle meine Kinder mit gleicher Stärke.«
»Das geht nicht«, behauptete Fontane im Brustton der Überzeugung.
»Woher willst du das wissen?«
Fontane schwieg, weil er keine Antwort zu geben vermochte. Emilie schaute nachdenklich auf den Boden.
»Ich glaube den Grund dafür zu kennen, warum Rudolf von Stepanitz in immer schrilleren Tönen gegen Bismarck und seine Katholikenpolitik hetzt«, sagte sie.
»Ach? Das möchte ich hören.«
»Als Kind hat er mit Katarrhen um die Aufmerksamkeit seiner Mutter gebettelt, heute tut er es mit Pasquillen.«
»Aber der Mann ist erwachsen!«, protestierte Fontane.
»Das ist etwas, mein Lieber, was Männer nie werden«, sagte Emilie mit einem Lächeln, das fast schon sardonisch wirkte.

Nach dem Frühstück ließ der alte Stepanitz anspannen. Die Mahlzeit hatten Fontane und Emilie nur mit ihm eingenommen, da sich seine Gattin wegen einer Unpässlichkeit entschuldigen ließ. Nun wartete ein Schlitten vor Schloss *Monplaisir*, und zwei kräftige braune Arbeitspferde mit langen Mähnen scharrten im Schnee.
Eingemummelt in einen Pelz der Hausfrau, der ihr ein wenig zu groß war, stieg Emilie als Erste ein. Stepanitz, der selbst kutschieren wollte, reichte ihr Fußsack und Plaid. Der Schlitten, ein mit Kufen versehener Landauer, hatte zwar ein

Verdeck, war aber an den Seiten offen. Bereits bei seinem Anblick spürte Fontane den Nordost hindurchpfeifen.
Vom Tor näherten sich zwei Männer, und der im Frost erstarrte Schnee knirschte laut unter ihren Füßen. Fontane machte den Gutsherrn, der sich sehr um Emilie besorgt zeigte, auf sie aufmerksam.
»Herrn Bachmann, mein Verwalter«, sagte Stepanitz, »und sein Sohn.«
Die Männer näherten sich der zum Schlitten umfunktionierten Chaise. Der ältere trug eine bis über die Hüfte reichende Pelzjoppe und eine Mütze aus Hasenfell, der jüngere einen wadenlangen schwarzen Mantel. Während der Senior seine Hose in die Stiefel gestopft hatte, ließ der Junior sie über die Schuhe fallen. Der verbogene graue Filzhut auf seinem Kopf sah aus, als ob er ihn sich geborgt hätte, denn er passte so gar nicht zu dem Mantel von eher städtischem Schnitt.
»Ich darf bekannt machen.« Stepanitz stellte Verwalter und Sohn vor. »Franz studiert in Berlin«, sagte er, auf den Jungen gemünzt. Dieser war eine große und schlanke Erscheinung. Sein Teint wirkte frisch, was wohl auf die kalte Landluft zurückzuführen war, aber er hatte tiefe Ringe unter den Augen. Auffallend waren der Schwung seiner dunklen Augenbrauen und die langen, fast mädchenhaften Wimpern.
»Herr und Frau Fontane stammen auch aus Berlin«, erklärte Stepanitz. Fontane wartete auf die Ergänzung *Herr Fontane ist Schriftsteller*, aber sie kam nicht, und er atmete auf. Stattdessen sagte der Gutsherr nur: »Sie interessieren sich für die Schlacht von Zorndorf und für Schloss Tamsel. Sicher, was sie aber nicht einräumen«, er lächelte, »wegen der *affaire d'amour* des jungen Friedrich.«
»Ja«, sagte Herr Bachmann artig, »unsere gottverlassene Gegend hat mehr zu bieten, als man gemeinhin annimmt.«

Nachdem er einen vergnüglichen Ausflug gewünscht hatte, verschwand er samt Sohn im Herrenhaus.
»Hervorragender Mann«, sagte Stepanitz, während nun auch Fontane einstieg. »Ich wüsste gar nicht, was ich ohne ihn machen sollte.«
»Arbeitet er schon lange bei Ihnen?«
»Seit fast dreißig Jahren. Meine Söhne sind praktisch mit Franz zusammen aufgewachsen. Er ist der jüngste der drei. Johann war der Anführer, und wenn es Streiche zu machen galt, die man einem kleinen Buben eher verzieh als den großen, wurde er vorgeschickt. Einmal waren sie sogar in dasselbe Mädchen verliebt.« Stepanitz lachte, wurde aber schnell wieder ernst und fügte in einem resignativen Ton hinzu: »Das sind vergangene Zeiten. Unwiederbringlich.«
Er hob die Peitsche, und der Schlitten setzte sich in Bewegung. Er verließ den Park, passierte die Schnapsfabrik und hielt dann auf den Wald auf einer Hügelkuppe zu. Leise rieselte der Schnee.
»Weil Sie gerade von Mädchen sprachen«, sagte Fontane nach einer Weile, »hatte Johann eigentlich eines? Ich meine, eine Verlobte?«
»Sie nehmen ja regen Anteil an ihm«, stellte Stepanitz fest.
»Wie sollte ich nicht. Sein Tod hat unsere Freundin Marie von Wangenheim schwer getroffen.«
»War ihre Verbindung denn so eng?« In der Stimme des Gutsherrn schwang Zweifel mit.
»Aber das hat er Ihnen doch gesagt oder geschrieben.«
»Mein lieber Herr Fontane«, Stepanitz steuerte das Gefährt auf einen kaum erkennbaren Weg am Feldrain unterhalb der Hügelkette, »auf mich müssen Sie nicht solche Rücksicht nehmen wie auf meine Frau. Ich weiß, dass mein Ältester nicht in den höchsten Kreisen verkehrte und dass er über seine Verhältnisse gelebt hat. Mehr als einmal habe ich seine Wechselschulden beglichen, ohne dass seine Mutter davon

erfuhr. Außerdem sitzt mein Gutsnachbar im Preußischen Herrenhaus, und manchen Abend verbringen wir beim Whist. Da höre ich so manches …«

»Es ist leider so, wie Sie sagen«, bestätigte Fontane und ergriff die Hand seiner Frau.

»Um Ihre Frage zu beantworten: Von einer Verlobten weiß ich nichts. Annmaria leidet besonders darunter, weil sie sich für ihn immer eine gute Partie ausgemalt hat. Ein Hoffräulein, wie Sie sich denken können, oder jedenfalls alter Adel.«

»Hat er denn nie von Frauen gesprochen?«

»Natürlich. Immer stand er kurz davor, den Wünschen seiner Mutter zu entsprechen, aber es zerschlug sich dann. Einen Gefallen hat er ihr damit nicht getan, denn mittlerweile bildet sie sich ein, dass mein Adelsprädikat zu wenig wert ist und die hohen Herrschaften einen von Stepanitz nur mit spitzen Fingern anfassen. Unsinn, das! Der Titel mag noch neu sein, aber im Gegensatz zu mancher Familie, deren Vorfahren angeblich mit Karl dem Großen gespeist haben, sind wir nicht arm.«

»Verzeihen Sie meine Neugierde …«, begann Fontane vorsichtig.

»Ach, was! Sie sind Schriftsteller, ich nehme mal an, Neugierde ist Ihre *déformation professionelle*. Ich kann's auch drastischer oder meinetwegen bäurischer ausdrücken: Wer seinen Beruf mit Leidenschaft ausübt, kriegt irgendwann Marotten. Also, fragen Sie!«

»Unterhielt Johann Beziehungen nach England?«

»Nach England? Ihre Gedanken machen ja seltsame Sprünge.«

»Sein Dienstmädchen hat behauptet, er hätte in letzter Zeit häufig den Besuch eines distinguierten Engländers empfangen.«

Stepanitz hielt den Schlitten an. »Von England hat Johann nie gesprochen. Wir sind da.«

Zuerst glaubte Fontane, sich zu täuschen, doch er irrte sich nicht: Aus den Augenwinkeln des Mannes rannen ein paar Tränen. Womöglich waren sie dem Fahrtwind geschuldet, oder es waren Tränen, die ihm der Wind der Geschichte in die Augen trieb.

Als Stepanitz bemerkte, dass Fontane seine Tränen entdeckt hatte, machte er eine unwillige Geste in eine Richtung, wo sich offenbar das Schlachtfeld befand. Aber ihn hatte ein zu starkes Gefühl ergriffen, und er war freimütig genug, es zu bekennen.

»Johann war das erste Kind, das das Wochenbett überlebt hat«, sagte er. »Das schafft ein sehr festes Band zwischen Vater und Sohn, weil sich mit ihm endlich eine Hoffnung erfüllt. Trotz all seiner Lügen und all seiner Eskapaden – kein Mensch außer meiner eigenen Mutter stand meinem Herzen je so nah wie er.«

Siebentes Kapitel

11. März 1874

Kaum von jenseits der Oder zurückgekehrt, setzte sich Fontane an den Schreibtisch, um seine Eindrücke und vielleicht auch bereits eine erste Textfassung niederzuschreiben. Beginnen wollte er mit Cüstrin und der Teilung Brandenburgs im 16. Jahrhundert, als Markgraf Johann die Neumark zugesprochen bekam. Er wurde auch Hans genannt, und so lautete die Überschrift über diesen Abschnitt denn auch *Unter Markgraf Hans*.
Emilie saß ebenfalls: über der Reiseabrechnung. Als Fontane sie, über den Tisch gebeugt, sorgfältig Zahl unter Zahl schreiben sah, kam ihm ein Satz in den Sinn, den er sofort notierte: »Sein Kardinalfehler war der Geiz, in den seine weise Sparsamkeit beständig ausartete.« Das war höchst ungerecht gegenüber seiner Frau, deren Sparsamkeit aus der Not geboren war und nicht aus der Gier, aber sie würde sich wohl nicht wiedererkennen.
Bevor er weiterschreiben konnte, unterbrach ein Läuten an der Tür seine Konzentration. Emilie ging öffnen. Wenig später trat sie in sein Arbeitszimmer und überreichte ihm ein Telegramm. In der Zeile für den Absender war das Polizeipräsidium eingetragen. Fontane riss unter Emilies neugierigem Blick sofort den Umschlag auf und las:

Hochverehrter Herr Fontane!
Ich hoffe, Sie befinden sich wohl und können meinem drin-

genden Wunsche entsprechen, mich umgehend aufzusuchen: Wir haben Wichtiges zu besprechen. Meine Empfehlung an Ihre Gattin.
Mit vorzüglicher Hochachtung
Aschinger, Kommissarius der Kgl. Preuß. Polizei

»Aschinger empfiehlt sich dir«, sagte Fontane, faltete die Depesche zusammen und erhob sich. »Er will mich sehen.«
»Dann kann er sich eine Zeichnung angucken«, gab Emilie zurück. »Ich nehme doch an, dass er mit dir sprechen will.«
»Du bist heute sehr spitzfindig, Emilie.«
»Weißt du, was unsere Reise gekostet hat? Mit anderen Worten: Nimm dir keine Droschke erster Klasse.« Mit diesem Rat, der eher ein Befehl war, verließ sie den Raum. Fontane kleidete sich an – und ging zu Fuß zum Molkenmarkt.
Die langen, verwinkelten Gänge im Präsidium waren düster wie eh und je. Die Gaslampen an den Wänden, die eigentlich leuchten und nicht zischen sollten, zogen das Zischen eindeutig vor. Fontane ging Treppen hinauf und hinab, begegnete Faktoten, die mit Akten beladene Wägelchen schoben, und Vorgeladenen, von denen man nicht genau wusste, ob sie nun Verbrecher oder Opfer waren. Geschäftige Männer in Uniform und nicht minder eilige in Zivil kreuzten seinen Weg, ein kleines Mädchen zielte mit einem Ball nach ihm und wurde durch eine mütterliche Ohrfeige dafür belohnt, ihn verfehlt zu haben. Schließlich langte er vor dem Zimmer des Kommissars an. Der förmliche Ton des Telegramms hatte ihn aufgeschreckt, deshalb rückte er erst einmal seine Garderobe zurecht und räusperte sich, bevor er anklopfte.
»Bitte einzutreten!«
Fontane öffnete die Tür und betrat ein dermaßen kleines Bureau, dass er den Kopf einzog, obwohl die Decke so niedrig gar nicht war. Das sofort einsetzende beklemmende Gefühl von Enge brachte ihn unwillkürlich dazu.

Aschinger starrte ihn aus geröteten Augen an und verzog keine Miene. Seine geschwollenen Wangen verrieten, dass er die Influenza noch keineswegs überwunden hatte: Wie der verfluchte Winter zog sich auch seine Grippe hin.
»Der Herr Fontane«, sagte er durch die Nase. »Schöne Reise gehabt?«
»Sie wissen?« Fontane prallte zurück. Sein Rücken touchierte die Wand, und da es ohnehin keinen Platz für einen zweiten Stuhl gab, blieb er gegen sie gelehnt stehen.
»Was haben Sie denn gedacht? In einem Polizeistaat ist niemand so fleißig wie die Polizei.«
»Lassen Sie mich etwa überwachen?«
»Das habe ich nicht nötig. Aber vielleicht sollte ich?«
»Es ist mir unerklärlich ...«, murmelte Fontane.
»Dann will ich Ihnen auf die Sprünge helfen. Ich weiß zwar nicht, wer gerade der Feind ist – außer den Sozialdemokraten, den Ultramontanen und den anderen üblichen Verdächtigen –, aber die Politische Abteilung überwacht derzeit die Bahnhöfe mehr als sonst. Man könnte also sagen, Sie sind Völkers Männern in die Falle gelaufen. Was haben Sie denn in Cüstrin gemacht?«
»Material gesammelt für einen Aufsatz über die Neumark«, erklärte Fontane verunsichert.
»Dann sind Sie mit Ihrer Frau wohl auch schön gewandert? Wussten Sie, dass auch ich dichten kann? Hören Sie mal!« Aschinger schaute auf den Deckel einer Akte, auf den er mit Bleistift zwei Zeilen geschrieben hatte: »›Durch den freundlichen Frühling zogen sie hin/Herr Fontane nebst Gattin, nur Poesie im Sinn.‹ Wie finden Sie das? Ach, an Ihrem Stirnrunzeln bemerke ich, dass ich wohl noch die Feile ansetzen muss. Bei Ihnen jedoch, mein Lieber, muss man eine Raspel nehmen. Berichten Sie!«
Fontane tat es. Aschinger hörte ihm zu, ohne auch nur mit dem geringsten Mienenspiel zu verraten, was er von der Ge-

schichte hielt. Zwei-, dreimal schnäuzte er sich, er schrieb sich auch etwas auf, aber der Mangel sowohl an Reaktion als auch an Nachfragen machte Fontane zunehmend nervös. So empfand er es nahezu als Erlösung, als er mit den Tränen des alten Stepanitz enden konnte.

»Unglücklich sind die Eltern also? Klingt wie ein Roman«, brummte Aschinger und lehnte sich zurück. »Vor allem, wenn Sie es erzählen.«

»Ihre Häme habe ich nicht verdient«, begehrte Fontane auf, wenn auch etwas kleinlaut.

»Sie haben etwas ganz anderes verdient, etwas, das Ihre Mutter Ihnen offenbar vorenthalten hat«, meinte Aschinger. »Wie oft soll ich es wiederholen? Sie sollen sich nicht in meine Enquête einmischen. Der Einladung der Frau Professor Giehlow zum Tee haben Sie also nicht Folge geleistet?«

»Das erschien mir nicht erfolgversprechend.«

»Sie suchten Hinweise auf die geheimnisvolle Briefschreiberin also bei den Eltern? Nun gut, darum hatte ich Sie gebeten. Aber Sie waren wohl nicht erfolgreich?«

»Haben Sie denn einen Erfolg vorzuweisen?«, fragte Fontane.

»In Bezug auf die Briefe nicht. Und Professor Giehlow hat für den Tatabend ein stichfestes Alibi. Aber als möglichen Mörder habe ich ihn sowieso nie gesehen. Nun gut! Ich weiß zwar nicht, warum ich Sie ins Vertrauen ziehe ... vielleicht, weil mir Ihre Frau so sympathisch ist. Herr Fontane, ich sagte bereits, dass auch wir fleißig sind, und obendrein verstehen wir unser Handwerk. Wir haben alle Gläubiger des honorigen Rittmeisters abgeklopft. Mindestens drei von ihnen haben ihn bedroht, weil er nicht zahlen wollte oder konnte. Wir haben sie zwar noch auf unserer Liste, aber im Mittelpunkt der Untersuchung steht jetzt ... Na, was meinen Sie wohl?« Aschinger straffte seinen Oberkörper. »Unser Hauptverdächtiger!«

Fontane blickte ihn nicht ohne Bewunderung an. »Sie haben einen Hauptverdächtigen?«
»Allerdings.« Der Kommissar grinste breit. »Und nun möchten Sie natürlich wissen, um wen es sich handelt? Ich darf es Ihnen eigentlich nicht sagen, aber vielleicht hält es Sie davon ab, sich weiterhin in meine Arbeit einzumischen. Johann Friedrich von Stepanitz war Student in Bonn ... zuerst in Berlin, dann in Bonn und schließlich wieder in Berlin. Nach Bonn zog ihn das ewig Weibliche: ein höheres Töchterchen, das er in der Sommerfrische kennengelernt hatte. Wenig erfreulich war allerdings, dass sein Tutor ebenfalls in dieses Mädchen verliebt war, ein Baron Achim von Mohr, seinerzeit Doktorand. Sie wissen ja, was ein anständiger Student am liebsten tut: saufen. Bei einem dieser Gelage gerieten von Stepanitz und von Mohr in Streit. Was Stepanitz seinem Widersacher an den Kopf warf, war wirklich unfein. Sie müssen wissen, dass die Familie von Mohr katholischer ist als der Papst ...« Aschinger schlug die Akte auf. »Also, Stepanitz nannte Mohr einen sich vor seinen Heiligenbildchen selbst befleckenden Narren.«
»Oha!«, rief Fontane.
»Sie sagen es. Der Baron fühlte sich in allen nur erdenklichen Arten von Ehre gekränkt: seiner Ehre als religiöser Mensch, seiner Ehre als Adliger, seiner Ehre als Mann, als Bildchensammler und ich weiß nicht was. Und dann noch von einem so jungen Bürschchen: Johann war zwanzig, von Mohr acht Jahre älter! Also forderte er von Stepanitz, und eines Frühlingsmorgens – früher gab es so was – duellierten sich die Herren auf den Rheinwiesen. Stepanitz kam ungeschoren davon. Seine Kugel traf jedoch den Baron, und zwar so unglücklich, dass sie Mohr ins Rückgrat drang. Dort steckt sie immer noch. Das Ende vom Lied: Baron von Mohr ist ein Krüppel. Und mit dem Doktortitel wurde es auch nichts.«

»Aber Kommissarius«, sagte Fontane, »das ist doch etliche Jahre her.«
»Es war 1860. Ja, in der Tat, fast fünfzehn Jahre. Und dennoch: Sie werden verstehen, dass Baron von Mohr seinen Duellgegner hasst wie die Pest. Er sann natürlich stets auf Rache, nur konnte er sie nie ausführen. Übrigens war er damals, als er mit Stepanitz im übertragenen Sinne die Klingen kreuzte, bereits verheiratet. Wie seine Frau auf das Duell und vor allem auf die Ursache, die Liebschaft ihres Gatten, reagierte, ist mir nicht bekannt. Aber sie verließ ihn nicht. Wegen des Rufes, der auf dem Spiel stand, wegen der beiden Kinder – ich weiß es nicht. Stepanitz musste nach dem Duell die Bonner Universität verlassen, von Mohr musste es wegen seines Gebrechens. Beide kehrten nach Berlin zurück, und wenn wir von dem Intermezzo in China absehen, leben beide seit fünfzehn Jahren in derselben Stadt. Dieser Umstand muss dem Baron Tag für Tag die Kehle zugeschnürt haben.«
»Ich ahne schon, worauf das hinausläuft«, sagte Fontane. »Der Baron hat jemanden mit dem Vollzug seiner Rache beauftragt. Aber warum erst nach fünfzehn Jahren?«
»Seien Sie nicht so ungeduldig, denn das war er auch nicht. Der Rächer musste erst herangebildet werden.«
Fontane fiel es wie Schuppen von den Augen. »Eines seiner Kinder!«
Aschinger nickte. »Der Sohn. Die Tochter kommt kaum infrage, und weitere Kinder gibt es nicht, weil es sie nicht geben kann. Sie verstehen schon.« Er blätterte in der Akte. »Der Sohn, auch ein Achim, wurde im Oktober 1873 einundzwanzig. Er wuchs auf mit dem Hass seines Vaters, seine Seele wurde mit ihm geradezu durchtränkt. Das Todesurteil gegen Stepanitz war längst gefällt, nun brauchte es nur noch einen letzten Anlass und vor allem die Gelegenheit.«
»Und beides fand sich am zweiundzwanzigsten Februar?«
»Mit dem letzten Anlass oder Anstoß meinte ich etwas Psy-

chologisches«, erklärte Aschinger. »Ende des vergangenen Jahres verschlechterte sich der Gesundheitszustand des Barons rapide. Sein körperlicher Verfall ist unaufhaltsam, sein Hausarzt gibt ihm nicht mehr als ein Jahr. Wenn der Baron also noch erfahren soll, dass er gerächt wurde, musste der Sohn innerhalb dieses Zeitraumes handeln. Capisce?«

»Ja.«

»Die Gelegenheit ergab sich an jenem Februarabend. Achim *le fils* war zu einem Ball in einem der vornehmen Häuser am Tiergarten eingeladen, und zum ersten Mal ging er ohne Begleitung zu einem solchen Tanzvergnügen. Mehrere Zeugen sagen übereinstimmend aus, dass er nicht lange geblieben ist. Er ließ sich sehen und verschwand recht früh. Wittlich hat den Weg von dem Haus, in dem der Ball stattfand, zum Haus der Wangenheims dreimal abschreiten und den Mittelwert errechnen müssen. Er beträgt exakt elf Minuten. Was sagen Sie nun?«

»Das überrollt mich jetzt«, räumte Fontane ein. »Sie haben das alles referiert, als hätte der Sohn schon gestanden. Hat er?«

Aschinger schüttelte den Kopf.

»Leider nicht. Wir verhören ihn seit Tagen ohne Erfolg. Er gibt an, das Fest wegen einer Unpässlichkeit frühzeitig verlassen zu haben und direkt nach Hause zurückgekehrt zu sein. Die Mutter und das Personal bestätigen das, mit dem Vater konnten wir nicht sprechen; er ist zu krank. Meine Darstellung beruht also größtenteils auf Vermutungen. Und bevor Sie es aussprechen, mir sind die offenen Fragen durchaus bewusst, vor allem die entscheidende: Woher kann Achim junior gewusst haben, dass der Rittmeister a. D. an diesem Abend zu den Wangenheims eingeladen war?«

»Und gesetzt den Fall, er wusste es: Wie konnte er sicher sein, dass er auch hingehen würde?«

»Das ist nicht so wichtig.« Aschingers Gesicht glühte förmlich; er hatte sich in seine kriminalistische Leidenschaft gesteigert, aber auch die Influenza trug ihren Teil dazu bei. »Er hat sich auf die Lauer gelegt und ist dabei das Risiko eingegangen, dass der Rittmeister nicht erscheint, etwa wegen der grassierenden Seuche.« Er tippte sich gegen die Nase. »Bedauerlicherweise bleibt die Mordwaffe verschwunden. Und Wittlich und Räder haben immer noch nicht den Droschkenkutscher ausfindig gemacht, der Stepanitz in die Königin-Augusta-Straße gebracht hat. Es ist wie verhext. Manchmal glaube ich schon, er ist zu Fuß gegangen.«

»Vom Kronprinzenufer aus? Das ist gar nicht undenkbar.«

»Ja, ja.« Aschinger winkte gereizt ab. »Auf diesen Weg haben sich Wittlich und Räder auch begeben. An einem schönen Frühlings- oder Sommerabend mag es ein Vergnügen sein, am Landwehrkanal entlangzuwandeln. Aber bedenken Sie, dass es dunkel war und quasi hemmungslos schneite. Können Sie sich vorstellen, dass ein Mann wie Stepanitz unter solchen Umständen zu Fuß geht? Er wäre vollkommen durchnässt bei den Wangenheims angekommen. Das passt einfach nicht zu ihm.« Der Kommissar zog eine Taschenuhr aus der Weste und ließ den Deckel aufspringen. Stirnrunzelnd betrachtete er das Ziffernblatt, dann hob er den Blick und musterte Fontane. »Die Audienz ist beendet. Ich hoffe, es ist mir gelungen, Sie davon zu überzeugen, dass Ihre Eskapaden überflüssig sind. Der Fall strebt seiner Lösung zu, also gehen Sie nach Hause und ketten Sie sich an Ihren Schreibtisch. Erst wenn der Mörder in der Stadtvogtei sitzt, will ich Sie wiedersehen.«

Fontane gehorchte. Auf dem Weg aus dem Präsidium schaute er sich ständig um.

Vom Polizeipräsidium hatte sich Fontane nicht auf direktem Wege nach Hause begeben, sondern einen Abstecher zum Königlichen Schauspielhaus am Gendarmenmarkt gemacht. Wunderbarerweise war es ihm gelungen, für eine Vorstellung, die er als Kritiker ohnehin besuchen musste, eine zweite Karte zu ergattern, die er seiner Frau voller Triumph präsentierte.

Emilie war begeistert. Sie liebte das Theater und studierte manchmal mit den Kindern, insbesondere mit Mete, kleine Szenen ein, die sie im Freundeskreis zum Besten gab; sogar Programmzettel fertigte sie an. Gern hätte sie ihren Mann öfter ins Schauspielhaus begleitet, aber der Generalintendant, Baron von Hülsen, war mit Freibilletts alles andere als freigebig. Daher war ein gemeinsamer Theaterbesuch immer etwas Besonderes.

Fontane pflegte sich auf seine Rezensionen gründlich vorzubereiten und die Stücke vor der Aufführung zu lesen; diesmal jedoch gebrach es ihm an Zeit und Muße. Er wusste nur von Doktor Kletke, dass es sich um den patriotischen Fünfakter eines unbekannten jungen Autors aus der Provinz handelte, hatte aber rasch wieder vergessen, welchen Stoffes sich der Stückeschreiber angenommen hatte: Waren es die Nibelungen oder die Hohenzollern?

Emilie war es im Grunde beinahe gleichgültig, was gegeben wurde. Sie warf sich in Schale, was Fontane außerordentlich gefiel. In ihrem langen, rötlich changierenden Satinkleid sah sie einfach wunderschön aus.

Das patriotische Bühnenereignis erwies sich ebenfalls als umwerfend. Hohles Pathos dröhnte von den Brettern, und nicht nur die Sprache, auch die Gebärden der bedauernswerten Hofschauspieler verreckten im Deklamatorischen. Auf Stück und Umsetzung ließen sich ausgezeichnet Fontanes preußische Vokabeln des Langweiligen, Ledernen, Tristen und Öden anwenden, und um sich weitere Zumutungen zu ersparen, verließen er und Emilie in der Pause das Schauspielhaus.

»Entsetzlich«, stöhnte sie. »In der Haut der Darsteller möchte ich nicht stecken.«

»Sie hätten ja ablehnen können«, entgegnete Fontane. »Ich meine, diese Damen und Herren Hofschauspieler kann man nicht entlassen, also könnten sie sich doch einmal wehren. Aber nein, man spielt alles, was befohlen wird.«
»Ist das ein Wunder bei einem Intendanten, der früher Offizier war?«
Fontane lachte. »Vielleicht nicht. Aber ich sage dir, als preußischer Verwaltungsfachmann ist Hülsen gar nicht übel. Er schützt die Interessen seines Ensembles, vor allem die finanziellen, wie eine Glucke ihre Küken. Bloß vom Theater versteht er so gar nichts. So, zur Entschädigung für den verdorbenen Abend entführe ich dich auf ein Glas Wein zu *Lutter & Wegner*. D'accord?«
Fontane war erstaunt, als seine Frau die Einladung annahm, ohne ein Wort über das Geld zu verlieren.
Üblicherweise war es bei *Lutter & Wegner* auch oder gerade zu vorgerückter Stunde schwierig, einen freien Tisch zu bekommen; an diesem Abend jedoch, sicher wegen des Wetters, herrschte kein Mangel an Plätzen. Fontane schaute sich um. An einem Tisch in der Nähe der Tür saßen vier Männer im Abendanzug, die offenbar politisierten, denn Worte wie »perfides Albion«, »Weltmacht« und »sich nichts mehr bieten lassen« drangen an sein Ohr. Am Nebentisch trank ein alternder Major mit einer Kindfrau Champagner und starrte ihr ins Mieder, während sie ihn bewundernd anblickte. Auch zwei weitere Tische wurden von Paaren besetzt. Nicht weit entfernt von der Tür zum Künstlerzimmer hatte ein Mann Platz genommen, der den Fontanes einen flüchtigen Blick zuwarf, während er auf die ihm gegenübersitzende Frau einredete, die der Eingangstür den Rücken zuwandte.
Nach der Ähnlichkeit der Gesichtszüge zu urteilen, konnte es sich nur um den jüngeren Bruder des Rittmeisters handeln, um Rudolf von Stepanitz. Seinetwegen hatte Fontane

Emilie in das Restaurant gelockt, aber das durfte sie nicht wissen.
»Sie sehen«, sagte der geschniegelte Garçon, der sogleich herbeigeeilt war, »dass wir heute Abend eine große Auswahl an Plätzen haben. Welcher Tisch wäre den Herrschaften angenehm?«
»Beim Künstlerzimmer«, erwiderte Fontane.
»Ah, Sie möchten den Odem des Ruhmes einsaugen«, meinte der Ober mit einem süffisanten Lächeln, für das er zweifellos eine spitze Bemerkung verdient hatte, auf die Fontane jedoch verzichtete. Kaum etwas war ihm so zuwider wie Berliner Kellner.
Der Garçon geleitete sie zum Tisch und nahm ihnen dort die Straßengarderobe ab.
»Sind denn berühmte Künstler da?«, erkundigte sich Fontane, der von Stepanitz nicht aus den Augen ließ. Der leerte gerade ein Glas Rotwein in einem Zug. Kaum hatte Fontane seine Frage gestellt, da wurde die Tür des Künstlerzimmers mit Schwung aufgestoßen, und mit großem Tragödenschritt stürmte der Hofschauspieler Theodor Döring in den Gastraum.
»Der hat mir gerade gefehlt«, flüsterte Fontane seiner Frau zu und wandte rasch das Gesicht ab.
Döring, ein Mittsechziger, hatte den Vorsitz am Künstlerstammtisch praktisch von Ludwig Devrient und E.T.A. Hoffmann geerbt, ihn wegen seines Alters aber vor drei Jahren niedergelegt. Dennoch verkehrte er häufig in dem Lokal, und sein hochrotes Gesicht legte Zeugnis davon ab, dass er dem Wein bereits ausgiebig zugesprochen hatte.
Warum er es so eilig hatte, konnte Fontane nicht wissen, aber vermutlich diente sein temperamentvoller Auftritt mit flatternden Mantelschößen auch oder nur dazu, die Aufmerksamkeit des Publikums auf sich zu ziehen. Das gelang; alle schauten zu ihm hin.

Fontane betete zu wem auch immer, dass der Hofschauspieler ihn nicht entdecken möge. Sein Gebet wurde nicht erhört. Döring blieb wie angewurzelt stehen und starrte seinen schärfsten Kritiker an.

»Fontane!«, zischte er, und seine Gesichtsfarbe wechselte von Hochrot zu Dunkelviolett. »Fon-ta-ne! Sie! Sie …«

Theodor Döring war oft gefeiert worden für seine Rollen im Charakterfach, aber mit dem wachsenden Ruhm war seine schauspielerischen Leistung schwächer, seine Eitelkeit aber umso größer geworden. Er hielt sich mittlerweile für einen Gott der darstellenden Kunst, und einen Gott zu kritisieren war Blasphemie. Genau das aber hatte Fontane mehrfach getan.

»Wagen Sie ja nicht, hier zu speisen«, sagte der Mime und rollte ebenso eindrucksvoll wie bedrohlich das einzige R seines Satzes. »Es wirrrd Ihnen nicht bekommen!«

»Wir haben nicht vor zu essen«, entgegnete Fontane. »Meine Frau übrigens.«

Döring ignorierte Emilie völlig. Enttäuscht, denn sie hatte gehofft, er würde ihr die Hand küssen, setzte sie sich.

»Trrrinken Sie auch nichts, Sie Schmierrrfink, Sie! Ich schleiche mich zu den Fässerrrn und mische Gift in den Wein.«

»Dann sollte ich wohl eher eine Bouteille nehmen.«

»Ignoranz, Unwissenheit, Dummheit und Besserwisserei sind die Güter der Kleingeister«, rief Döring pathetisch aus. Jetzt hatte er schön viele R zum Rollen. »Was qualifiziert Sie, Monsieur, meine Kunst begutachten zu können? Wer sind Sie denn?«

»Ein Namensvetter.« Fontane zwinkerte Emilie zu.

»Wie?« Der schlichte Einwurf hatte den Schauspieler aus dem Konzept gebracht.

»Ich heiße auch Theodor.«

»O welche Schande! Der Namen eines großen Königs ist in den Schmutz gesunken! Ich gehe und wasche ihn mir ab wie

eine Kruste aus Schlamm!« Mit diesen Worten durchschritt er das Lokal, aus den Augenwinkeln seine Wirkung abschätzend, und verschwand auf die Straße.
»Mein Gott, was für ein Auftritt!« Fontane winkte dem Garçon.
»Welchen König er wohl gemeint haben mag?« Emilie schüttelte den Kopf.
»Theoderich den Großen, König der Ostgoten«, antwortete der mutmaßliche Rudolf von Stepanitz anstelle von Fontane. »Der Eroberer Italiens, der seinen Widersacher Odoaker bei einem Versöhnungsmahl eigenhändig tötete. Man sagt, er sei das Vorbild des Dietrich von Bern aus der Nibelungensage. Sie gestatten!« Er erhob sich, schon etwas schwankend, und deutete eine Verbeugung an. »Rudolf von Stepanitz, Schriftsteller. Und Sie sind also Theodor Fontane?«
Der nickte und verbarg seine Genugtuung hinter einem unverbindlichen Lächeln.
»Bitte!« Rudolf von Stepanitz fuhr mit einer einladenden Geste über den Tisch.
»Stepanitz?«, fragte Emilie leise und schaute ihren Mann durchdringend an.
»Lass uns die Gelegenheit nutzen«, bat er sie inständig und ebenfalls im Flüsterton. Und bevor sie etwas erwidern konnte, begab er sich schon zum Tisch des Publizisten. Emilie folgte. Stepanitz stellte seine Frau vor.
Louise von Stepanitz, eine geborene von Wolf, war eine schlanke, fast hager zu nennende Frau mit einem schmalen, blassen Gesicht und rehbraunen Augen. Die lange Nase endete in einer hakenförmigen Wölbung, die unter der Haut hervortretenden Wangenknochen gaben ihr ein asiatisches Aussehen. Fontane notierte sofort im Geiste, dass dieses Gesicht nicht aus einem Guss wäre, sondern von Gott aus mehreren Baukästen zusammengesetzt. Dennoch war die Frau keineswegs hässlich; sie hatte etwas Apartes und sogar eine

sinnliche Ausstrahlung. Neben ihrem korpulenten, aufgeschwemmten Mann sah sie besonders zart aus.

»Ich liebe Ihre Kritiken in der *Vossin*«, sagte Rudolf von Stepanitz. Fontane hatte das Gefühl, dass ihm jemand sanft über den Kopf strich. »Sie sind intelligent, gut beobachtet und vor allem: gut geschrieben. Auch Ihre Kriegsbücher habe ich gelesen. Sagen Sie mir doch bitte, wann der dritte Teilband von *Der Krieg gegen Frankreich* erscheint?«

»So der Gott namens Verleger will, noch dieses Jahr.«

»Der Gott namens Verleger!« Von Stepanitz brach in ein lautes Gelächter aus, das ihm den Atem zu nehmen drohte. Peinlich berührt, senkte seine Frau den Kopf. »Ja, ja, recht haben Sie. Verleger sind ... halten sich ... für Götter!«

»Sie haben wohl auch schlechte Erfahrungen gemacht?«

Stepanitz füllte sein Glas bis an den Rand, dann erst schenkte er seinen Gästen und seiner Gattin ein. »Meine größeren Werke bringe ich nur noch auf eigene Kosten heraus. Kennen Sie das eine oder andere?«, wollte er wissen.

Mit dieser Frage hatte Fontane rechnen müssen.

»Ich habe einige Ihrer Aufsätze in der *Germania* gelesen«, sagte er zögernd und sah bereits die nächste Frage voraus.

»Und? Was halten Sie davon?«

»Ihre Analysis der Bismarck'schen Politik gegenüber der katholischen Kirche, dem Vatikan und dem Zentrum hat viel für sich«, erwiderte Fontane. Das entsprach noch seiner tatsächlichen Einschätzung. »Ein von Borniertheit eingegebener Antikatholizismus ist mir immer etwas ganz besonders Schreckliches gewesen.«

Dass auch Rudolf von Stepanitz in seinen Augen borniert war, verschwieg er.

»Nicht wahr?« Stepanitz prostete ihm zu. »Sie haben das Herz auf dem rechten Fleck, mein Lieber. Sie glauben gar nicht, wie viele Steine mir von oben in den Weg gelegt werden. Der Hunnenfürst – Sie wissen, wen ich meine? –

versucht mit allen Mitteln, die Presse gegen mich zu beeinflussen. Aber schreibe ich denn für die Anerkennung irgendwelcher Zeitungsschmierer oder um der Sache willen? Ich brauche keine Schmeicheleien. Im Gegenteil: Man soll mich hassen!«

»Rudolf, bitte!« Louise von Stepanitz legte ihre Rechte auf den Arm ihres Mannes. »Nicht so laut, man schaut schon.«

»Na, und? Das soll man auch. Alle sollen es hören: Der Krautjunker Otto von Schönhausen ist ein Usurpator, ein gemeiner, niederträchtiger Mensch ... Was, Mensch? Nein, ein Zerberus, ein Höllenhund.«

»Rudolf!«

»Wünschen die Herrschaften noch etwas?«, fragte der Ober, der unbemerkt an den Tisch getreten war.

»Gerechtigkeit!«, schrie von Stepanitz.

»Steht nicht auf der Karte«, sagte der Kellner und legte die gar nicht bestellte Rechnung zwischen die Flaschen.

Auf dem Weg zur Droschke hakte sich Emilie bei ihrem Mann unter. Sie wirkte nachdenklich.

»Von wegen, er will keine Anerkennung«, sagte sie. »Er will nichts anderes als das. Ihr Männer seid wie die Kinder, immer wollte ihr verehrt, geliebt und gehätschelt werden.«

»Für alle Männer mag ich nicht sprechen«, entgegnete Fontane, »aber für Schriftsteller trifft es wohl zu.«

»Hast du dir die Frau angeschaut?«

»Ich hatte wenig Gelegenheit. Stepanitz erzwang meine ganze Aufmerksamkeit.«

»Das kann man wohl sagen.« Emilie lächelte flüchtig. »Sein Benehmen war ihr äußerst peinlich, sie hatte Tränen in den Augen. Überhaupt machte sie auf mich einen unsicheren Eindruck. Ich suchte einige Male ihren Blick, aber sie wich sofort aus.«

»Noch eine unglückliche Frau also?«

»Noch ein unglückliches Paar, Théodore. Auch er sieht nicht danach aus, als würde er mit Fortuna auf vertrautem Fuß stehen. Jedenfalls bin ich schon sehr auf ihre Wohnung gespannt.« Emilie hatte also ebenfalls Blut geleckt.
Nachdem die Rechnung beglichen war, hatte Rudolf von Stepanitz Fontane zum Tee eingeladen, selbstverständlich mit Gattin. Er wohnte in der Matthäikirchstraße und damit sozusagen in der Nachbarschaft nicht nur der Fontanes, sondern auch der Wangenheims. Fontane fragte sich, ob Aschinger wohl sein Alibi für die Mordnacht überprüft hatte – nicht, weil er Stepanitz für verdächtig hielt, sondern allein wegen der auffälligen Nähe zum Tatort.

Obwohl er nur wenig Wein getrunken hatte, fühlte sich Fontane am nächsten Morgen wie zerschlagen. Kopf und Nacken taten ihm weh. Umso erfreulicher war der Umstand, dass Wangenheims zum Gabelfrühstück geladen hatten. Diese *déjeuners dînatoires* fanden mit derselben Regelmäßigkeit statt wie die Soirées, und es gab immer starken Mokka. Nur vor der Anwesenheit Hammerschmidts fürchtete er sich, denn wenn der Doktor wieder mit den Frauen von Morzine anfing, würden die Schmerzen keineswegs weichen.
Fontanes Befürchtung erwies sich als unbegründet. Bereits der Gang durch die eiskalte Luft hatte den Kopf von allem Übel befreit, und Hammerschmidt war gar nicht anwesend. Nur ein kleiner Kreis hatte sich versammelt, außer den Gastgebern und Fontanes allein General von Schleinitz und seine Frau.
Nicht erspart blieb Fontane und Emilie, Rechenschaft über ihre Reise in die Neumark abzulegen. Nachdem Claire all die erwarteten Köstlichkeiten aufgetragen hatte (hauchdünne Scheiben von Kalbsbraten und Roastbeef, geräucherte Ochsenzunge, gekochtes Ei und ofenwarmes Weißbrot), entledigten sie sich dieser Pflicht. Fontane überließ den

Rapport über weite Strecken seiner Frau, während er sich erst einmal zwei Tässchen Mokka genehmigte. Als Emilie das angebliche Empfehlungsschreiben des Geheimrates erwähnte, fuhr dieser auf.
»C'est absurde!«, rief er aufgebracht. »Ich würde niemals einen Menschen empfehlen, den ich nur oberflächlich kenne.«
»War er denn mal in Ihrem Kabinett?«, wollte Fontane wissen.
»Nach so vielen Jahren erinnere ich mich nicht mehr. Möglich, ja. Ich ahne, was Sie vermuten. Mein Kabinett schließe ich nie ab, er könnte sich also mein Briefpapier angeeignet haben ... und mein Siegel liegt auf dem Schreibtisch in der Federschale.«
»Ich meine, zu einem Hochstapler passt auch Urkundenfälschung«, sagte Fontane. Der General nickte. Die Wangenheims machten einen betroffenen Eindruck.
Emilie beendete den Reisebericht. Hin und wieder warf Fontane einen Satz ein, und schließlich berichtete er mit knappen Worten von seinem Besuch im Präsidium. Als er Aschingers Hauptverdächtigen erwähnte, wurde von Schleinitz stutzig.
»Sagten Sie Mohr, Achim von Mohr?«, vergewisserte er sich.
»Ja.«
»Ich kenne ihn.« Der General legte Serviette und Gabel beiseite. »Oder sie, also Vater und Sohn. Warum hat denn die Zeitung über die Verhaftung des Juniors nicht berichtet?«
Fontane zuckte mit den Schultern.
»Vielleicht will der Kommissar nicht, dass die Nachricht an die Öffentlichkeit dringt«, vermutete er.
»Als ob die Journaille darauf Rücksicht nimmt! Na, wir werden schon noch davon lesen.« Von Schleinitz wandte den Kopf zu seiner Gattin. »Du gehst doch zum Jour fixe bei Madame von Mohr?«

»Gelegentlich«, bestätigte die Generalin.
»Wenn ich fragen darf: Woher kennen Sie die Familie?«
»Gott, wie man sich so kennt unter Standespersonen«, erwiderte von Schleinitz. Er wandte sich an den Gastgeber. »Das *Von* verbindet. Nicht wahr, Karl Hermann?«
Der Geheimrat nickte, sagte dann aber: »Ich kenne den Baron nur vom Hörensagen. Er soll doch so fürchterlich krank sein?«
»Ganz schrecklich. Gelähmt vom Rücken bis zu den Zehen. Folge irgendeines Duells in grauer Vorzeit. Er spricht nicht darüber. Duldet mit zusammengebissenen Zähnen.« General von Schleinitz wiegte bedenklich den Kopf. »Seit letztem Herbst geht es wohl mit ihm bergab. Militärisch gesprochen: Er wird den Schützengraben nicht lebend verlassen.«
»Ein Schwippschwager des Barons war doch Hauptmann oder Major in deinem Bataillon«, erinnerte ihn seine Gattin.
»Ja, so?« Von Schweinitz sah sie etwas überrascht an. »Jetzt, wo du es sagst … Tja, in meinem Alter will das Gedächtnis auch nicht mehr, wie man es gern hätte. Es war aber kein Bataillon, sondern ein Regiment. Dein treusorgender Gemahl, meine Liebe, ist schließlich Generalmajor, wenn auch außer Dienst.«
»Das habe ich nicht vergessen.« Sie ergriff die Hand ihres Mannes und lächelte zärtlich. »Mein Gedächtnis funktioniert tadellos. Major von Clausen, nicht wahr?«
»Oberst. Im Stabsdienst. Ihm verdankte ich die Kaffeeflecken auf den Geländekarten.« Von Schweinitz lachte.
»Ich sehe unserem Freund Fontane an der Nasenspitze an, dass er dem Baron von Mohr seine Aufwartung machen möchte, dazu aber der Hilfe bedarf«, mischte sich der Geheimrat ein.
»Nichts leichter als das«, behauptete der General a. D. »Ich schreibe Ihnen eine Empfehlung.«

»Aber genügt das?«, fragte Fontane mit einem Seitenblick auf von Wangenheim. »Verstehen Sie mich nicht falsch, General, ich weiß Ihre Empfehlung zu schätzen – nur, wie soll ich meine Visite begründen?«
»Welches ist Ihr strategisches Ziel?«, fragte von Schweinitz und beantwortete die Frage selbst: »Sie wollen herausfinden, ob der Filius seinen Vater gerächt hat. Richtig?«
»Das ist doch aber Aufgabe der Polizei«, warf seine Frau ein.
»Ach was, wir machen nur ein Planspiel. Richtig?«
»Exactement, mon général«, entgegnete Fontane froh gelaunt.
»Nun zur Taktik.« Von Schweinitz schob achtlos die Ärmel seines Jaquettes hoch und präsentierte schneeweiße Manschetten mit goldenen Knöpfen. »Wir nehmen Zuflucht zu einer Finte und greifen von der Flanke an. Baron von Mohr nennt mehrere Güter an Rhin und Dosse sein Eigen. Sie wollen über diese Landschaft schreiben. Voilà! Mehr Empfehlung können Sie, außer meinem bescheidenen Namen, bei einem Sterbenden kaum haben.«
»Das ist unmoralisch«, sagte die Generalin.
»Wie? Wir sprechen über Krieg und damit nicht über Moral, sondern über Ehre.« Der General war sehr erregt.
»Mon cher, wir sprechen über einen Casus criminalis!«, wagte seine Gattin einen Einwand.
»Der Kampf gegen das Verbrechertum ist ein Krieg«, rief der General. »Man kann ihn nur mit militärischen Mitteln gewinnen.«
»Meinen Sie nicht, dass polizeiliche ausreichen?«, fragte Marie von Wangenheim.
»Kaum. Man sieht es doch: Für einen Ganoven, den die Polizei zur Strecke bringt, wachsen zehn nach. Karl Hermann, ich nehme an, in deinem Kabinett finden sich Papier und Schreibgerät?«

»Sonst wäre es kein Kabinett.« Der Geheimrat erhob sich und forderte den General auf, ihm zu folgen. Einige Minuten später hatte Fontane das Empfehlungsschreiben.

Die Mohrs wohnten am Charlottenburger Knie, und Fontane hatte drei Möglichkeiten, zu ihnen zu gelangen: Er konnte durch den Großen Tiergarten wandern, er konnte sich eine Droschke nehmen, oder er konnte die Pferdebahn benutzen, allerdings erst ab dem Brandenburger Tor. Er entschied sich für die Droschke. Das war am bequemsten und schnellsten.
Emilie war nicht bereit, ihn zu begleiten, sondern fuhr von den Wangenheims allein nach Hause, verärgert darüber, dass er wieder einmal vor dem Schreibtisch floh. Mit *Allerlei Glück* kam er einfach nicht voran: Immer, wenn er glaubte, den Stoff gepackt zu haben, entzog er sich ihm. Vermutlich hatte er sich mit diesem Gesellschaftsbild der beginnenden Siebzigerjahre zu viel vorgenommen.
Während der Kutscher einen langen Vortrag über das schlechte Wetter hielt, studierte Fontane ein ums andere Mal das Schreiben des Generals.

Hochverehrter Herr Baron, lautete es, *es ist mir ein Herzensbedürfnis, Ihnen meinen langjährigen Freund, den Schriftsteller Theodor Fontane, zu empfehlen. Möglicherweise kennen Sie seine Artikel über unsere wunderschöne Mark, die in loser Folge in der* Kreuzzeitung *erschienen sind. Nunmehr plant Herr Fontane einen Aufsatz über die Landschaft an Rhin und Dosse. Bitte seien Sie ihm nach Möglichkeit behilflich.*
Mit den besten Wünschen für Ihre Gesundheit und mit einem herzlichen Gruß an die Frau Gemahlin verbleibt
Von Schleinitz
Kgl. Preuß. Generalmajor a. D.

Dieser Brief, so hoffte Fontane, würde ihm alle Türen öffnen.
Die Baugründe am Charlottenburger Knie waren noch nicht lange erschlossen, und so wirkte das Haus des Barons ziemlich neu. Wie nicht anders zu erwarten, hatte man sich auch hier an der Antike bedient. Die Begeisterung der gebildeten Deutschen für das griechische und römische Altertum hielt sich seit mehr als einem Jahrhundert und hatte unlängst einen Schub bekommen: 1873 hatte ein gewisser Schliemann Troja entdeckt. Die Zeitungen waren voll von Berichten, und wer auf sich hielt, kaufte bei windigen Händlern Torsi mit Echtheitszertifikat, beides in einem italienischen, griechischen oder osmanischen Hinterhof entstanden.
So auch hier: Der Weg vom Tor zur Villa wurde von allerlei kopf- und armlosen Muskelmännern gesäumt. Den Schnee hatte man nicht fortgeräumt, Fontane versank bis zu den Waden. Offenbar hatte heute noch niemand das Haus verlassen, denn die Schneedecke war unberührt.
Zum Eingang der Villa führte eine fünfstufige Treppe, den Vorbau trugen Säulen mit Kapitellen. Fontane läutete. Er musste nicht lange warten, bis ihm ein junges Dienstmädchen öffnete. Es trug die obligatorische Bedientenkleidung, also Häubchen und Schürze. Vermutlich stammte es, wie die meisten Berliner Dienstmädchen, vom Lande und war in die Großstadt gekommen, um ihr Glück zu machen. Aber mit dem Glück wurde es nur selten etwas.
»Bongschuhr, Missjöh«, sagte sie und deutete einen Knicks an. »Sie wünschen?«
»Den Herrn Baron zu sprechen.« Fontane reichte ihr das Schreiben und eine Visitenkarte.
»Oh, der Baron sind sehr krank.« Das Mädchen betrachtete die Karte. »Sie sind Schriftsteller? Der Herr Baron haben in seinem Haus Romane verboten. Er meint, sie schaden den Frauen nur.« Sie lächelte. Vermutlich hatte sie in ihrem

Zimmer, mit Sicherheit das kleinste und ungemütlichste der Villa, ein paar Liebesschmonzetten versteckt, die ihren Traum vom adligen Freier schürten.

»Bringen Sie ihm den Brief. Der Baron mag dann entscheiden, ob er mich empfängt.«

»Jawohl, Missjöh.« Das Dienstmädchen trat zur Seite. Fontane schritt durch die Tür und befand sich in einem Entree, in dem der berühmte Baumeister Schinkel sicher ein Nervenfieber bekommen hätte. Alle nur denkbaren und sogar die eingebildeten Kunststile des Mittelmeeres feierten fröhliche Urständ.

Das Mädchen legte Brief und Karte auf das silberne Tablett, das zwischen den Fingern eines Apoll klemmte, und trug es mit graziösem Schwung der Hüfte in das Reich der Herrschaft. Der Apoll schwankte, und Fontane wünschte, er möge stürzen, am Boden zerschellen und seine gipserne Beschaffenheit offenbaren. Er fiel aber nicht.

Baron von Mohr empfing im Wintergarten. Er lag auf einer Chaiselongue unter Ummengen von Bettzeug, aber trotzdem schien er zu frieren. Seine Gesichtshaut war weiß, die Arme, die auf der Bettdecke lagen, waren schmal und knöchern. Stumpf wirkte der Blick, mit dem er den Gast musterte. Fontane erschrak angesichts des Verfalls und der Greisenhaftigkeit eines Mannes von Anfang vierzig.

Von Mohr war nicht allein. Auf einem Lehnstuhl neben der Chaiselongue saß eine Frau im Hauskleid, die das Schreiben des Generals in der linken Hand hielt und sich erhob, als Fontane näher trat.

»Frau von Mohr?«, fragte Fontane. Als sie nickte, beugte er sich vor und küsste die Hand, die sie ihm entgegenstreckte. Auch sie hatten die vielen Jahre an der Seite eines schwer kranken Mannes gezeichnet: Ihre Mundwinkel waren herabgebogen, Falten hatten sich über der Nasenwurzel in ihre Stirn gekerbt, die Augen lagen in tiefen Höhlen mit dunklen Schatten.

»Achim?«, wandte sie sich mit leiser Stimme an ihren Mann. »Der Herr Fontane, du weißt. Ich habe dir den Brief des Generalmajors von Schleinitz vorgelesen.«
»Natürlich weiß ich.« Der Baron hob den Kopf ein paar Zentimeter.
In diesem Moment entdeckte Fontane am Kopfende der Chaiselongue auf einem Beistelltisch einen Medizinflakon und eine Pravazspritze. Das Etikett vermochte er auf die Entfernung gerade noch zu entziffern. *Morphini guttae* stand darauf in fetten Lettern, und als Apotheker wusste er, worum es sich handelte: um Morphinlösung. Offenbar litt der Baron in den nicht empfindungslosen Teilen seines Körpers unter starken Schmerzen.
»Sie schreiben also für die *Kreuzzeitung*?«
»Unter anderem«, entgegnete Fontane und verschwieg seinen Bruch mit der Redaktion.
»Für welche Blätter noch?«
»Die *Vossische*«, sagte Fontane.
Der Baron verzog das Gesicht und ließ den Kopf zurück aufs Kissen sinken, behielt seinen Gast aber im Blick.
»Mir zu liberal«, sagte er. »Aber die *Kreuzzeitung* ... Sie sind also eher Journalist als Schriftsteller?«
»Ich bin beides, Herr Baron.«
»Dann tun Sie mir den Gefallen und schreiben Sie ausnahmsweise einmal die Wahrheit!« Der Ton des Barons ließ etwas von der Befehlsgewalt ahnen, mit der er einst über seine Pächter geherrscht haben mochte. »Irgendein eilfertiger Kriminalbeamter hat meinen Sohn inhaftiert. Aber er kann das nicht lange aufrechterhalten. Wir werden beim Kaiser Petition einreichen. Es handelt sich um einen Ehrenfall.«
»Ich bitte dich, Achim«, sagte die Baronin, die wieder Platz genommen hatte. Mit einer Handbewegung forderte sie Fontane auf, sich auf einen Stuhl am Fußende des Krankenlagers zu setzen. »Reg dich nicht auf!«

Der Baron beachtete den Einwurf seiner Frau nicht, er fixierte Fontane mit einem halb skeptischen, halb hilfesuchenden Blick. »Was kann ich Ihnen schon über meine Güter sagen? Ich habe sie seit Jahren nicht besucht und bin der Ehrlichkeit meiner Verwalter auf Gedeih und Verderb ausgeliefert.« Ihn schüttelte ein starker Husten, der aber nicht die Folge einer Erkältung, sondern von Erschöpfung zu sein schien. Seine Frau, auf das Höchste besorgt, ergriff seine Hand, die er ihr sofort entzog. Dem Mann schien jedes Mitgefühl lästig zu sein. »Wenn Sie etwas über diese Landschaften erfahren wollen, müssen Sie sich an genannte Verwalter wenden. Heidelore?«
»Ja, mein Lieber?«
»Mir ist kalt. Lasse heiße Steine bringen.«
»Natürlich, mein Lieber.« Die Baronin verließ den Wintergarten.
»Seien Sie ehrlich, Monsieur Fontane, Sie würden lieber über meinen Sohn schreiben als über ein paar Äcker in der märkischen Streusandbüchse!« Der Baron richtete sich abermals ein wenig auf und schaute Fontane in die Augen. Die Baronin kehrte zurück, gefolgt vom Dienstmädchen, das die gewünschten heißen Steine brachte. Sie wurden dem Hausherrn unter die Decken gelegt.
»Das tut gut«, seufzte von Mohr. »Also, Monsieur?«
»Was soll ich denn über ihn schreiben?«
»Dass er seinen auf den Tod kranken Vater endlich gerächt hat.«
»Achim!« Frau von Mohr eilte an das Krankenlager, nahm erneut die Hand ihres Gatten, und diesmal drückte sie diese so fest, dass er keinen Widerstand leisten konnte. »Du redest wie im Fieber!« Sie drehte sich halb zu Fontane. »Das kommt von seinen Mitteln«, sagte sie und machte eine Kopfbewegung zu dem Medizinflakon hin. »Sie sehen, mein Mann ist sehr krank. Ich muss Sie bitten …«

»Nichts da! Der Herr bleibt!« Von Mohr versuchte, seine Hand aus der Umklammerung seiner Frau zu lösen, aber er war zu schwach. »Ich habe ihm einiges zu sagen. Heidelore, bitte setze dich!«
Nur widerwillig ließ die Baronin seine Hand los und befolgte seinen Wunsch.
»Jahrelang …«, begann von Mohr und schloss die Augen. Sein Brustkorb hob und senkte sich heftig. Frau von Mohr war blass geworden, Schweißperlen standen auf ihrer Stirn. Nach kurzer Zeit beruhigte sich der Baron jedoch so weit, dass er wieder sprechen konnte.
»Jahrelang habe ich auf den Tag gewartet«, sagte er mit einer Stimme, die Fontane an das Rascheln von Papier erinnerte, gewann dann aber Festigkeit. »Es war wie eine Erlösung … Ich sage Ihnen, Herr …?«
»Fontane.«
»Ich sage Ihnen klar und deutlich: ein schöneres Geschenk als die Nachricht vom Tode dieses … dieses Hundes, dieses Rittmeisters …« Er verstummte. Seine Gedanken schienen sich verwirrt zu haben, denn er fragte: »Was wollte ich sagen?«
»Du wolltest unseren Gast verabschieden«, sagte seine Gattin schnell.
»Nein, nein!« Von Mohr hatte den Faden wiedergefunden. Er schaute Fontane an. »Sie haben doch ein Herz in der Brust. Sie verstehen sicher, dass ein Mann in meinem Zustand nur ein Ziel kennt: Rache! Auge um Auge … seine haben sich für immer geschlossen. Mir steht es demnächst bevor.«
»Ich verstehe Sie nicht recht«, sagte Fontane, obgleich er ahnte, worauf der Baron hinauswollte.
»Was verstehen Sie nicht?«, fuhr von Mohr auf. In seine Augen war ein krankhafter Glanz getreten. »Ich bin gerächt. Jetzt kann ich glücklich sterben.«

Fontane sah zu der Baronin, die ein Tuch in der Hand knetete. Als sie seinen Blick bemerkte, betupfte sie sich nervös die Stirn.

»Wer hat Sie denn gerächt?«

»Was für eine Frage!« Wenn er die Kraft dazu gehabt hätte, von Mohr hätte die Hände über dem Kopf zusammengeschlagen. »Mein Sohn natürlich, mein großartiger Sohn, der Stolz eines jeden Vaters. O ja, ich bin stolz auf ihn, so wie er auf sich stolz sein kann.«

»Achim, was redest du!?« Die Baronin sprang auf, trat ein paar Schritte auf Fontane zu. »Hören Sie nicht hin! Aus ihm spricht nur das Morphium!«

»Aus mir spricht die Wahrheit. Die Wahrheit!« Der Baron hustete. Frau von Mohr fasste Fontane am Arm, um ihn zum Gehen zu bewegen. »Stolz und Ehre«, presste der Baron hervor, »Meine Ehre ... ist wiederhergestellt. Nach ... nach so vielen ... endlich!«

»Bitte, Herr Fontane!«, flehte die Baronin. »Das Morphium ...«

»Wir werden petitieren«, sagte von Mohr, die Finger in die Bettdecke gekrallt, »beim Kaiser ... der Kaiser ... ein Mann der Ehre ... wird verstehen.«

Fontane wandte sich der Tür zu. Beinahe hastig schickte er sich an, den Wintergarten zu verlassen.

»Mord, hat dieser Kommissar gesagt? Mord?« Die Worte des Barons überschlugen sich. »Kein Mord, nein! Eine Ehrentat ... Der Kaiser wird ihn ... Aber keine Gnade! Gnade nicht! Es ist Recht ... Recht ...«

Die Baronin, augenscheinlich am Ende ihrer Kräfte, brachte den Gast persönlich zur Tür.

»Ich frage mich, warum Ihr Sohn die Tat nicht einräumt«, sagte Fontane, wagte aber nicht, sie anzusehen. »Wenn er wirklich stolz auf sie wäre, müsste ihm doch daran gelegen sein, dass jeder von ihr erfährt.«

»Woher wissen Sie das überhaupt?«
»Ich kenne den eilfertigen Kommissar.«
»Ach?« Stirn und Wangen der Baronin überzogen sich mit einer leichten Röte. »Stecken Sie mit ihm unter einer Decke?«
»Ich kenne ihn nur sehr flüchtig«, versicherte Fontane rasch.
»Mein Sohn hat diese Tat nicht begangen. Wie ich dem Kommissar bereits sagte und wie es von unserem Personal bestätigt wurde: Von dem Tanzabend kehrte Achim früher als geplant nach Hause zurück. Der durch Krankheit und Medizin verwirrte Geist meines Mannes hat seinen Wunsch für ihn zur Wirklichkeit werden lassen, mehr nicht. Mein Mann hat viel Hass in Achim gesenkt, aber er kann keiner Fliege etwas zuleide tun.«
»Wie können Sie so sicher sein?«
»Weil ich seine Mutter bin.« Die Baronin hob den Blick und sah Fontane nicht ohne eine gewisse Überlegenheit an.
Fontane war berührt von der Unverbrüchlichkeit ihres Gefühls, sagte aber: »Sie wissen doch, dass manchmal Menschen zu Mördern werden, denen man es niemals zugetraut hat.«
»Wie kann ich das wissen? Ich kenne keine Mörder!« Mit diesen Worte war Fontane entlassen.
Als er die Villa verließ, sah er einen Mann mittleren Alters mit Arztkoffer aus einer Droschke steigen. Er blickte Fontane durch eine runde Brille flüchtig an, nickte ihm zu, sprang leichtfüßig die Treppe hinauf und verschwand in der Villa.
Fontane fragte sich, was er durch seine Visite eigentlich erfahren hatte. Ob der junge Baron den Rittmeister wirklich auf dem Gewissen hatte, hatte er nicht herausgefunden, aber er neigte zur Ansicht des sterbenden Vaters: Sie machte die Lösung des Falles so einfach wie ergreifend.

Drei Tage nach dem Auftritt bei *Lutter & Wegner* begaben sich Fontane und Emilie auf den Weg durch knöcheltiefen Schnee auf dem Trottoir, während die Potsdamer Straße gerade von einem Dampfschneepflug geräumt wurde. Keine Viertelstunde nach ihrem Aufbruch läuteten sie bereits an der Wohnungstür der Stepanitz'. Ein Hausmädchen in vorgerücktem Alter öffnete ihnen, nahm ihnen die Garderobe ab und führte sie in ein Empfangszimmer, das über einen Kamin verfügte, in dem ein Holzfeuer brannte. Die bourgeoise Eleganz und Üppigkeit der rittmeisterlichen Wohnung ließ es zwar vermissen, doch war es behaglich, wenn auch eher kleinbürgerlich eingerichtet. Über dem Kamin hing ein Ölgemälde, auf dem Schloss *Monplaisir* abgebildet war, wie Fontane und Emilie es nicht zu Gesicht bekommen hatten: Es war Sommer, die Parkbäume trugen üppiges Laub, und eine fröhliche Gesellschaft saß auf weißen Gartenstühlen beim Picknick. Neben den unvermeidlichen Daguerreotypien von Reisen nach Paris, Wien und in eine Stadt, die Fontane nicht bestimmen konnte, sowie Aufenthalten in der Sommerfrische an der See war hier wie in der Wohnung des Bruders Johann Friedrich ein ausgeklappter japanischer Fächer an der Wand befestigt, und es gab Strohblumen in zwei Vasen, die chinesisch anmutende Muster zierten.
Fontanes warteten. Nach wenigen Minuten erschien der Hausherr, angetan mit einem Anzug von sehr dunklem Grau, einer Piquetweste, einem leuchtend weißen Hemd und einem schwarzen Binder. Er wirkte aufgeräumt und nüchtern, begrüßte die Gäste voll Überschwang und bat sie, in zwei Fauteuils Platz zu nehmen, deren Bezugsstoff schon etwas abgeschabt war. Wenig später betrat auch Louise von Stepanitz den Salon, das Haar offenbar soeben sorgfältig frisiert und aufgesteckt.
Fontane hatte sich gerade gesetzt, da stand er schon wieder. »Wir haben etwas Versäumtes nachzuholen«, sagte er und

sah dabei Rudolf von Stepanitz an. »Es ist uns ein Bedürfnis, Ihnen unser tief empfundenes Beileid zum Ableben Ihres Bruders auszusprechen.«

»Danke«, sagte der Publizist und schaute auf seine Schuhspitzen. Seine Frau seufzte, und als Fontane zu ihr blickte, bemerkte er, dass ihre Augen feucht geworden waren.

»So ein schrecklicher Tod«, sagte sie mit belegter Stimme.

»Ja, schrecklich«, bestätigte ihr Mann. »Und so sinnlos.«

Das war eine Floskel, aber Fontane fragte nicht, was denn ein sinnvoller Tod wäre – ein Tod im Felde? Hatte ein Tod durch einen Droschkenunfall mehr Sinn als einer durch Mörderhand?

Man setzte sich, und das Mädchen brachte eine Schale mit Gebäck. Emilie deutete auf den Fächer und die Vasen.

»Diese schönen Dinge hat Ihnen sicher Ihr Bruder mitgebracht?«, erkundigte sie sich mehr im Ton einer Feststellung als einer Frage.

Rudolf von Stepanitz konnte gerade noch nicken, da wusste seine Frau die Tränen nicht länger zurückzuhalten, und wie Sturzbäche ergossen sie sich über ihre Wangen. Der Weinkrampf schüttelte ihren Körper so stark, dass es fast wie der Raptus einer Fallsüchtigen wirkte. Rasch sprang sie auf und stürzte aus dem Zimmer. Man hörte ihre schnellen Schritte auf dem Flur, begleitet von hemmungslosem Schluchzen. Von Stepanitz war blass geworden, folgte seiner Frau aber nicht, sicher aus Höflichkeit gegen seine Besucher.

»Louise ist außerordentlich empfindsam«, sagte er. Fontane musste bei diesem Wort sofort an die Mutter der Stepanitz-Brüder denken, die, wie ihm jetzt auffiel, sogar einen ähnlichen Vornamen trug. »Der Tod meines Bruders geht ihr sehr nahe.«

»Sie pflegten sicher einen häufigen Umgang?«

»Kaum. Jean lehnte meine Ansichten rundheraus ab. Er war kein schlechterer Katholik, aber er arbeitete im Staatsdienst und hielt daher Bismarck für seinen obersten Dienstherrn – nach dem Kaiser natürlich. Doch er ist nun einmal Louises Schwager. Sie ist eine sehr mitleidige Seele und bricht mitunter sogar in Tränen aus, wenn sie zerlumpte Bettlerkinder sieht. Kannten Sie Jean eigentlich? Ich habe gehört, dass auch Sie beim Oberregierungsrat von Wangenheim verkehren.«

»Es ist viele Jahre her, dass wir ihm begegnet sind«, erwiderte Fontane.

»Verstehe.« Stepanitz zupfte an einem Knopf seiner Weste.

»Wir haben ihn gefunden«, sagte Emilie leise.

»Sie waren das?« Rudolf riss die Augen auf. »Dieser Kriminal … Es war so ein großer …«

»Kriminalschutzmann Wittlich«, sprang Fontane ihm bei.

»Dieser Wittlich hat keine Namen genannt. Er überbrachte mir die Nachricht und stellte tausend Fragen. Er wollte mehr über Jean in Erfahrung bringen als der selbst von sich gewusst hat. Und natürlich hat ihn auch unser brüderliches Verhältnis interessiert. Gott, er hat in zwei Stunden Dinge wissen wollen, über die ich teilweise erst einmal hätte längere Zeit nachdenken müssen. Wenn Sie Johann Friedrich gefunden haben, mein Gott, dass muss ja für Sie …«

Fontane nickte. Das Mädchen trat in den Salon.

»Soll ich trotzdem den Tee bringen?«, wollte sie wissen.

»Warum trotzdem, Dorothea?«

»Nun, weil die gnädige Frau …«

»Nein, nein, bringen Sie ihn getrost«, befahl der Hausherr.

Dorothea ging hinaus.

»Hatte Ihr Bruder Feinde?«, fragte Fontane.

»Darüber zerbreche ich mir seit dem Tag den Kopf, an dem ich von seinem gewaltsamen Tod erfahren habe. Dieser Kriminalbeamte Wittlich tat so überzeugt davon, dass Jean keinem Raubüberfall zum Opfer gefallen ist, also muss wohl anderes dahinterstecken. Er redete etwas von Gläubigern. Mein

Bruder war ein Schuldenmacher, sicher, aber ganz bestimmt nicht der größte Preußens – da gibt es noch ganz andere Kaliber. Außerdem, wer tötet die Kuh, die er melken will?«

»Man sagt, Ihr Bruder habe sich geweigert, seine Schulden zu begleichen.«

Rudolf von Stepanitz zupfte noch immer an dem Westenknopf, und Fontane erwartete, dass er ihn bald abreißen würde.

»Ich sagte Ihnen schon, dass wir nur selten miteinander verkehrten, aber ich glaube ihn gut genug zu kennen, um diesen Vorwurf zurückweisen zu können. Bedenken Sie: Ein Leben auf Kredit gilt nicht als ehrenrührig, der Vertragsbruch schon. Jean wird es gemacht haben wie unsere Gründer, bevor die Blase platzte. Er hat sich Geld geborgt, und um die Schulden zu begleichen, nahm er den nächsten Kredit auf. Auf diese Weise hat er sich in die Bredouille geritten. Ich vermute, dass er sich nicht geweigert hat zu zahlen – er konnte es einfach nicht.«

»Ihr Vater hat …«, begann Fontane, brach aber rasch ab. Doch es war zu spät, Stepanitz' Misstrauen war geweckt.

»Was ist mit meinem Vater? Wieso kennen Sie ihn?«

»Wir haben Ihre Eltern besucht«, gab Fontane betreten zu.

»Wie? Besucht? Warum tun Sie so etwas? Erledigen Sie die Arbeit der Polizei?«

»Nein, ich bitte Sie!«, versuchte Fontane ihren Gastgeber zu beschwichtigen. Er erzählte auch ihm von seinen Recherchen für einen Aufsatz über die Neumark, aber damit vermochte er Rudolf von Stepanitz keinesfalls zu beschwichtigen. Das Gegenteil war der Fall.

»Sie wollen darüber schreiben, stimmt's?« Auf seinem Gesicht blühten rote Flecken. »Sie wollen das Schicksal meines Bruders in eine Ballade oder einen Roman oder einen Aufsatz für die Zeitung gießen. Deshalb haben Sie meine Einladung angenommen: Sie sammeln Material. Was sind Sie nur für ein kaltschnäuziger Mensch! Mein Herr, meine Dame!« Er sprang auf, eilte zur Tür und riss sie auf. »Verlassen Sie auf der Stelle mein Haus!«

Fontane und Emilie erhoben sich. Schweigend gingen sie in den Flur, er schlüpfte in seinen Mantel und half Emilie in den ihren.

Das Dienstmädchen kam mit einem Tablett aus der Küche, auf dem eine Kanne und drei Tassen, eine Zuckerdose und ein Milchkännchen standen. Bestürzt registrierte sie den hastigen Aufbruch der Gäste.

»Aber der Tee, gnädiger Herr«, sagte sie.

»In den Ausguss damit«, herrschte von Stepanitz sie an.

Fontane fühlte sich schlecht. Kein Wort hatte Emilie auf dem Heimweg mit ihm gesprochen, sondern ihn nur mit vorwurfsvollen Seitenblicken bedacht. Sie hatte recht damit, denn selbst ein Elefant zerschlug in einem Porzellanladen weniger Geschirr.

Nach mehreren Gängen durch sein Arbeitszimmer und etlichen Seufzern setzte er sich an den Schreibtisch und entwarf einen Brief an Rudolf von Stepanitz, in dem er seine Beweggründe zu erklären versuchte. Weil sie ihm selbst nicht ganz klar waren, fiel ihm jedes Wort schwer.

Leitete ihn seine *déformation professionelle*, wie der alte Stepanitz die Neugierde genannt hatte? Zweifellos ja. Aber es gab noch etwas Gewichtigeres als das bloße Interesse am Besonderen, Ungewöhnlichen und sogar am Skandalösen. Es traf zu, dass er Material sammelte, denn das tat er immer und überall, insonderheit jedoch, wenn er verborgene Affekte am Werk glaubte, und für ein Wirken von Leidenschaften sprachen die kryptischen Liebesbriefe. Irgendetwas Dunkles, Unergründliches lag über dem Leben des Rittmeisters a.D., und das übte einen unwiderstehlichen Reiz auf ihn als Schriftsteller aus. Sein Mitgefühl hielt sich in Grenzen,

sofern es überhaupt vorhanden war; als typischer Einzelgänger fühlte er vor allem mit sich selbst. Der Vorwurf einer gewissen Kaltschnäuzigkeit verletzte Fontane zwar, doch musste er einräumen, dass er ihn nicht von der Hand weisen konnte.
Drei Sätze hatte er zu Papier gebracht, als es an der Wohnungstür läutete. Fontane erwartete weder Besuch noch Post, also trieb es ihn, selbst nachzuschauen. Im Entree begegnete er Emilie. Sie blickte ihn gereizt an und war vor ihm an der Tür.
Ein jugendlicher Bote brachte ein Billett. An dem Büttenpapier, am Wappen und am Siegel erkannte Fontane sofort, dass es vom Freiherrn von Wangenheim stammte. Zurück im Arbeitszimmer, erbrach er die Petschaft und zog eine Karte aus dem Umschlag. Damit ihm seine Frau nicht über die Schulter schauen musste, las er laut vor:

Mein lieber Fontane, machen Sie uns doch die Freude, uns am morgigen Sonnabend mit Ihrem Besuch zu beehren. Dass wir auch mit Ihrer hochgeschätzten Gattin rechnen, bedarf wohl keiner Erwähnung. Wir erwarten einen gern, aber leider zu selten gesehenen Ehrengast, dessen Bekanntschaft Sie sich rühmen dürfen, auch wenn Sie seit Langem nicht mehr mit ihm zusammengetroffen sind. Nur dieses sei gesagt: Rechnen Sie mit Aufschlüssen über unseren fernen Verwandten J. F. v. Stepanitz.
In der Hoffnung auf Ihren werten Besuch verbleibe ich
Karl Hermann v. Wangenheim, Geh. Oberreg.-Rat

»Er macht's aber rätselhaft«, meinte Emilie.
»Tja, ist ja ein Geheimrat«, sagte Fontane, froh darüber, dass seine Frau augenscheinlich versöhnlicher gestimmt war.

Achtes Kapitel

16. März 1874

Das Dienstmädchen Claire nahm ihnen die Mäntel ab, der Geheimrat trat aus dem Salon und begrüßte sie wie stets mit einem wohlwollenden Lächeln. Da die Portiere zurückgeschlagen war, drang eine zwar nicht laute, aber eindringliche Stimme bis auf den Flur, die unschwer als die Doktor Hammerschmidts zu erkennen war.

»Das müssen Sie sich vorstellen: alle Frauen dieses abgeschiedenen Dorfes im hysterischen Wahn«, sagte er gerade.

»Auch die Greisinnen?«, fragte jemand, der die Geschichte offenkundig noch nicht kannte, denn alle, die sie schon mehrmals gehört hatten, fragten nichts mehr.

»Wie? Nein, diese sicher nicht. Aber hören Sie, Exzellenz, schließlich verfluchten die entfesselten Hysterikerinnen sogar ihren Bischof. Sie verweigerten die Arbeit und taten Dinge, die üblicherweise den Männern vorbehalten waren: Sie spielten Karten, tranken Alkohol. Sie aßen fortan nur noch Weißbrot und wollten von Kartoffeln nichts mehr wissen.«

»Dafür vermag ich ein gewisses Verständnis aufzubringen«, entgegnete der andere. Eine feine Ironie war aus seiner Stimme herauszuhören.

Von Wangenheim forderte seine Gäste mit einer Handbewegung zum Eintreten auf, und gemeinsam ging man in den Salon. Rechts vom Eingang waren drei Fauteuils um den Tisch vor dem Kamin gruppiert, die eingenommen wurden von dem Abgeordneten Mallinckrodt, dem Arzt und einem stattlichen, aus Fontanes Sicht noch jungen Herrn mit hoher Stirn, sorgfältig gescheiteltem und nach hinten gekämmtem Haar sowie einem gründlich gezwirbelten Schnurrbart. Obwohl Fontane ihn lange nicht gesehen hatte, erkannte er sofort den Geheimen Legationsrat Joseph Maria von Radowitz, den bekannten Diplomaten, der seinen Dienst in der Politischen Abteilung des Auswärtigen Amtes versah. In Wangenheims Kreisen wusste man, dass er neben dem orientalischen Referat auch das für Italien und die politischen Beziehungen zum Vatikan leitete und Bismarck ihm vor Kurzem obendrein die französischen Angelegenheiten übertragen hatte.

Auf dem Sofa links von der Tür hatten es sich Malinckrodts Gattin und die Dame des Hauses bequem gemacht. Radowitz war offenbar ohne seine Frau, eine Russin, erschienen. Er erhob sich und machte eine Verbeugung gegen Fontane und Emilie.

»Monsieur et Madame Fontane«, sagte er, und sein Gesicht verriet durchaus eine gewisse Freude.

»Sie erinnern sich meiner?«, fragte Fontane verblüfft.

»O ja«, erwiderte der Diplomat. »Ich muss gestehen, dass Karl Hermann Sie zwar angekündigt hat, dennoch entsinne ich mich noch gut, dass wir uns zwei-, dreimal hier begegnet sind.«

»Beim ersten Mal kamen Sie mit Ihrer verehrten Frau Mutter«, sagte Fontane.

»Nein?« Nun war es an Radowitz, etwas wie Überraschung zu demonstrieren. »Das muss ja ... vor Jahren ...«

»Wir legen einfach das Jahr 1865 fest«, sagte von Wangenheim und rieb sich vergnügt die Hände.

»1865?« Radowitz schüttelte den Kopf. »An das Jahr denke ich nicht gern zurück. Auf dem Weg zum Treffen von Bismarck und Napoleon III. in Biarritz traf Botschafter Graf Goltz und mich ein Eisenbahnunglück. Der Waggon, in dem

wir uns befanden, wurde wegen einer gebrochenen Achse aus dem Geleise geworfen – bei voller Fahrt!«
»Mein Gott!«, entfuhr es Emilie. »Wie schrecklich!«
Radowitz lächelte. »Nun, ich habe überlebt. Wieso also ausgerechnet 1865, Karl Hermann?«
»Weil ich heute Abend einen Haut Brion von 1865 zu kredenzen gedenke, aus einem großen Weinjahr.« Von Wangenheim befahl Claire, auf der Stelle den Wein zu bringen, und nötigte Fontane und Emilie, in den Fauteuils bei seiner Gattin Platz zu nehmen. Er selbst blieb stehen, wollte er doch den Brion selbst eingießen. Dann gab man sich schweigend der Zeremonie des ersten Schlucks hin.
Nach dem Ritual wagte es Fontane, gleich zu der Sache zu kommen, die ihn zurzeit am meisten bewegte. Er beugte sich ein wenig vor und fragte: »Und Sie, Exzellenz, waren mit dem Rittmeister von Stepanitz bekannt?«
»Tja, bekannt ...« Radowitz senkte die starken Brauen. »Sie wissen ja, über Tote nur Gutes. Ich wüsste über Johann Friedrich von Stepanitz auch nichts Übles zu sagen. Offen gestanden hat er keinen bleibenden Eindruck bei mir hinterlassen. Er war ... Geograph?«
»Geologe.«
»Natürlich. Ich erinnere mich, er brachte mitunter Gestein und Bodenproben in unsere Shanghaier Residenz. Das Wort Residenz dürfen Sie allerdings nicht ernst nehmen, wir hausten in einer Wohnung im amerikanischen Settlement.«
»Johann Friedrich berief sich aber gern auf Ihre Freundschaft«, sagte Fontane.
»Freundschaft?« Radowitz lachte kurz auf. »Davon kann nun wirklich keine Rede sein. Unsere Mission in China und Japan hat sich meinem Gedächtnis unauslöschlich eingeprägt. Der Stepanitz, von dem wir sprechen, hat keinen Eindruck bei mir hinterlassen. Was man vom Bruder, diesem Agitator der Zentrumspartei, nicht sagen kann. Rudolf, nicht wahr?«

Ein Brummen war zu vernehmen, dessen Quelle Mallinckrodt war.
»Ich weiß, Sie hören das nicht gern, aber Rudolf von Stepanitz, der mich und meine Familie beleidigt hat, ist für mich ein Vertreter der ultramontanen Hetzpresse.«
»Wir teilen durchaus nicht alle seine Ansichten und vor allem nicht den Ton, in dem er sie vorträgt«, sagte Mallinckrodt. »Auch die Denunziation Ihrer Frau Mutter und Ihrer Gattin war und ist nicht akzeptabel. Aber ausschließlich Unsinn schreibt er nicht.«
»Wenn Exzellenz gestatten«, sagte Fontane, »was hat er denn über Ihre Angehörigen verbreitet?«
»Sie entsinnen sich vielleicht noch der Adresse namhafter Persönlichkeiten an Ihre Majestät? Ich hatte persönlichen Anteil an ihrer Entstehung. Wir distanzierten uns vom Auftreten und der Agitation der ultramontanen Partei, weil sie unserer Meinung nach die Katholiken Deutschlands spaltet. Prompt erschienen mehrere Aufsätze in der *Germania*, Tenor: Der Radowitz muss ja eine eigentümliche Auffassung vom Katholizismus haben, schließlich ist seine Frau eine Orthodoxe, seine Schwiegermutter Protestantin, ja seine eigene Mutter ist vom Protestantismus konvertiert.«
»Das ist allerdings starker Tobak«, meinte Hammerschmidt, während die übrigen Anwesenden betreten die Köpfe gesenkt hielten.
»Bismarck wurde fuchsteufelswild, nachdem er diese Artikel gelesen hatte. So habe ich ihn selten erlebt. Es war ein regelrechter Wutanfall vor Lothar Bucher und mir. Bucher ist, wie Sie sicher wissen, quasi die rechte Hand des Kanzlers. Der Kanzler zitierte Emily Brontë: ›Je stärker ein Wurm sich windet, umso mehr verlangt es mich danach, ihm die Eingeweide zu zertreten! Es ist wie moralisches Zahnen, und je größer der Schmerz wird, desto fester trete ich zu.‹«

»Klingt wie eine Drohung«, meinte Hammerschmidt. Von Radowitz zuckte nur mit den Schultern.
Fontane spann seinen Faden fort: »Johann Friedrich von Stepanitz hat in den letzten Wochen vor seinem Tod häufig Besuch von einem Mann erhalten, den das Dienstmädchen als distinguierten Engländer beschrieben hat. Die beiden haben etwas besprochen, was nicht für die Öffentlichkeit bestimmt war. Könnte er in Shanghai Freundschaft mit Engländern geschlossen haben?«
»Sicher könnte er das.« Radowitz räusperte sich. »Es gibt diesen Effekt, dass sich Ausländer in einem fremden Land miteinander verbünden, und zwar allein aufgrund der Tatsache, dass sie Ausländer sind. Und noch dazu in einem solchen Land, wo alle unter einer beständig schweren Luft litten. Auch das Leid verbindet.«
»Sie erinnern sich aber nicht an einen bestimmten Engländer … oder Amerikaner?«
»Wie ich schon sagte, ich habe wenig von Stepanitz wahrgenommen.«
»Aber er muss doch mehr gemacht haben als Steine klopfen und Bodenproben nehmen.«
»Ja«, sagte Radowitz gedehnt. Er leerte sein Glas, stellte es auf den Tisch und betrachtete es. Der Doktor übernahm es, ihm nachzuschenken. »Ja …« Über das Gesicht des Diplomaten huschte so etwas wie ein Strahl der Erkenntnis. »Mir fällt tatsächlich etwas ein: Er hat sich für chinesische Kalligraphie begeistert.«

»Bist du nun klüger?«, fragte Emilie auf dem Heimweg am Landwehrkanal entlang.
»Jedenfalls nicht dümmer.«
»An dir ist ein Diplomat verloren gegangen. Wenn du dich etwas angestrengt hättest, wärest du jetzt vielleicht Chef des Englanddepartements im Auswärtigen Amt.«

»Wenn ich mich mehr angestrengt hätte, besäße ich eine Königlich Preußisch Privilegierte Apotheke in der Friedrichstadt, in der ich Drogen für hysterische Damen mixte.«
Sie hatten die Potsdamer Brücke erreicht. Im Licht der Gaslaternen tanzten die Flocken.
»Jedenfalls muss der Rittmeister ein furchtbar blasser und unbedeutender Mensch gewesen sein«, fasste Emilie ihre Eindrücke zusammen. »Einer, dem man begegnet und den man sofort wieder vergisst. Ich kann nicht begreifen, wer einen solchen Menschen umbringt. Es wird wohl doch ein Räuber gewesen sein, der gestört worden ist. Oder dieser junge Baron. Vertrauen wir Aschingers Erfahrung.«
»Höre ich da Enttäuschung heraus?« Mittlerweile hatten sie ihr Wohnhaus erreicht.
»Nun ja ... ich würde dir ungern recht geben, aber vielleicht ist *cherchez la femme!* wirklich nur ein Cliché.«
»Der Rittmeister hat sich immerhin für chinesische Kalligraphie interessiert«, sagte Fontane, während er die Haustür öffnete.
Emilie folgte ihrem Mann ins Haus. »Was bedeutet das schon? Dass er sich selber Liebesbriefe geschrieben hat?«
Nachdem sie ihre Wohnung betreten hatten, hielten sie überrascht inne: Aus dem Wohnzimmer drang eine Stimme, die unschwer als die des Kriminalschutzmannes Wittlich zu erkennen war. Fontane und seine Frau wechselten einen verständnislosen Blick.
»Der Räuber und Mörder Karl Friedrich Masch hat zwar in den Wäldern gelebt und sich dort Höhlen gebaut, aber mit Räuberromantik hat das gar nichts zu tun«, sagte Wittlich gerade. »Er war ein schlimmer Verbrecher, mehr nicht.«
»Haben Sie ihn gejagt?« Das war Mete.
»Nein, die Berliner Polizei war nicht zuständig«, entgegnete Wittlich.
Emilie stürmte ins Wohnzimmer.

»Ich will nicht, dass unsere Kinder Mordgeschichten hören«, schimpfte sie. »Und vor allem nicht vor dem Schlafengehen.«
Fontane folgte gemächlicheren Schrittes. Der Kriminalschutzmann hatte sich erhoben und war rot geworden.
»Pardon, gnädige Frau«, sagte er, »aber die Kinder haben mich darum gebeten.«
»Das kann ich mir vorstellen. Sie haben Sie gewiss sehr bedrängt?«
»Na ja, schon …« Wittlich war nach wie vor peinlich berührt.
Fontane mischte sich ein: »Vielleicht ist es an der Zeit, den Herrn Kriminalschutzmann zu fragen, was uns die Ehre seines späten Besuches verschafft.«
»Hm, ja«, Wittlich massierte sich verlegen die langen Finger, »der Kommissarius schickt mich. Ich soll Sie holen, Herr Fontane.«
»Holen? Das klingt beinahe wie Festnehmen und Vorführen.«
»Mitnichten. Ich wollte sagen, er bittet Sie, mir zu folgen.«
»Aber warum? Noch dazu am Sonnabendabend?«
»Tja …« Wittlich warf einen Seitenblick zu Emilie. »Ich weiß nicht, ob ich vor Ihren Kindern …«
»Aber sie werden ohnehin erfahren, warum Sie mich geholt haben.«
»Nun«, Wittlich ließ den Deckel seiner Taschenuhr aufspringen, »vor fast zwei Stunden wurde der Schriftsteller Rudolf von Stepanitz vor seinem Wohnhaus in der Matthäikirchstraße erdolcht aufgefunden.«

Fontane hatte ein schockierendes Déjà-vu. Der Leichnam lag zwar nicht unter einer Laterne, sondern auf dem Weg vom Trottoir zur Haustür, den ein schmaler Vorgarten einfasste, aber ansonsten glich alles den Umständen der ersten

Mordtat: die Dunkelheit, der schwarze Mantel, die schwarze Hose und die schwarzen Schuhe, der fallende Schnee, der den Toten bedeckte, ja selbst der einige Handspannen von ihm entfernte Hut. Räder durchsuchte die Vorgärten der nebenstehenden Häuser nach der Tatwaffe, Aschinger stapfte auf Fontane zu. Bevor er ihn erreichte, schnäuzte er sich in ein schneeweißes Taschentuch.
»Herr Fontane gibt sich die Ehre«, sagte er. »Sie hätten sicher nicht vermutet, dass sie binnen vierundzwanzig Stunden wieder in der Matthäikirchstraße landen, nicht wahr? Oder gehört sie zu Ihrer Spazierroute?«
Irgendetwas an Aschingers Rede beunruhigte Fontane, doch vermochte er nicht zu sagen, was es war.
»Sie haben also bereits mit seiner Frau gesprochen?«
»Was denken Sie denn? Dass wir herumstehen und warten, bis der Kriminalrat Fontane zu uns stößt? Ja, wir haben mit der Frau, nunmehr Witwe, gesprochen. Sie haben gestern die Herrschaften besucht?«
»Herr von Stepanitz hatte uns zum Tee geladen«, sagte Fontane.
»Haben Sie gehört, Wittlich? Herr von Stepanitz hatte zum Tee geladen. Sie waren also mit ihm bekannt?«
»Meine Frau und ich haben ihn kürzlich bei *Lutter & Wegner* kennengelernt. Nach einer Premiere im Schauspielhaus.«
»Bei *Lutter & Wegner*, soso! Mir nichts, dir nichts bei *Lutter & Wegner*.« Aschinger trompete in sein Schnupftuch, dann faltete er es achtlos zusammen. »Man spaziert ins Lokal und lernt dort zufällig Rudolf von Stepanitz kennen. Man bekommt eine Einladung zum Tee, man nimmt sie an – und einen Tag später ist der Herr tot. Eine seltsame Fügung, finden Sie nicht?«
Fontane war empört. »Sie glauben doch nicht …?«
»Jedenfalls nicht an Fügungen des Schicksals.« Aschinger wandte sich um. »Räder?«

»Nichts«, lautete die Antwort. »Wieder keine Tatwaffe!«
»Überrascht mich nicht im Geringsten, Räder. Wir finden die Waffe oder die Waffen nicht, wir suchen ohne Erfolg nach dem Wagen, der Opfer Numero eins in die Königin-Augusta-Straße gebracht hat, und ebenso ergebnislos nach der Verfasserin gewisser delikater Korrespondenzen. Wir haben einen dringend Verdächtigen und kein Geständnis. Was haben wir eigentlich außer ständig Herrn Fontane?«
Aschinger wandte sich wieder Fontane zu: »Also, was möchten Sie mir sagen?«
»Ich wusste, dass Stepanitz häufig bei *Lutter & Wegner* verkehrt. Dass er dort lautstarke Reden führt ...«
»Staatsgefährdende Reden«, ergänzte Aschinger.
»Womöglich.« Das Verhör auf der Straße, denn anders konnte man es kaum nennen, erregte seinen Widerwillen; Fontane fand, dass er diese kühle, distanzierte Art nicht verdient hatte. »Jedenfalls, ich gebe zu, ich habe Emilie in das Lokal eingeladen in der Hoffnung, Stepanitz dort zu treffen und vielleicht Bekanntschaft zu schließen.«
»Und warum?«
»Er ist der Bruder des ersten Opfers.«
»Ja, dann!« Aschinger trat so nahe an Fontane heran, dass er ihn beinahe berührte. Erschrocken wich dieser zurück – und es war nicht nur die Angst vor der Influenza, die diese unwillkürliche Reaktion auslöste. »Sie haben sich nicht an den Schreibtisch gekettet?«
»Das wissen Sie ja jetzt.«
»Ich finde, Sie haben meine Frage nicht erschöpfend beantwortet. Warum Ihr Interesse an Rudolf von Stepanitz? Glauben Sie, er könnte etwas mit dem Tod seines Bruders zu tun gehabt haben?«
»Eigentlich nicht«, antwortete Fontane und schaute zu dem Toten. Der Mann, der vor einigen Stunden noch springlebendig gewesen war, lag einsam im Schnee: ein trauriger An-

blick, und dennoch zog er Fontane magisch an. »Ich wüsste keinen Beweggrund für eine solche Tat. Und nun ist er selbst einem Mordanschlag erlegen.«

»Das verwirrt Sie?«

»Sie nicht?«

Aschinger hob die Schultern.

»Obwohl Sie Rudolf von Stepanitz nicht für verdächtig hielten, haben Sie trotzdem seine Nähe gesucht? Ich verstehe immer noch nicht, was Sie dazu veranlasste.«

»Er hat doch diese Sottisen gegen Bismarck und dessen Katholikenpolitik verfasst«, versuchte Fontane sich zu erklären. »Ich wollte wissen, was für ein Mensch dahinter steckt.«

»Und? Was für ein Mensch steckt hinter ihnen?«

Fontane machte sich Emilies Auffassung zu Eigen, indem er sagte: »Ein selbstgerechter, wenn auch unglücklicher Mensch, der nach Anerkennung lechzt.«

»Anerkennung?« Aschinger runzelte die Stirn. »Mit seinen Artikeln hat er nachgerade das Gegenteil erreicht. Ein paar extreme Ultramontane mögen ihm Beifall geklatscht haben, aber die meisten Leute selbst in seinen eigenen Reihen haben ihn abgelehnt.«

»Ja, aber das kennt man doch von Kindern.« Fontane redete sich allmählich in einen gewissen Eifer und übersah dabei die Tatsache, dass er von Kindern herzlich wenig wusste. »Wenn es ihnen an Aufmerksamkeit fehlt und sie diese nicht mit guten Taten erringen können, machen sie Unsinn. Hauptsache, sie werden wahrgenommen.«

»Womit wir wieder bei den unglücklichen Eltern in Neuendammen wären.« Aschinger schüttelte den Kopf. »Oder erwartete er väterliche Aufmerksamkeit von Gott? Nein, ich denke, wir begeben uns auf ein abseitiges Terrain. Ein erwachsener Mann, der das Wasser peitscht, nur damit Maman ihn wahrnimmt? Verzeihen Sie, aber aus Ihnen spricht doch Ihre Frau.«

Fontane, der sich ertappt fühlte, trat schnell einen Schritt zurück, ein Fehler, da er sich nun im Lichtkreis einer Gaslaterne befand und Aschinger sein Gesicht besser sehen konnte. Vom Kirchplatz näherte sich der schwarze Kastenwagen der Leichenträger.
Aschinger entfaltete sein Schnupftuch. »Dass beide Brüder ermordet wurden, setzt einen neuen Akzent.«
»Nur einen Akzent?« Fontane glaubte, sich verhört zu haben. »Aber das ist doch eine vollkommen neue Ausgangssituation. Die Rache für den sterbenden Baron können Sie ad acta legen.«
»Danke, mein Lieber«, sagte Aschinger verschnupft, »aber wann ich etwas ad acta lege, bestimme ich.« Er schnäuzte sich. »Aber ich räume ein, dass Sie wohl recht haben. Ich kann mir durchaus vorstellen, dass *le petit baron* – so nennen wir unter uns den jungen Achim von Mohr – beschlossen hat, beide Brüder oder vielleicht sogar die ganze Familie auszurotten. Nur, für diese Tat …«, er deutete hinter sich zu dem immer weißer werdenden Leichnam, »… fehlte es ihm eindeutig an der Gelegenheit. Er sitzt noch im Polizeiarrest. C'est-à-dire: Wir fangen noch einmal von vorn an.« Er nieste heftig in das Tuch. »Und das mit dieser verdammten Grippe.«

Der königlich preußische Kriminalbeamte Aschinger hatte offenbar eingesehen, dass es ihm nicht gelingen würde, Fontane von eigenen Recherchen abzuhalten, also hatte er ihn kurzerhand in seine Chaise geladen und war mit ihm ins Polizeipräsidium gefahren. Er nutzte die Gelegenheit, Fontane in groben Zügen über seine bisherigen Ermittlungen in Kenntnis zu setzen.
Rudolf von Stepanitz hatte am Tag seines Todes den späten Nachmittag und den frühen Abend bei *Lutter & Wegner* verbracht, was kaum überraschte. Er hatte mit einem Zei-

tungsschreiber namens Jonathan Lauch Wein getrunken und debattiert – auch das nichts Ungewöhnliches. Lauch hatte Aschinger sofort als Täter ausgeschlossen, denn der Kriminalbeamte, den er zu *Lutter & Wegner* geschickt hatte, musste feststellen, dass er in einem Nebenzimmer seinen Rausch ausschlief. Nach der Sause hatte Stepanitz schwankend und Bismarck verfluchend das Lokal verlassen. Ein Schutzmann hatte ihn dabei beobachtet, und dieser kluge Mann hatte nicht nur auf die Uhr geschaut (sieben Uhr neununddreißig), er war Stepanitz auch ein Stück gefolgt, die Jägerstraße entlang bis zur Friedrichstraße und auch dort noch ein paar Meter. Während er über die Straße torkelte, krakeelte von Stepanitz unablässig vor sich hin. In der Friedrichstraße nahm er eine Droschke, und der Polizist kehrte in seine Wachstube zurück, wo er einen Bericht verfasste. Veranlasst sah er sich dazu, weil er Stepanitz bereits kannte, sogar dem Namen nach, denn mehrfach hatte er ihn aus dem Lokal entfernen müssen. Als der Polizeikurier die Alarmmeldung wegen des Mordes in den Revieren verbreitete, trug er seinen Bericht persönlich zum Tatort.
»Vorbildlicher Kollege«, so Aschingers Kommentar.
Die Stimmung auf den Gängen des Präsidiums war trübselig wie immer, und obwohl es Sonntag war, hockten überall Personen, die Opfer oder Täter sein mochten und sich nicht voneinander unterschieden. Hin und wieder sah man Polizeibeamte über die Flure eilen, und auch das ein Aktenwägelchen schiebende Faktotum fehlte nicht. Wie Aschinger gesagt hatte: In einem Polizeistaat war niemand so fleißig wie die Polizei.
Sie betraten Aschingers Kabuff. Der Kommissar legte Hut und Mantel ab, öffnete eine Lade seines Schreibtisches und entnahm ihr ein reines Taschentuch. Fontane lehnte sich an die Wand. Aschinger quetschte sich an seinen Schreibtisch.

»Sie sind Schriftsteller, Fontane«, sagte er, »hören Sie mal auf die Stimme der Intuition. Warum beide?«
»Sind sie denn auf ähnliche Weise ums Leben gekommen?«, wollte Fontane wissen.
»Beide wurden erstochen. Und wie es aussieht, hat der Mörder die Waffe wieder mitgenommen. Die Tatzeiten weichen voneinander ab.«
»Der Mörder hat die Chancen genutzt, wie sie sich ihm boten.«
»Trotzdem bleibt meine Frage: Was sagt Ihre Intuition? So was haben Sie doch?«
»Sie nicht?«
Aschinger schüttelte den Kopf. »Ich orientierte mich ausschließlich an den Fakten«, behauptete der Kommissar.
»Die Fakten sind in diesem Fall recht schweigsam«, erwiderte Fontane.
Aschinger schnaubte. »Gut, beginnen wir mit dem Ausschlussverfahren. Wir schließen die Gläubiger aus und den Baron von Mohr. Obwohl …« Er betrachtete angewiderte das Taschentuch und stopfte es in die Hosentasche. »Woher wissen wir, dass überhaupt ein Zusammenhang zwischen den Taten besteht? Womöglich waltet der Zufall?«
»Bei gleicher Tatausführung und verwandten Umständen?«
»Hm, ja.« Der Kommissarius kratzte sich am Kinn. »Kein Zufall, ergo ein Zusammenhang, ergo ein Täter, ergo ein Motiv. Und nun?«
»Ich weiß nicht.« Fontane war nicht minder ratlos. »Was ist mit dem distinguierten Engländer?«
Aschinger schaute Fontane an, als kehre er gerade aus einem Traum zurück. »Welcher Engländer?«
»Der Englisch sprechende vornehme Herr, der den Rittmeister vor seinem Tod häufig besucht hat und sich mit ihm ins Arbeitszimmer zurückzog, wo sie irgendetwas Geheimes besprochen haben.«

»Ja«, brummte Aschinger, »den haben wir vernachlässigt. Wobei, was heißt schon: etwas Geheimes? Das ist die Interpretation eines Dienstmädchens.«
»Aber halten Sie es für normal, dass sich ein Mann mit seinem Gast in seiner Wohnung einschließt, in der sich außer besagtem Dienstmädchen niemand aufhält?«
»Aber das Mädchen versteht doch gar kein Englisch.« Die Grippe machte Aschinger begriffsstutzig.
»Ja, eben.« Fontane tippte mit dem Zeigefinger in die Luft. »Die Vorsichtsmaßnahme war vollkommen absurd. Selbst wenn der Rittmeister und sein ominöser Besucher den Umsturz oder ein Attentat auf den Kaiser geplant hätten und das Mädchen wäre hinzugekommen, so hätte sie doch kein Wort verstanden.«
Fontane musste dem Kommissar weiter auf die Sprünge helfen.
»Sie haben die Erfahrung. Wie oft ergreifen Menschen, die etwas zu verbergen haben, auch sinnlose Vorsichtsmaßnahmen?«
»Ah!« In Aschingers trübe Augen trat ein Leuchten. »Sie denken an Verschwörer, die ihre Gardinen schließen, obwohl sie gar kein Licht entzünden wollen?«
»In diese Richtung«, bestätigte Fontane.
Aschinger stemmte sich von seinem Schreibtisch in die Höhe. Er ordnete seine Krawatte und zwängte sich durch den kleinen, mit Möbeln vollgestellten Raum zur Tür.
»Kommen Sie!«, forderte er Fontane auf.
»Wohin?«
»Zur Politischen Abteilung.«
Diese Abteilung hatte man in den hintersten Winkel des Polizeipräsidiums verbannt, vielleicht weil sie so geheim war, vielleicht nur aus Raummangel. Ihr Leiter, der Kriminalkommissar Völker, residierte in einer ähnlichen Klause wie Aschinger, sodass das Wort *residieren* unpassend wirkte –

bis man Völker an seinem Schreibtisch sitzen sah. Und dort hockte er immer, scheinbar Tag und Nacht, woher die im gesamten Präsidium verbreitete Überzeugung rührte, die Spinne würde ihr Netz niemals verlassen.
Aschinger klopfte.
»Niemand da!«, bellte der Inhaber des Bureaus.
»Ich weiß«, erwiderte Aschinger und öffnete die Tür. Gemeinsam traten sie ein. Völker, dessen Körperumfang bedrohliche Dimensionen angenommen hatte, saß hinter einem gigantischen Aktenkonvolut und durchbohrte die Besucher mit seinem Blick.
»Wieder dieser Schriftsteller«, stöhnte er, als er Fontane erkannte. Dann schlug er auf den Aktenstapel: »Ich habe schon genug Konfusion!«
»Viel Arbeit?«, erkundigte sich Aschinger hinterhältig.
»Nein, gar nicht, wie man sieht. Die Staatsfeinde sind ausgestorben.« Völker erhob sich um eine Handspanne und ließ sich zurück auf seinen Drehstuhl fallen. »Aschinger, du mit deinen paar Morden kannst gar nicht beurteilen, was Arbeit ist. Ein zur Strecke gebrachter Mörder verliert den Kopf, und dann ist er futsch für immer. Aber wenn man dem Staatsfeind das Haupt abschlägt, wachsen zehn nach.«
»Dann kriegst du noch mehr Arbeit. Einer ist nämlich tot.«
»Wer?«
»Rudolf von Stepanitz.«
»Nein! Der ultramontane Schreiberling?« Völker starrte Aschinger vollkommen perplex an. »Wie ist er denn gestorben?«
»Dolchstoß.«
»Und wann?«
»Vor etwa drei Stunden.«
»Unmöglich. Dann wüsste ich davon. Von solchen Angelegenheiten erfahre ich innerhalb von Minuten.«
Aschinger setzte eine betrübte Miene auf. »Dieses eine Mal eben nicht.«

»Was für eine Nachricht!« Der ewig sauertöpfische Völker war sogar fähig zu lächeln. »Ich bekomme Platz in der Registratur. Ich muss drei Mitarbeiter im Aktenkabinett halten. Jetzt passt noch ein vierter rein! Kann ich helfen?«
»Wären wir sonst hier?«
»Was kann ich tun? Für eine solche Nouvelle opfere ich sogar die fünfundzwanzigste Stunde des Tages.«
»Wir interessieren uns für Engländer.«
»Für wen genau?«
Fontane mischte sich ein: »Erst einmal für Engländer, die in Berlin leben und …«
»Erst einmal?« Völkers Augen wurden zu Schlitzen, aber noch immer blitzte in ihnen Freude.
»Für Engländer, eventuell auch für Amerikaner, die in Berlin leben und sich zwischen 1862 und 1865 in Shanghai aufgehalten haben«, ergänzte Fontane. »Mit denen wollen wir anfangen.«
»Wir?« Völker kniff die Augen noch weiter zusammen. Seine gute Laune war verflogen. Einen Menschen, dessen Stimmung so schnell zu schwanken schien, hatte Fontane noch nicht kennengelernt. »Ist das ein Pluralis majestatis? Leiten Sie jetzt Aschingers Abteilung?«
»Nein, ich …«
»Schon gut.« Aschinger machte eine beschwichtigende Geste. »Ich interessiere mich für sie.«
»Engländer, eventuell auch Amerikaner, die in Berlin leben und sich zwischen 1862 und 1865 in Shanghai aufgehalten haben?«, vergewisserte sich Völker. Aschinger nickte. »In einer Stunde«, sagte der Chef der Politischen Abteilung, bevor er seine Besucher mit der üblichen verdrießlichen Bewegung aus dem Zimmer winkte.

Wittlich war es gelungen, den Droschkenkutscher aufzutreiben, der Rudolf von Stepanitz von der Friedrich- zur Matthäikirchstraße gebracht hatte. Dieser noch junge Mann, der gerade das väterliche Fuhrgeschäft übernommen hatte, wartete im Bureau der Kriminalschutzleute auf sein Verhör; in Aschingers Kemenate fehlte es an Platz, aber auch in dem Raum, den sich Wittlich, Räder und andere Beamte teilten, standen die Schreibtische und Aktenschränke dicht gedrängt.

Der Kutscher, er hieß Klaus Fischer, war genötigt worden, an einem der Schreibtische Platz zu nehmen. Aschinger setzte sich ihm gegenüber, Wittlich platzierte sich links von ihm, Fontane rechts. Während der Schutzmann ein halbes Dutzend Bleistifte spitzte, betrachtete der Kommissar eine Weile den jugendlichen Fuhrmann, einen schlanken Blondschopf mit wasserblauen Augen, der zweifelsohne bei Frauen jeden Alters Begeisterung auslöste.

»Nun«, sagte Aschinger schließlich, »Herr Fischer, Sie haben also heute Abend gegen acht Uhr in der Friedrichstraße einen Fahrgast aufgenommen, der in die Matthäikirchstraße wollte?«

»Ja.«

»Was können Sie mir über diesen Fahrgast sagen?«

»Er war sturzbetrunken. So voll, dass ich um die Polster fürchten musste.«

Aschinger schaute kurz zu Wittlich, der das Protokoll führte. »Hat der Mann gesprochen?«

»Wie ein Wasserfall. Aber nicht gesprochen, Herr Kommissar, er hat gelallt.«

»Konnten Sie etwas verstehen?«

»Wenig. Er hat so komische Wörter benutzt. *Perfide*? Gibt's das?«

»Ja, das gibt's, Herr Fischer. Hat er denn zu dem *Perfide* noch weitere Worte gesellt? Perfide Welt oder Ähnliches?«

Der Blondschopf hob die Schultern. »Perfider Bruder Bismarck, glaube ich.«

»Perfider Bruder Bismarck?« Aschinger blickte zu Fontane. Der schüttelte den Kopf, damit konnte auch er nichts anfangen. Der Fuhrmann nickte.

»Perfider Bruder Bismarck, du Verräter. Aber ich bin dir auf die Schliche gekommen«, zitierte er. »Er hat das aber nicht so gesagt … Ich meine, nicht im ganzen Satz. Also mehr so … na ja, ich kann das nicht beschreiben.«

»Es drangen nur Bruchstücke an Ihr Ohr? Kann man es so ausdrücken?«

»Ja«, bestätigte Fischer erleichtert.

»Sagte er noch anderes?«

»Viel. Aber diese Wörter! Er war zwar besoffen, äh, betrunken und auch ein wenig schmuddelig, doch ich habe sofort gesehen, dass er ein gebildeter Mann ist. Wir Droschkenkutscher kennen unsere Pappenheimer.« Stolz auf die Menschenkenntnis der Fuhrleute, lehnte sich Fischer zurück.

»Versuchen Sie doch einfach, ein paar seiner Ausdrücke wiederzugeben«, forderte ihn Aschinger in väterlichem Ton auf.

»Zentrum, Reichstag, widerliches Schwein, Mama muss es wissen, Hurenfürst …«

»Hurenfürst oder Hunnenfürst?«, warf Fontane ein.

Der junge Chauffeur sah ihn irritiert an.

»Ich weiß nicht«, sagte er, »von Huren hat er jedenfalls viel geredet. Eine Weile dachte ich, dass er in ein gewisses Haus will. Aber die kennen wir Kutscher alle, und in der Matthäikirchstraße gibt es keins.«

»Aha.« Aschinger lächelte, denn er kannte sie natürlich auch.

»Der Mann faselte also vor sich hin, wovon Sie nur Bruchstücke vernehmen konnten. Wann etwa haben Sie die Matthäikirchstraße erreicht?«

»Na, ist ja nicht so weit, und die Straßen waren geräumt.« Fischer fuhr sich mit dem Zeigerfinger der linken Hand über die Unterlippe. »Ich schätze, wir haben eine Viertelstunde gebraucht.«

»Also sind Sie etwa ein Viertel nach acht am Ziel eingetroffen?«
»Genauer weiß ich's nicht.«
Aschinger lächelte. »Das ist exakt genug. Haben Sie den Mann vor seiner Haustür abgesetzt?«
»Ich habe ihn abgesetzt, wo er es wollte. Ob das seine Haustür war, kann ich nicht sagen. Jedenfalls sah es aus, als ob schon jemand auf ihn wartet.«
»Was?« Aschinger schnellte hoch, stützte die Arme auf den Schreibtisch und beugte sich zu dem Zeugen. Fontane spürte, wie sich Gänsehaut auf seinen Armen bildete. Wittlich hielt im Schreiben inne und blickte auf.
»Da stand schon einer. Im Hauseingang, meine ich.«
»Wie sah er aus?« Aschinger schaute dem Kutscher in die Augen. Er wirkte angespannt.
»Schwer zu sagen. War ja dunkel. Er stand im Schatten, wissen Sie?«
»Aber sehen konnten Sie die Person doch!«
»Na ja, mehr so die … Komturen?«
»Konturen«, korrigierte Aschinger. »Beschreiben Sie mir, was Sie sahen!«
»Er war groß.«
»Woher wissen Sie, dass es ein Mann war?«
»Er trug Männerkleidung. Und die Größe – es konnte nur ein Mann sein. Hören Sie, Herr Kommissar, ich hab's schon gesagt, es war dunkel. Aber dafür, dass es ein Mann war, lege ich meine Hand ins Feuer.«
»Wie war er gekleidet?«
»Schwarz.«
Aschinger seufzte. »Was trug er?«
»Hut, langer Mantel, Hose.«
»Hut, langer Mantel, Hose«, wiederholte Aschinger gereizt, bevor er sich wieder setzte. »Sein Gesicht konnten Sie sicher nicht sehen?«

»Nein, Herr Kommissar, ich bedaure. Ich hätt's wohl nicht mal im Licht einer Laterne gekonnt, weil er ja den Hut aufhatte, ziemlich tief in die Stirn gezogen.«
»Ich fasse zusammen, fürs Protokoll: Der Mann im Eingang war groß und trug Hut, Mantel, Hose, alles schwarz. Noch etwas?«
»Er war ganz bestimmt nicht alt«, sagte Fischer.
»Woraus schließen Sie das?«
»Ich weiß nicht ... Seine Haltung? Rank und schlank. Das konnte man trotz des Mantels sehen.«
»Schlank war er also auch?«
»Ja«, der junge Mann lächelte, »so wie ich.«
»Nachdem Sie Ihren Fahrgast abgesetzt hatten: Was geschah dann?«
»Ich fuhr zurück zur Friedrichstraße.«
»Mussten Sie wenden?«
»Ich musste nicht, aber ich tat es.«
»Dann sind Sie doch noch einmal an dem bewussten Eingang vorbeigefahren!«
»Mhm, bin ich.«
»Ja, und? Lassen Sie sich nicht jedes Wort aus der Nase ziehen!«
»Der Betrunkene schwankte auf den anderen zu.«
Aschinger wurde immer ungeduldiger. »Und? Weiter!«
»Sie begrüßten sich.«
»Sie begrüßten sich?«
»Ja, mit Handschlag.«
»Und dann?«
»War ich vorbei. Mehr habe ich nicht gesehen«, sagte der Kutscher.
Fontane verspürte ein schmerzhaftes Ziehen im Nacken, das Zeichen für eine verkrampfte Haltung.
»Hören Sie, jede Beobachtung ist von Bedeutung«, versuchte Aschinger es noch einmal. »Gab es noch irgendetwas,

das Ihnen jetzt, da Sie von dem Mord wissen, wichtiger erscheint als noch vor einigen Stunden? Jede scheinbar noch so unbedeutende Bagatelle kann sich manchmal als entscheidend herausstellen.«

Fischer schüttelte den Kopf.

»Kutscher sind doch bekannt als gute Beobachter!«

»Wir schauen uns vor allem die Fahrgäste an. Damit sie uns nicht berauben.«

»Aber die Fahrbahn doch zumindest auch? Sonst bekomme ich noch Angst, wenn ich demnächst eine Droschke nehme.«

Aschinger wurde immer ungehaltener.

»Ich bin wieder zum Sammelplatz gefahren«, sagte Fischer, »und habe auf dem Weg wirklich nichts anderes gesehen als die Männer, die in der Friedrichstraße gezecht haben und die man zu dieser Stunde immer sieht.«

»Nun gut. Unterzeichnen Sie das Protokoll, dann können Sie wieder an Ihre Arbeit gehen«, sagte Aschinger und winkte Fontane aus dem Raum.

»Perfider Bruder Bismarck«, murmelte Aschinger vor sich hin. »Perfide, das verstehe ich noch, aber warum hat er Bismarck Bruder genannt? Ausgerechnet Rudolf von Stepanitz!« Der Kommissar nahm das Protokoll zur Hand. Wittlich, der den Zeugen zum Ausgang gebracht hatte, kam in das Bureau seines Chefs.

»Stepanitz war betrunken«, überlegte Fontane, »und in seinem Hirn herrschte ein unbeschreibliches Durcheinander ...«

»Betrunken? Er war sternhagelvoll. Noch die Leiche verströmte den Geruch nach Alkohol – das konnte sogar ich riechen.«

»Stepanitz hat wieder einmal die ganze Welt verflucht«, entwickelte Fontane seinen Gedanken weiter, »den Reichstag, die Zentrumspartei, wahrscheinlich, weil er sich mehr Unterstützung für seinen Feldzug gegen den Kanzler erwartet hat, dann den Kanzler selbst ...«

»Den Hurenfürst«, sagte Aschinger grinsend.

»Eben jenen. Und seinen Bruder hat er in die Beschimpfung eingeschlossen.«

»Ah!« Aschinger hob den Zeigefinger gegen Wittlich. »Sehen Sie, manchmal ist ein Mann der Sprache doch nützlich. Er hat nicht den Bruder Bismarck als perfide beschuldigt, sondern Bismarck *und* seinen Bruder, der bekanntlich tot ist. Bloß warum war denn Johann Friedrich ein Frevler?«

»Vielleicht wegen seiner Schulden? Sehen Sie, der Vater hat, auf den Ruf der Familie bedacht, immerhin einen Teil der Wechsel bedient. Durch sein Verhalten hat der Rittmeister ihn quasi dazu gezwungen. Das ist schon eine Perfidie.«

»Verstehe!« Aschinger strahlte und tippte auf das Protokoll, das er vor sich auf den Schreibtisch gelegt hatte. »Ein paar Sätze hat Kutscher Fischer dann doch verstanden.« Er las sie ab: »›Mama muss es wissen‹ und ›Aber ich bin dir auf die Schliche gekommen‹. Was muss Mama wissen, wem ist er auf die Schliche gekommen?«

»Ich kann mich des Eindrucks nicht erwehren, dass diese beiden Sätze im Zusammenhang mit seinem älteren Bruder stehen«, sagte Fontane.

»Seltsame Wendung der Dinge.« Aschinger legte die Stirn in Falten. »Zwischen den Brüdern stand es ja ohnehin nicht zum Besten, aber offenbar nicht nur, weil der Rittmeister dem Jüngeren dessen Aufsätze übel nahm. Geld kann Brüder entzweien ... Die Mutter wusste nichts von den Schulden?«

»Nein«, sagte Fontane.

»Und nun wollte der Junior ihr wohl die Augen öffnen? Das verstößt zwar gegen den Grundsatz *De mortuis nil nisi bene*, aber wenn man den Ausflug Ihrer Frau, mein lieber Fontane, in die Seelenkunde einmal ernst nimmt ... da scheint eine gewisse Logik auf. Der vernachlässigte Sohn, der immer im Schatten des großartigen älteren Bruders stand, hat ein Mittel gefunden, sich zu rächen. Dass er dafür über einen Toten herziehen muss, ist ihm egal. Und dass er Johann Friedrich auf die Schliche gekommen ist, bedeutet einfach, dass er von den Schulden erfahren hat …«

»Er wusste von ihnen«, erklärte Fontane, »das hat er mir selbst gesagt.«

Der Kommissar stülpte die Unterlippe vor, wiegte den Kopf hin und her. »Nun, gut. Jetzt müssen wir nur noch herausfinden, wer das Brüderpaar getötet hat.« Er schob das Protokoll beiseite. Dann lächelte er zufrieden. »Haben Sie eigentlich beobachtet, dass ich mich nicht ein Mal schnäuzen musste?«, fragte er, als sei das ein bemerkenswertes Verdienst.

Aschinger erteilte Wittlich die Order, den jungen Baron von Mohr umgehend aus dem Polizeiarrest zu entlassen. Anschließend machte er sich mit Fontane wieder auf den Weg zu Völker.

Der Chef der Politischen Abteilung hockte an seinem Schreibtisch, als habe er in der verstrichenen Zeit nicht einmal seine Haltung gewechselt. Seine von der Müdigkeit geschwollenen Lider verdeckten halb die Augen, und er machte sich keine Mühe, die Erschöpfung zu verbergen. Statt eines Willkommens entbot er seinen Besuchern ein herzhaftes Gähnen.

»Ihr seid ja ein Herz und eine Seele«, bemerkte er mit spöttischer Miene. »Keiner tut einen Schritt ohne den anderen.«

Aschinger ging darauf nicht ein, sondern steuerte gleich sein Ziel an: »Hast du etwas für uns?«

»Tja.« Völker fuhr sich über die Augen. »Möglich, dass ich etwas habe. Doch ich erwarte eine Gegenleistung.«

»In welcher Form?«

Der Kriminalkommissar der Politischen Abteilung musterte Fontane so lange, bis dieser sich unbehaglich zu fühlen begann. Schließlich schlug er eine umfangreiche Akte auf, blätterte darin, hielt plötzlich inne und richtete die Augen erneut auf sein Opfer.

»Herr Fontane sollte mir bei Gelegenheit seine Gespräche mit Rudolf von Stepanitz rapportieren«, sagte er. »Ich habe meine Leute nicht nur auf euren Engländer oder Amerikaner angesetzt, wozu ich sie ja nur in die Ablage gehen lassen musste, ich habe auch mit jenen meiner Männer gesprochen, die sich jahrelang mit Stepanitz befasst haben. Madame und Monsieur Fontane müssen ja bei ihm ein und aus gegangen sein. Und sicher haben Sie politisiert – ich weiß doch, dass Sie 1848 ein Revolutionär waren!«

»Nur ein einziges Mal war ich dort«, protestierte Fontane, »und Sie haben doch gerade erklärt, dass Sie froh sind, Stepanitz' Akte aus der Registratur austragen zu können.«

»Er selbst interessiert mich auch nicht mehr«, sagte Völker. »Warum auch: Ich bearbeite Leichensachen nur, wenn es sich um politische Attentate handelt. Und ich bearbeite sie ungern, weil ich dann mit Ihrem Freund Aschinger zusammenarbeiten muss.«

»C'est un mensonge!«, rief Aschinger, allerdings wenig erregt.

»Gut, ich gebe zu, das bisschen Handwerksarbeit der Mordleute schadet nicht. Aber zurück zu Rudolf von Stepanitz: Was ich herausfinden will, sind seine Verbindungen. Mit wem pflegte er Umgang? Wer hat ihn aufgehetzt? Ich will die Hintermänner.«

»Ich fürchte, es gab keine«, sagte Fontane.

»Fürchten Sie, was Sie wollen. Dieser Schmierfink war ein kleines Licht. Kleine Lichter haben immer Hintermänner.« Völker nahm einen mit steiler Schrift beschriebenen Bogen Papier zur Hand. »Ich habe eure Anfrage an meinen Krimi-

nalschutzmann Berg weitergeleitet, der sich um die Ausländer kümmert. Natürlich nicht er allein, er hat noch vier Männer zur Verfügung, aber auch das ist viel zu wenig. Seit Jahren liege ich dem Präsidenten in den Ohren, mir mehr Personal zu geben, aber von ihm gibt es bekanntlich nur gute Worte. So!« Er betrachtete das Blatt, als enthalte es für ihn vollkommen neue Informationen, und so ließ er seine Besucher eine Weile schmoren. »Ein Engländer, vielleicht auch Amerikaner, der zwischen 1862 und 1865 in Shanghai gewesen ist und heute in Berlin lebt? Richtig?«
Fontane und Aschinger bestätigten es.
»Was soll ich sagen? Es gibt nur zwei.«
»Nur zwei?«, vergewisserte sich Aschinger.
»Zwei britische Staatsangehörige, ja. Der eine heißt Richard Owen. Er handelt mit Textilien en gros und en detail, sein Lager mit angeschlossenem Ladengeschäft befindet sich in der Leipziger Straße. Er kam 1870 von London nach Berlin, nachdem er zuvor sieben Jahre im Chinahandel engagiert war. Ich vermute, dass hatte auch etwas mit Textilien zu tun und nicht mit dem Opium. Owen ist verheiratet mit einer gewissen Henriette Bartels, Tochter eines jüdischen Stofffabrikanten, mit der er zwei Kinder hat, beides Söhne. Seine Körpergröße beträgt in etwa fünfeinhalb Fuß, Haarfarbe dunkelblond, trägt keinen Bart. Über dem linken Auge befindet sich eine zirka einen Zoll lange Narbe. Owen sammelt kolorierte Drucke von nackten Mädchen. Weitere Fragen?«
»Woher wisst ihr das alles?«
Völker setzte ein überlegenes Lächeln auf und lehnte sich zurück.
»Es gibt Hauspersonal, mein Lieber, und es wird für gewöhnlich nicht sonderlich gut bezahlt«, erklärte er. »Der Kanzler hat seinen Reptilienfonds, um die Presse zu kaufen, wir haben einen, den wir Dienstmädchenfonds nennen. Wen wir kaufen, das überlasse ich eurer Phantasie.«

»Richard Owen also, Textilhändler in der Leipziger Straße.« Aschinger machte sich im Kopf eine Notiz. »Und der zweite?«
»Dazu darf ich nichts sagen.« Völker drehte das Blatt mit der beschriebenen Seite nach unten und verschränkte die Arme vor der Brust.
»Komm, Völker, wenn du schon einen Köder auswirfst, wollen wir auch die Angel sehen.«
»Staatsgeheimnis«, antwortete der.
»Himmelherrgott, wenn ich das schon höre!« Aschinger verdrehte die Augen. »Staatsgeheimnis! Dir ist doch klar, dass du damit unsere Neugierde nur noch mehr anfachst.«
»Das überrascht mich jetzt.« Völker stand auf. Sein umfangreicher Leib kam nun erst richtig zur Geltung. Mühsam schob er sich hinter seinem Schreibtisch hervor. »Ihr habt doch einen Augenblick Geduld? Mich ruft eine Pflicht.« Er stieß das auf dem Schreibtisch liegende Dokument mit dem Zeigefinger an und sorgte dafür, dass es zu Boden segelte, dann eilte er aus dem Raum. Aschinger stürzte sich auf den Bogen. Während er las, blickte Fontane ihm über die Schulter.
Die Angaben zu Richard Owen stimmten exakt mit dem überein, was ihnen Völker bereits mitgeteilt hatte. Darunter fand sich ein zweiter Eintrag:
William C. Burton, Botschaft des Königreichs Großbritannien, Wilhelmstraße, gesperrt.
»Ein Diplomat!«, rief Fontane.
»Damit habe ich nicht gerechnet«, sagte Aschinger. Es klopfte, und er ließ den Zettel sofort fallen. Völker kehrte zurück.
»Ach, was liegt denn da?« Er bückte sich nach dem Blatt, was ihm sichtlich schwerfiel, und hob es auf. »Oh, ein Staatsgeheimnis!« Mit Bedacht zerriss er den Zettel in kleine Schnipsel. »So, bedaure, ich muss an meine Arbeit.«

»Was bedeutet *gesperrt?*«, wollte Aschinger noch wissen.
»Dass das Central-Nachrichten-Bureau des Herrn Stieber zuständig ist«, sagte Völker mit säuerlicher Miene. »Schon von ihm gehört? Vor ungefähr dreißig Jahren war er am Berliner Kammergericht mit Ermittlungen gegen die politische Opposition befasst, aber als ihm ein Verfahren wegen der Misshandlung von Untersuchungshäftlingen und der Fälschung von Beweismitteln drohte, nahm er seinen Abschied. Irgendwann um 1850 tauchte er dann im Polizeipräsidium auf und kletterte mit beachtlicher Geschwindigkeit nach oben, denn schon 1853 wurde er Polizeidirektor und Chef der Sicherheitsabteilung, also eine Art Vorgänger von mir. Ich war damals gerade bei der Greiferei eingetreten und hatte die Ehre, mich mit der Unzucht befassen zu dürfen. Stieber bin ich höchstens einmal auf dem Flur begegnet. Alle waren überrascht, als er plötzlich in Pension geschickt wurde, aber mittlerweile weiß ich, dass es nur zum Schein geschah, damit er verdeckt ermitteln konnte. Er war es, der 1867 die Attentatspläne von Anton Bereszewski und Co. gegen König Wilhelm Eins aufdeckte. Dass das seine Carrière enorm beförderte, muss ich nicht erwähnen. Zuerst leitete er das General-Sicherheitscommissarium, nun ist er Chef des Central-Nachrichten-Bureaus. Ein Geheimdienstmann durch und durch, mein Bester.«
»Ein Konkurrent?«, wollte Aschinger wissen.
»Pah, mit uns kann man nicht konkurrieren. Seine Leute haben sich so sehr auf die Sozialdemokraten eingeschossen, dass sie alles andere aus dem Blick verloren haben. Aber für alle Fälle habe ich eine Akte über ihn angelegt.« Völker grinste.
»An einem solchen Mann werden wir uns wohl die Zähne ausbeißen.«
»Wenn es sich um Stieber handelt, kannst du jederzeit zu mir kommen.« Völker zwängte sich wieder hinter seinen Schreibtisch. »Und nun adieu, die Herren. Ich habe zu tun.«

»Natürlich.« Aschinger öffnete die Tür. »Verbindlichsten Dank.«
»Keine Ursache.«
Aschinger trat auf den Gang, Fontane folgte ihm.
»Moment noch, mein Herr!«
Fontane drehte sich um.
»Wir sprechen uns noch«, rief Völker, und wieder klang es wie eine Drohung.

Neuntes Kapitel

17. März 1874

Es war bereits weit nach Mitternacht, doch Fontane hielt sich noch immer im Polizeipräsidium am Molkenmarkt auf. Die Gasleuchten an den Wänden zischten, die Petroleumlampen auf den Schreibtischen trugen grüne Schirme und warfen nur einen Lichtkegel auf die Tischplatten, während vor dem Fenster, das zu einem Innenhof hinausging, die Dunkelheit stand wie eine Wand. Sie saßen im Bureau der Kriminalschutzleute, Aschinger kaute an einem Bleistift, Wittlich betrachtete seine Hände. Fontane ließ den Blick vom einen zum anderen gleiten.

»Also ein Diplomat«, sagte er nach einem langen Augenblick des Schweigens.

»Ziehen Sie keine voreiligen Schlüsse.« Aschinger warf den Bleistift auf den Schreibtisch. »Wir wissen noch nicht einmal, ob der distinguierte Gast des Rittmeisters überhaupt ein Engländer war oder ob er nur Englisch sprach. Im Falle jedoch, dass er tatsächlich von der Insel stammt, können wir nicht sagen, ob es sich um Owen oder Burton oder eine ganz andere Person gehandelt hat. Wittlich?«

»Ja, Kommissarius?«

»Holen Sie morgen, nein, heute das Dienstmädchen des Rittmeisters aus Tempelhof. Nehmen Sie Räder mit und zeigen Sie ihr erst einmal Richard Owen. Aber keine direkte Konfrontation, hören Sie?«

»Meine Ohren sind in Ordnung.«

»Gut. Wenn das zu nichts führt, stellen Sie sich vor die englische Botschaft. Das Mädchen soll sich jeden, der sie betritt oder verlässt, genau anschauen.«
»Wenn wir eine Photographie dieses Burton hätten ...«
»Wir haben aber keine«, sagte Aschinger unwirsch. »Sie müssen also neben warmer Kleidung vor allem Geduld mitbringen.«
Wittlich seufzte.
»Da haben wir uns etwas aufgeladen«, sagte Aschinger und nahm den Bleistift wieder in die Hand. »Ein Statistik treibender, duellfreudiger Geologe mit enormen Schulden, ein verrückter Schriftsteller – ich meine nicht Sie –, geheimnisvolle Liebesbriefe in chinesischer Manier, ein Mann von der britischen Gesandtschaft. Fehlt nur noch der Kanzler.«
»Hm«, machte Fontane bloß. Ein ungeheuerlicher Verdacht war ihm gekommen, den er selbst für wenig glaubwürdig hielt, und doch ... man konnte nicht wissen.
»Der Kanzler«, begann er. »Ich möchte Ihnen ein paar Worte der Exzellenz Radowitz wiedergeben.« Aschinger klopfte mit der Bleistiftspitze rhythmisch auf den Tisch, was Fontane ganz nervös machte. Trotzdem fuhr er fort: »Nach einem Hassartikel, in dem Rudolf Stepanitz Herrn von Radowitz persönlich angegriffen hat, bekam Bismarck einen Wutausbruch. Er zitierte Emily Brontë ...«
»Wer ist das?«
»Eine berühmte, schon mit dreißig verstorbene englische Schriftstellerin. *Wuthering Heights*, ihr bedeutendstes Werk. Kennen Sie nicht?«
»Nie gehört. Was heißt das?«, fragte Aschinger. Wittlich blickte auf die Uhr, gähnte, stand auf und langte nach Hut und Mantel.
»Der deutsche Titel ist *Sturmhöhe*. Anfang der Fünfziger erschien der Roman bei uns. Bismarck muss ihn gelesen haben ...«

»Erstaunlich. Mit der Beschlagnahme des Welfenvermögens, aus dem er den Reptilienfonds bildete, hat er ja nicht gerade große Liebe zu England bewiesen.«

»Die Literatur steht über der Politik«, sagte Fontane und gab damit eine tiefe Überzeugung preis.

»Doch nicht für Bismarck!« Aschinger verstärkte das Klopfen mit der Bleistiftspitze. »Aber gut, er hat also diese Engländerin gelesen, die heißt wie Ihre Frau. Enthält dieser Roman einen Aufruf zum Mord an den Gebrüdern Stepanitz?«

»Ach, Kommissar, Brücken bauen Sie mir nicht gerade.« Fontane streckte die Hand aus und erbat sich den Stift. Aschinger gab ihn nicht her, unterließ aber das Pochen. »Bei seinem Wutanfall zitierte Bismarck aus dem Werk. Einen Satz habe ich mir gemerkt: ›Je stärker ein Wurm sich windet, umso mehr verlangt es mich danach, ihm die Eingeweide zu zertreten!‹ Mit dem Wurm war Rudolf von Stepanitz gemeint.«

»Mein lieber Fontane«, sagte Aschinger und maskierte sich mit einem ebenso mitleidigen wie nachsichtigen Lächeln, »der enragierte Bismarck hat aus einem Buch zitiert, und nun halten Sie ihn für einen Mörder? Ich weiß schon, Sie denken nicht, dass der Kanzler in höchsteigener Person nachts durch die Gassen schleicht, den Dolch im Gewande. Er hat ja seine Gehilfen. Fontane, wachen Sie auf!«

»Ich bin hellwach. Lassen Sie mich einfach einen Gedanken entwickeln …«

»Bitte!« Aschinger machte eine generöse Geste mit der freien Hand.

»Bismarck hasste Stepanitz«, sagte Fontane. »Er hat mehrere Beleidigungsprozesse gegen ihn angestrengt und alle gewonnen. Doch Stepanitz ließ sich davon weder beeindrucken noch abschrecken. Fragt die Kriminalpolizei nicht immer, wem ein Verbrechen nützt? Dem Kanzler kommt der Tod von Rudolf zumindest nicht ungelegen.«

»Fontane, der Mann war für den Elefanten Bismarck nicht mehr als eine Mücke!«
»Die ihn immer wieder piesackte. Aber Sie haben recht, natürlich denke ich nicht, dass Bismarck auch nur den Auftrag erteilt hat, Stepanitz zu töten. Bei seinem Ausbruch war neben dem Geheimen Legationsrat von Radowitz auch Lothar Bucher zugegen. Sie wissen vielleicht, dass Bucher einst zur liberalen Opposition gehörte. Als mich das Kabinett Manteuffel nach London schickte, um dort eine halbamtliche deutsch-englische Correspondenz aufzubauen, geschah das mit dem ausdrücklichen Wunsch, ein Gegengewicht gegen Bucher zu schaffen. Nach der Amnestie von 1861 kehrte er nach Berlin zurück und schloss sich Bismarck an. Der Mann ist ein Wendehals.«
Aschinger musterte Fontane mit einem schwer zu deutenden Blick und ließ den Bleistift fallen.
»Gut, dieser Bucher ist also ein Wendehals – wie so viele andere auch. Waren Sie nicht selbst einmal ein Sympathisant der Revolutionäre, wie Völker sagte?«
Daran wurde Fontane nicht gern erinnert, er verzog unwillig das Gesicht.
»Ist lange her«, murmelte er, um dann mit lauterer Stimme fortzufahren: »Nach der Reichsgründung wurde Bucher zum Wirklichen Geheimen Legationsrat und Vortragenden Rat im Auswärtigen Amt ernannt. Nachdem Bismarck jedoch im letzten Herbst Herrn von Bülow zum Staatssekretär berief, hat sich an Buchers Position einiges verändert. Stellen Sie sich nur einmal vor, Bucher wollte sich lieb Kind bei Bismarck machen, indem er Rudolf von Stepanitz aus dem Weg räumen ließ.«
»Mein Gott«, stöhnte Aschinger, »Ihre Phantasie geht mit Ihnen durch. Ich sehe, dass Sie diesen Bucher nicht mögen. Ein enger Mitarbeiter des Kanzlers als Auftraggeber zweier Morde? Lassen Sie das bloß nicht Stieber hören. Oder Völ-

ker. Nicht einmal mich. Das verstößt nicht nur gegen den gesunden Menschenverstand. Fontane, Sie reden im Fieber.«
Der fühlte sich tatsächlich etwas fiebrig. Aber das hatte mit der Aufregung der letzten Stunden zu tun und kündigte keinen Katarrh an, wie er wenigstens hoffte.
»Die offenen Fragen sind mir natürlich bewusst«, sprach er trotzdem weiter. »Beispielsweise, warum der Rittmeister sterben musste?«
»Das ist nicht nur eine offene, dass ist überhaupt die entscheidende Frage. Ich gebe Ihnen einen Rat: Gehen Sie nach Hause, streuen Sie Lavendelblüten auf Ihr Bett und ruhen Sie sich aus. Da Sie nun doch wieder im Boot sind, möchte ich Sie um einen Gefallen bitten, und Ihre Frau noch dazu. Allerdings trage ich meine Bitte nur vor, wenn Sie sofort und augenblicklich Bucher und Bismarck vergessen.«

Nach der durchwachten Nacht wählte Fontane den späten Nachmittag, um sich mit Emilie auf den Weg zu machen. Darin bestand Aschingers Bitte: Er wollte, dass sie Louise von Stepanitz kondolierten – und ihr auf den Zahn fühlten. Gerade von der Anwesenheit einer Frau versprach sich der Kommissar etwas, das ein Kriminalbeamter schwerlich leisten konnte, nämlich der Trauernden die Zunge zu lösen.
Emilie missfiel, sich von der Polizei vor den Karren spannen zu lassen, aber es war ihr ein Herzensbedürfnis, der armen Frau beizustehen, und auch die Neugierde war als Antrieb nicht zu unterschätzen. Ohne großen Widerstand erklärte sie sich bereit, ihren Mann zu begleiten.
Auch Fontane fühlte sich nicht wohl in seiner Haut. Rudolf von Stepanitz hatte sie bei ihrem Teebesuch der Wohnung verwiesen, was seiner Gattin kaum entgangen sein durfte, und so rechnete er, sofern sie überhaupt vorgelassen wurden, mit deren Misstrauen. Vielleicht war sie aber auch froh über eine Ablenkung von ihrem Schmerz.

Mit klopfendem Herzen schellte er an der Wohnungstür. Es brauchte eine Weile, bis das Dienstmädchen öffnete, und als es das Paar erkannte, schob es die Tür bis auf einen Spalt wieder zu. »Sie wünschen?«
»Wir möchten der gnädigen Frau unser Beileid aussprechen«, sagte Fontane. Seine Stimme klang rau wie bei einer Erkältung.
»Bitte warten Sie.« Das Dienstmädchen schloss die Tür, ihre Schritte entfernten sich. Fontane wechselte einen Blick mit Emilie.
Drei, vier Minuten verstrichen, ohne dass etwas geschah. Fontane erwog bereits, das Unternehmen abzubrechen, aber da hörte er, wie sich die Schritte wieder näherten. Die Bedienstete öffnete die Tür nun einladend weit.
»Ich soll Sie bitten, ein wenig im Kleinen Salon zu verweilen«, sagte sie und komplimentierte die Besucher in das erste Zimmer, das links vom Flur abging. »Der Große Salon wird in der Woche nicht geheizt. Die gnädige Frau wird in Kürze bei Ihnen sein.«
»Danke«, entgegnete Fontane.
Der Raum, der Kleiner Salon genannt wurde, maß nicht einmal die Hälfte von jenem, in dem sie bei ihrer ersten Visite empfangen worden waren. Wie in gehobenen Bürgerhaushalten nicht unüblich, diente er offenbar den Alltagsbesuchen, während an den Wochenenden und zu besonderen Anlässen der Große Salon hergerichtet wurde. Es gab keinen Kamin, sondern einen schlichten Kachelofen ohne Zierrat. Fontane berührte ihn. Er war sehr heiß, was bedeutete, dass Louise von Stepanitz auf spontane Kondolenzen vorbereitet war.
Der Kleine Salon war nicht sonderlich aufwändig möbliert. Es gab einen runden Tisch mit vier Korbstühlen, die exakt in einem Neunzig-Grad-Winkel zueinander angeordnet waren, zwei Fauteuils beim Ofen, zwischen denen sich ein wei-

terer Tisch befand, eine Blumenetagere vor dem Fenster, zwei identische Vertikos mit Intarsien in den Türen, einen kleinen Sekretär, dessen Zweck an diesem Ort Geheimnis blieb, vor dem Sekretär einen Biedermeierstuhl, neben ihm eine Bodenvase mit chinesischem Dekor. In allen Vasen, denen auf der Etagere wie der auf dem türkischen Teppich, steckten Strohblumen.

Offenbar hatte Louise von Stepanitz ein Faible für das Florale, denn auch die Tapete trug ein Pflanzenmuster, allerdings mit Gewächsen, die in der Natur nicht vorkamen. Das Muster war dermaßen üppig, dass die gerahmten Photographien und die drei chinesischen Rollbilder in ihm nahezu untergingen. Fontane trat näher heran, um die Aufnahmen zu betrachten. Dabei musste er feststellen, dass es sich nicht etwa um Familien- oder Erinnerungsphotos handelte, sondern sozusagen um patriotisches Bildgut. Eine Photographie zeigte den Kaiser en face und in voller Montur, die zweite bildete ihn ab, wie er, umgeben von Honoratioren, irgendwo ein Band durchschnitt, die dritte stellte die Walhalla hoch über der Donau dar, die vierte und letzte die Berliner Siegessäule, die im September des letzten Jahres eingeweiht worden war. Fontane vermutete, dass der verstorbene Hausherr die Auswahl getroffen hatte, um weniger intimen Gästen seine nationale Gesinnung zu demonstrieren.

Auch die Rollbilder nahm er in Augenschein, zweifellos wie die Vase Mitbringsel des Rittmeisters, der kistenweise Chinoiserien nach Europa verschifft haben musste, um seine Anverwandten damit zu beglücken. Die ersten beiden enthielten eine flächig anmutende Phantasielandschaft mit nadelspitzen Bergen, nebligen Tälern und einzeln stehenden Bäumen. In der oberen linken Ecke befand sich jeweils ein roter Stempelaufdruck mit chinesischen Schriftzeichen.

Das dritte Kunstwerk war kein Rollbild, es imitierte ein solches nur. Die dargestellte Landschaft war ebenfalls der Einbildungskraft eines Künstlers entsprungen: Man sah das Brandenburger Tor vor einem Alpenmassiv, über dem gerade die Sonne aufging. Elegante Schriftzeichen, zu vier Zeilen geformt, nahmen jene Fläche ein, wo man eigentlich die Wipfel des Großen Tiergartens vermutete. Es waren deutsche Buchstaben, allerdings in asiatischer Manier verfremdet.

Fontane berührte das Papier, auf dem die Zeichnung ausgeführt worden war, und es schnürte ihm die Kehle zu: Es fühlte sich an wie das Reispapier der Liebesbriefe. Auch die Art der Kalligraphie glaubte er wiederzuerkennen.

»Emilie!«, sagte er leise. »Emilie, komm doch einmal her!«

Sie trat näher. »Was hast du denn?«

»Dieses Bild ... die Schrift ... wie die Briefe, die man im Schreibtisch des Rittmeisters fand.«

»Was sagst du?« Ungläubig betrachtete Emilie das Werk. »Das Brandenburger Tor vor einem Gebirge, was für ein Einfall!«

»Emilie, verstehst du nicht?«

»Du meinst, die Absenderin der Briefe hat auch dieses Bild gemalt?«

Fontane nickte.

»Aber das würde ja bedeuten ...« Emilie ergriff den Ärmel von Fontanes Rock, als müsse sie sich festhalten. »Nein, Théodore! Das hieße ... Frau von Stepanitz und ihr Schwager? Mein Gott ...«

Louise von Stepanitz trug Schwarz. Das einfach geschnittene, beinahe einem Kittel gleichende Kleid, die Strümpfe und die Schuhe, das Häubchen mit dem Schleier – alles war schwarz. Obwohl es nicht unhöflich war, bei einem Trauerfall die Gäste mit verhülltem Gesicht zu empfangen, hatte sie den Schleier gelüftet und präsentierte ihr schmales und bleiches Gesicht, das mit der Kleidung vornehm kontrastierte und ihr eine aristokratische Note verlieh. Die geschwollene Oberlippe und die zu stark gepuderte Nase hingegen zeigten, dass sie geweint haben musste oder zumindest diesen Eindruck erwecken wollte. Fontane wusste nicht zu sagen, wie man eine künstliche Schwellung der Lippen erzeugte – das gehörte wohl zu den viel beschworenen Geheimnissen der Frauen. Doch wollte er nichts unterstellen, vielleicht trauerte Frau von Stepanitz wirklich um ihren Mann. Oder um ihre Männer.

»Meine hochverehrte Dame«, sagte er, »ich möchte Ihnen mein unendliches Bedauern über den Tod Ihres Herrn Gatten aussprechen. Meine Frau und ich sind untröstlich.«

»Ich danke Ihnen.« Louise Stepanitz streckte die rechte Hand aus, Fontane beugte sich vor und hauchte einen Kuss auf den Handrücken. »Wünschen Sie Tee?«

»Wir möchten nicht, dass Sie sich Umstände machen«, sagte Emilie aus reiner Höflichkeit.

»Nehmen Sie doch Platz.« Die Hausherrin deutete auf die Korbstühle. »Sie sind von meinem Mann nicht gerade in Freundschaft geschieden, aber er hat mir nicht gesagt, was zwischen Ihnen vorgefallen ist.«

»Ein Missverständnis.« Fontane und Emilie setzten sich. »Ihr seliger Gatte glaubte allen Ernstes, dass ich ihn aushorchen wollte.«

»Für wen? Die Geheimpolizei?« Auch Louise von Stepanitz ließ sich in einem der Korbsessel nieder.

»Ich bitte Sie, liebe gnädige Frau, ich bin Schriftsteller.«

»Rudolf sagte oft, dass er zu gern wüsste, wie viele Schriftsteller eine Dotation von der Geheimpolizei erhalten. Ich bin sicher, dass ihn ein Schnüffler umgebracht hat.« Sie nestelte ein Spitzentuch aus dem Ärmel und umschloss es mit der Faust.

»Frau von Stepanitz«, sagte Fontane eindringlich, »unsere Anteilnahme am Tod Ihres Mannes und Ihres Schwagers

rührt einzig daher, dass wir mit den Wangenheims befreundet sind. Glauben Sie nicht, dass es uns nahegeht, wenn Verwandte unserer Freunde eines so grausamen Todes sterben?«
»Ich weiß nicht mehr, was ich glauben soll. Wem kann man heutzutage noch vertrauen?«
Das Dienstmädchen brachte den Tee. Sie stellte drei Tassen auf den Tisch, die Kanne, eine Zuckerdose und ein Milchkännchen. Das Teeservice war, kaum überraschend, aus chinesischem Porzellan. Als das Mädchen eingießen wollte, schickte die Hausherrin sie fort und übernahm es selbst, die Tassen zu füllen.
»Das ist ja wunderschön!«, lobte Emilie das hauchzarte Geschirr. Auf allen Teilen des Services spazierten Kurtisanen mit Sonnenschirmen und auf hohem Kothurn durch Bambushaine.
Louise Stepanitz versuchte ein Lächeln.
»Ein Geschenk von Johann«, sagte sie. Auch das kam nicht unerwartet.
»China«, sagte Fontane, »das muss ein großes Abenteuer für Ihren Schwager gewesen sein.«
»Wie Sie sich vorstellen können.«
»Ihr ehrenwerter Gatte sagte uns, dass er sich auch sehr mit den chinesischen Künsten befasst hat …«
»Ja, Johann hatte sehr vielseitige Interessen.« Frau von Stepanitz nahm einen Schluck.
»Malte er nicht auch?«
»Nicht dass ich wüsste.«
»Aber Sie?« Fontane beugte sich vor und suchte den Blick seines Vis-à-vis. »Malen und kalligraphieren Sie?«
Obwohl das eine scheinbar harmlose Frage war, reagierte Louise Stepanitz mit unverhohlenem Entsetzen. Ihr Oberkörper richtete sich auf, ihre Faust öffnete sich, sie ließ das Taschentuch fallen. Ihre Augen suchten einen Halt, irrten

über den Tisch, hefteten sich an die Teekanne. Unter der dicken Puderschicht begannen ihre Wangen rot zu leuchten.
»Théodore«, mahnte Emilie, »bedenke doch bitte den Zustand …«
Aber Fontane wollte den Zustand ihrer Gastgeberin nicht bedenken. Er hatte sie in die Enge getrieben, ohne zu erwarten, dass es ihm so rasch gelingen würde. Auf jeden Fall hatte Frau von Stepanitz etwas zu verbergen, und das gedachte er auszunutzen.
»Ich begreife nicht, warum Sie das wissen wollen«, sagte sie, nachdem sie sich ein wenig gefangen hatte. Fontane war überzeugt, dass sie sehr wohl begriff; ihr musste klar sein, dass man die Briefe gefunden hatte. Es wäre besser für sie gewesen, wenn sie das Blatt aus Reispapier von der Wand entfernt oder den Kleinen Salon für einige Zeit zugesperrt hätte.
»Sie haben da ein interessantes Bild vom Brandenburger Tor.« Fontane deutete hinter sich zur Wand. »Mich beeindruckt vor allem die Schrift.«
»So?« Louise von Stepanitz' Teint wurde noch roter. Ihre Augen füllten sich mit Tränen.
»Ja. Sie erinnert mich an gewisse Briefe, die man im Schreibtisch Ihres Schwagers fand.«
»Ich …« Sie beugte sich vor, hob das Spitzentuch vom Teppich auf und presste es sich auf den Mund. »Johann hat die Zeichnung verfertigt. Auch die Schrift …« Durch das Tuch klang ihre Stimme gedämpft.
»Verehrte Frau von Stepanitz«, sagte Fontane, »die Briefe, die man gefunden hat, waren die Liebesbriefe einer Frau. Sie benutzte die Namen antiker Götter als Kosenamen … oder zur Tarnung.«
Die Witwe gab ein Geräusch von sich, das schwer zu deuten war: Es konnte ein Stöhnen sein, ein Schluchzen, ein Wim-

mern. Die Tränen hatten nun freie Bahn, bildeten Rinnsale im Puder auf den Wangen und sammelten sich am Kinn. Emilie stieß ihren Mann in die Seite und flüsterte: »Sei nicht grausam, Théodore! Sie leidet schon genug.«

»Ich … ja, ich habe …«, stammelte die Frau, »Sie können das nicht verstehen.«

»Wenn Sie mir nicht sagen, was ich verstehen soll, kann ich es tatsächlich nicht«, erwiderte Fontane.

»Mein Mann«, hob sie an, doch dann überwältigten sie ihre Gefühle. Hemmungslos schluchzend erhob sie sich, verließ aber nicht wie erwartet den Salon, sondern trat ans Fenster und blickte hinaus. Vermutlich fiel es ihr leichter, mit dem Rücken zu ihrem Inquisitor zu sprechen. »Was wissen Sie von meinem Mann?«

»Er führte einen immer verbisseneren publizistischen Kampf gegen Bismarck und dessen Politik gegenüber dem Zentrum und jenen Katholiken, die man gern Ultramontane nennt«, sagte Fontane. »Je aussichtsloser dieser Kampf wurde, umso hasserfüllter wurden seine Attacken.«

»Das haben Sie gut formuliert.« Louise von Stepanitz fuhr sich mit dem Taschentuch über das Gesicht. Ihre Schultern bebten. »Dieser Kampf füllte sein Leben aus, jede Stunde. Er dachte an nichts anderes, sprach von nichts anderem. Ich hatte keinen Mann mehr, Monsieur. Seine ganze Leidenschaft galt dem Kanzler. Ich wurde ihm von Tag zu Tag gleichgültiger.«

»Und deshalb haben Sie Ihren Mann betrogen?«

»Théodore!«, sagte Emilie scharf.

Die Witwe fuhr herum. »Ich habe ihn betrogen, sagen Sie? Nicht er auch mich? Mit seiner Verbohrtheit, seiner … ja, seiner Manie? Jede Frau sehnt sich nach Liebe, Anerkennung, Zuwendung und Geborgenheit. Aber das Heim, in dem ich meine Tage verbringen muss, weil ich eine Frau bin, dieses Heim, durch das mein Mann tobte wie ein Berserker, das war kein Heim mehr, sondern ein Gefängnis. Ich war eingesperrt in den Wahn meines Mannes! Natürlich machte ich Besuche und lud Freundinnen zum Jour fixe. Nach und nach blieben sie jedoch aus, weil sie Rudolfs Vorträge nicht mehr ertragen konnten. Und mit ihnen verschwanden auch die Gegeneinladungen. Rudolf zog mich mit in den Abgrund. Zuerst mied man ihn, dann auch mich – wie eine Aussätzige.«

Fontane war aufgebracht. Er, der selbst zur Eifersucht neigte, hatte nur ein geringes Verständnis für Frauen, die eine außereheliche Liebschaft unterhielten. »Und weil Sie Liebe, Anerkennung, Zuwendung und Geborgenheit suchten, warfen Sie sich Ihrem Schwager in die Arme?«

»Théodore, ich bitte dich!«

»Ja, ja, ja.« Frau von Stepanitz stampfte mit dem Fuß auf den Boden. »Ich warf mich in seine Arme, weil diese Arme offen waren.«

»Ehebruch ist unverzeihlich«, sagte Fontane.

»Théodore, noch ein solcher Vorwurf und ich gehe!«, drohte Emilie.

Die Witwe kehrte zum Teetisch zurück und setzte sich wieder. Sie war noch aufgewühlt, schien aber bereit zu einem umfassenden Bekenntnis.

»Ich weiß, dass Ehebruch eine verachtenswerte Tat ist«, sagte sie. Ihre Stimme zitterte. »Ich weiß auch, dass Rudolf, wäre er dahintergekommen, mich verstoßen hätte und ich als ehrloses Weib ohne Geld und ohne Heim in der Gosse geendet wäre. Während man einem Mann seine Seitensprünge nachsieht. Ist das gerecht? Was ist das für eine Moral, die Männer zu Göttern macht und Frauen zu Sklavinnen? Ihr Männer geht euren Geschäften nach, besucht eure Clubs und Zirkel, habt überall die Macht: im Gewerbeleben, im Parlament, in den Ämtern, zu Hause. Und uns Frauen, was bleibt uns? Das Nähkästchen.«

»Und der Verrat«, fügte Fontane hinzu. Emilie sah ihn wütend an, stand auf, umrundete den Tisch, ging neben Frau von Stepanitz in die Hocke, ergriff deren Rechte und umfasste sie mit beiden Händen.

»Er ist ein Mann«, sagte sie. »Die einzigen Leiden, für die er Mitgefühl aufbringt, sind seine eigenen.«

»Emilie!«, rief Fontane ungehalten.

»Wir verlassen Sie jetzt«, sagte sie, ohne ihn zu beachten. »Doch wenn ich etwas für Sie tun kann ...«

»Nein, bleiben Sie.« Die Witwe bedachte Emilie mit einem kleinen Lächeln und entzog ihr dann die Hand. »Sie sollen alles erfahren. Ich bin froh, es mir endlich einmal von der Seele reden zu können. Und wenn Ihr Mann einen Roman daraus macht, ist es mir egal.«

»Ich habe nicht vor ...«

»Schweig, Théodore!«

»Ich liebte Johann schon lange«, begann Louise Stepanitz ihre Beichte, während Emilie zu ihrem Stuhl zurückkehrte. »Ich habe diese Liebe unterdrückt, aber je mehr sich mein Mann in einen Teufel verwandelte, desto schwerer fiel es mir. Eines Tages, irgendwann im Sommer vor zwei Jahren, habe ich mich Johann entdeckt. Ich wusste, dass auch er mich liebt. Seit unserer Jugend.« Sie nickte. »Ja, seit der Jugend«, wiederholte sie versonnen.

In Fontanes Erinnerung regte sich etwas. Eine kleine, verborgene Tür ging auf, ein Lichtstrahl fiel heraus, und in diesem Licht erschien ein unauffälliger Satz, eine nebensächliche Bemerkung, die irgendjemand vor einiger Zeit gemacht hatte.

»Wie Sie sagten: Ich warf mich ihm in die Arme«, fuhr die zweifache Witwe fort. »Er mietete am Stadtrand ein Zimmer für uns, unseren Liebestempel, wie wir es nannten. Es war mir ein Leichtes, unter Vorwänden die Wohnung zu verlassen, denn mein Gatte nahm mich ohnehin kaum wahr – oder nur als Auditorium für seine Hasstiraden. Ich verbrachte manche Stunde in unserem Tempel, wo mich Johann in die Geheimnisse der chinesischen Kalligraphie einführte. Es waren die schönsten Stunden meines Lebens: Ich lernte unter der Anleitung eines geliebten Mannes die edle Schrift eines uns so fremden Volkes. Und ich lernte, was es heißt, begehrt zu werden.«

»Kein Wort!«, herrschte Emilie ihren Mann an, als sie bemerkte, dass das Wort *Begehren* aus dem Mund einer Frau sofort Widerspruch in ihm auslöste. »Verzeihen Sie«, sagte sie zu Louise.

Fontane grübelte noch immer über jenen Nebensatz nach, den unlängst jemand fallen gelassen hatte. Er sah einen Schlitten vor sich, keinen eigentlichen Schlitten, sondern einen umfunktionierten Landauer – und da hatte er es. Beinahe wäre er in die Höhe geschossen, aber er blieb sitzen und schwieg.

»Sie haben also diese Liebesbriefe geschrieben«, sagte Emilie mit sanfter Stimme.

»Ja. Ich habe mir mit ihnen viel Mühe gegeben. Sie waren der Beweis meiner Liebe. Wenn ich sie schrieb … wenn ich sie mit der Feder zeichnete, empfand ich eine große Nähe zu Johann. Ich muss einräumen, dass die künstliche Manier auch unserem Schutz dienen sollte, etwa vor neugierigem Personal; darum auch die Verwendung antiker Namen.«

»Es war eine Art Versteckspiel?«, fragte Emilie.

»Eine Art Versteckspiel, ja. Ein sehr erregendes Spiel, auch ein Spiel mit dem Feuer. In meiner Ehe war ich zum Eisblock erstarrt. Im Feuer der Leidenschaft und im Feuer dieses Spiels taute ich endlich auf.«

»Sind Sie denn wirklich sicher, dass Ihr Mann nichts von dieser … Liaison mitbekommen hat?«, fragte Fontane.

»Absolut. Hätte Rudolf davon erfahren, hätte das seine Eitelkeit dermaßen affiziert, dass er mich sofort zur Rede

gestellt hätte. Da er es nicht tat, konnte er nichts davon wissen.«
»Liebe Frau von Stepanitz«, Emilie war bewegt, »und dann geschah dieser abscheuliche Mord. Das muss für Sie … Ich wage gar nicht, es mir auszumalen.«
»Es war schrecklich. Nächtelang habe ich nur geweint. Dann erstarrte ich wieder.«
»Können Sie sich noch an den zweiundzwanzigsten Februar erinnern?«, wollte Fontane wissen.
»Was für eine Frage! Natürlich kann ich das. Diesen Tag werde ich niemals vergessen.«
»Wann haben Sie von Johanns Tod erfahren?«
»Am nächsten Morgen kam dieser Kommissar. Aber es ist nicht allein Johanns Tod, an den ich denke. Am Abend des zweiundzwanzigsten Februar kam er zu uns. Er war sehr erregt und hatte eine fürchterliche Auseinandersetzung mit Rudolf. Die beiden stritten über Politik, über Rudolfs Aufsätze. Ich möchte sagen, sie stritten, im übertragenen Sinne, bis aufs Blut.«

Um Fontane den Weg ins Polizeipräsidium zu ersparen, vielleicht aber auch, um Emilie mit Komplimenten zu überhäufen und eine Einladung zum Sonntagsbraten zu ergattern, erschien Aschinger am Abend in der Potsdamer Straße. Emilie empfing ihn kühl, doch sie gab keinerlei Erklärung dazu ab und geleitete ihn ins Arbeitszimmer. Aschinger nahm dort auf dem Sofa Platz zwischen Bücher- und Kleiderschrank, Fontane setzte sich ihm gegenüber auf einen Stuhl und ging, nachdem er sich nach dem Befinden des Kommissars erkundigt hatte, medias in res. Aschinger hörte zu, ohne ihn zu unterbrechen.
»Der Rittmeister als Liebhaber seiner Schwägerin, das gibt unserem Casus eine delikate Note. Wäre das nicht ein Romanstoff?«, sagte er schließlich.

»Darüber zerbreche ich mir auch den Kopf«, entgegnete Fontane. »Vernachlässigte Gattinnen spielen in unserem Fall ja eine erhebliche Rolle, und nun auch noch ein Ehebruch. Einen Titel habe ich bereits: *L'Adultera.*« Er warf einen sehnsüchtigen Blick zum Schreibtisch. »Aber es kommt noch besser. Am Abend des Todes von Johann von Stepanitz gab es einen heftigen Streit zwischen den Brüdern.«

»Wegen des Ehebruchs? Nach Ihren Ausführungen erscheint mir nämlich der Schluss nicht zu gewagt, dass Rudolf davon gewusst hat. Deshalb seine wirren Reden auf der Kutschfahrt in den Tod: Er ist Frau und Bruder auf die Schliche gekommen, und es war der Ehebruch, den er der Mutter hinterbringen wollte.«

»Ein bisschen spät, finden Sie nicht? Johann war schon tot.«

»Er war betrunken, mein Lieber. In diesem Zustand kämpft man leicht gegen Schatten der Vergangenheit.«

»Mag sein. Trotzdem muss ich Sie enttäuschen. Nicht der Verrat war Gegenstand des Streits, sondern Rudolfs Artikel. Mit anderen Worten, der Rittmeister hat ihn vom Zaun gebrochen. Er erschien wutentbrannt in Rudolfs Wohnung, um ihn sofort mit Vorhaltungen zu überfallen. Dessen politische Schriften würden seiner Karriere beim Statistischen Bureau schaden, er sei eigentlich für einen höheren Posten vorgesehen gewesen, aber bei einem solchen Bruder, habe der Herr Ministerialdirigent gesagt, könne er der Beförderung nicht zustimmen.«

»Das ist allerdings ein Grund für rasenden Zorn.« Aschinger nickte. Sein Magen begann zu knurren.

»So denke ich auch. Haben Sie Hunger?«

»Ich habe praktisch seit dem Frühstück nichts gegessen.«

»Emilie steht sicher schon in der Küche«, Fontane lächelte, »denn wenn Sie kommen, überschlägt sie sich förmlich.«

»Das muss sie nicht.«

»Sie tut es gern.« Fontane räusperte sich. »Der Streit an jenem Abend muss furchtbar eskaliert sein, denn am Ende bedrohte der Rittmeister seinen Bruder sogar mit dem Tod. Dann ist er, noch erregter als zuvor, aus der Wohnung gestürzt. Seine Frau sagt, Rudolf habe sich in sein Kabinett zurückgezogen und sei die ganze Nacht nicht herausgekommen.«

»Kann er sich nicht genauso gut auf leisen Sohlen aus der ja recht großen Wohnung geschlichen haben? Natürlich unbemerkt durch den Dienstboteneingang? Und dann ist er dem Rittmeister gefolgt – um ihn zu beruhigen, um sich zu rechtfertigen, um die Auseinandersetzung fortzusetzen, was weiß ich.«

»Sie erwägen ernsthaft, dass Rudolf seinen Bruder erstochen haben könnte?« Fontane hatte selbst daran gedacht, war aber unschlüssig, ob ein solcher Verdacht nicht zu weit hergeholt war. Der jüngere Stepanitz hätte nicht den geringsten Nutzen von einer solchen Tat gehabt – es sei denn, er hätte doch etwas vom Ehebruch seiner Frau gewusst.

»Sie haben wieder gestritten, und Rudolf war zweifellos ein Choleriker«, fuhr Aschinger fort. »Ein Wort gab das andere, Rudolf zog einen Dolch, ohne es eigentlich zu wollen. Da er immer in seinem Schatten stand, hat er Johann möglicherweise gehasst. Wäre das so unwahrscheinlich?«

Fontane zuckte mit den Schultern.

»Ich weiß nicht recht. Können Sie sich vorstellen, dass Rudolf immer ein Messer bei sich trug? Denn wenn nicht, muss er eins eingesteckt haben, und das würde Vorsatz bedeuten.«

»Fühlte er sich nicht von der Geheimpolizei verfolgt und von Spitzeln umgeben? Es könnte doch sein, dass er nie ohne Waffe aus dem Haus ging. Die Frage ist nun also«, stellte Aschinger fest, »wer hat dann Rudolf auf dem Gewissen? Wer könnte den Rittmeister gerächt haben?«

»Rudolfs Frau?«, schlug Fontane vor. Er stand auf.
»Machen Sie sich nicht lächerlich. Wohin?«
»Ich schaue mal nach Emilie«, erwiderte Fontane.
»Nicht nötig. Der Hunger ist verflogen. Wohl dank Ihrer interessanten Nachrichten. Dafür haben Sie etwas verdient: meine Neuigkeiten.« Aschinger lächelte und begann: »Wittlich und Räder waren heute mit dem Dienstmädchen des Rittmeisters unterwegs, und sie kamen schnell zu einem Resultat. Ad eins: Der Textilienkaufmann Owen ist nicht der distinguierte Engländer. Ad zwei: Geschlagene vier Stunden drückten sie sich in der Nähe der britischen Botschaft herum, bis endlich ein feiner Pinkel das Gebäude in der Wilhelmstraße verließ. Das Mädchen geriet sofort in helle Aufregung. Das war also unser Mann: William C. Burton.«
»Woher wissen Sie das? Trug er ein Namensschild?«
»Fontane, mein Lieber«, Aschinger schnaubte verächtlich, »wir sind doch nicht dumm. Räder hängte sich an den Mann, aber das brachte uns nicht weiter; er unternahm nur einen kurzen Spaziergang im Tiergarten. Wittlich seinerseits brachte das Mädchen zu Völker. Gemeinsam beschrieben sie den Herrn, und wie ich erwartet hatte, zauberte Völker ein Signalement aus dem Schreibtisch.«
»Aber«, Fontane beugte sich gespannt vor, »Burton ist doch gesperrt!«
»Sie kennen Völker. Wenn er Stiebers Truppe eins auswischen kann, setzt er Himmel und Hölle in Bewegung. Natürlich weiß er mehr über den Zweiten Gesandtschaftssekretär William Burton, als er preisgibt. Und nun haben wir sein Interesse erst recht entfacht. Johann Friedrichs ominöser Freund macht keinen Schritt mehr ohne zwei, drei Schatten.«
Aschinger erhob sich vom Sofa. »Die Pflicht ruft.«
»Ich muss Sie gleichwohl bitten, mir noch einen Augenblick Gehör zu schenken«, sagte Fontane.

Der Kommissar blieb stehen.
»Ich möchte noch einmal zu dem Ehebruch zurückkehren.«
»Ich wusste doch, das ist ein Thema für einen Schriftsteller.«
»Es handelt sich um eine Begebenheit aus der Vergangenheit aller Akteure«, erklärte Fontane. »Der alte Herr von Stepanitz hat so eine Andeutung gemacht, nämlich dass Rudolf und Johann in ihrer Jugend in ein und dasselbe Mädchen verliebt gewesen sind. Als ich Frau von Stepanitz darauf ansprach, sagte sie mir, dass sie dieses Mädchen gewesen sei. Es ist eine alte Geschichte. Rudolf machte schließlich das Rennen, als Johann fern der Heimat in China weilte. Es war damals jedoch noch ein Dritter im Bunde.« Fontane legte eine bedeutungsvolle Pause ein.
»Ein Dritter?«, fragte Aschinger denn auch gehorsam.
»Der Sohn des Verwalters. Auch er liebte Louise von Wolf.«
Der Kommissar runzelte die Stirn.
»Wie heißt er?«
»Franz Bachmann. Er studiert in Berlin.«
Aschinger überlegte kurz, bevor er sagte: »Nie gehört.«
»Woher auch? Ich weiß nicht, ob diese Jahre zurückliegende jugendliche *affaire d'amour* überhaupt eine Bedeutung hat.« Fontane ließ Aschinger nicht aus den Augen. »Nur eines stimmt mich bedenklich: Franz ist groß und schlank.«
»Ach?«, sagte Aschinger nur und setzte sich wieder.

Zehntes Kapitel

18. März 1874

Das Auswärtige Amt residierte unter zwei Adressen in der Wilhelmstraße, in den Nummern 61 und 76. Einem ungeschriebenen Gesetz folgend, suchten Aschinger und Fontane zuerst das falsche Gebäude auf. Der Kommissar hatte Fontane gebeten, ihn zu einer Visite beim Geheimen Legationsrat von Radowitz zu begleiten, da er Seine Exzellenz kenne und man sich so langwierige Erklärungen sparen könne.

Von Numero 61 schickte man sie zu Numero 76. Im Erdgeschoss dieses mehr oder minder repräsentativen Bauwerks war die Abteilung A untergebracht, das politische Departement. Joseph Maria von Radowitz residierte in unmittelbarer Nähe des Herrn von Bülow, und es war nicht einfach, zu ihm durchzudringen. Obgleich sie angemeldet waren, musste Aschinger nicht nur seinen Polizeiausweis, sondern seine ganze Beredsamkeit aufbieten, bis ein Staatsdiener sich bereitfand, sie in ein Wartezimmer zu geleiten. Der Bedienstete erklärte, Seine Exzellenz konferiere mit Seiner Exzellenz, dem Herrn Staatssekretär, und Seiner Exzellenz, dem Herrn Bucher, man möge sich gedulden. Er kontrollierte, ob alle Türen zu den Heiligen Hallen verschlossen waren, dann ließ er die Besucher allein.

»Na, Fontane«, wollte Aschinger wissen, »haben Sie sich die Exzellenzen Bismarck und Bucher aus dem Kopf geschlagen?«

»Ich sage nur: Cui bono? Wer zieht einen Nutzen aus Rudolfs Tod? Ruhe ist die erste Bürgerpflicht, und der jüngere Stepanitz hat die Ruhe genannter Exzellenzen empfindlich gestört.«

»Sie haben ein einmaliges Talent, sich in Absurditäten zu verrennen.« Aschinger schüttelte den Kopf.

»Halten Sie es nach wie vor für möglich, dass Rudolf seinen Bruder getötet hat?«

»Hm«, brummte Aschinger nur. Dann wurden sie vorgelassen. Von Radowitz öffnete selbst die Tür zu seinem Bureau. Nach Austausch der üblichen Höflichkeiten bat er sie in einen kleinen Raum mit nur einem Fenster, der die Bezeichnung Heilige Hallen Lügen strafte, und wies ihnen zwei Stühle an, die schon bessere Zeiten gesehen hatten. Neben der Tür zum Wartezimmer ging noch eine zweite von dieser Besenkammer ab, die zum Büro des Staatssekretärs führte. Dass dies nicht nur ein Vorteil für Radowitz, sondern vor allem ein Mangel war, stellte sich schnell heraus, denn jeder der Räte der Abteilung musste den Raum durchqueren, wenn er von Bülow vortragen wollte.

»Bei Ihnen, Exzellenz, ist es ja noch beengter als im Polizeipräsidium«, platzte Aschinger heraus.

»Ja, in der Tat.« Radowitz lächelte flüchtig. »Nach der Reichseinigung mussten schnell Provisorien für die Behörden geschaffen werden. Ich arbeite aber gern in einem dieser Notbehelfe in der Hoffnung, dass wenigstens das Reich kein Provisorium ist. Und so sieht es ja nicht aus. Womit kann ich Ihnen dienen, Kommissar?«

Aschinger referierte, zweimal von hindurcheilenden Herren unterbrochen, die Erkenntnisse bezüglich des Rittmeisters und seines Umganges mit dem britischen Diplomaten. Radowitz lauschte mit interessierter und, wie Fontane scheinen wollte, sogar alarmierter Miene, und nachdem der Kommissar geendet hatte, schwieg er eine Weile. Ohne Zweifel war ihm William C. Burton bekannt, und das bestätigte er auch. »Dieser Mister Burton ist mir eher in unangenehmer Erinnerung«, sagte er. »Ich habe zwar nur noch ein flüchtiges Bild von seinem Aussehen, aber wenn ich mich nicht täusche, stand er in Shanghai in dem Ruch, im Verein mit englischen Missionaren an Waffenverkäufen an die Taiping-Rebellen beteiligt gewesen zu sein. Unter der Führung eines zum Christentum konvertierten Chinesen namens Hong Xiuquan führten die Aufständischen einen regelrechten Krieg gegen das Kaisertum der Qing-Dynastie, der fast fünfzehn Jahre dauerte. Dass der Führer der Rebellen behauptete, Christ zu sein, erklärt die Unterstützung der Missionare. Andererseits wurde der Aufstand auch durch britische Truppen bekämpft. Ich durchschaue bis heute nicht diese Januskköpfigkeit, aber vielleicht befolgten die Engländer nur das allbekannte, aber oft genug gescheiterte Prinzip des Divide et impera.«

Aschinger warf einen raschen Blick zu Fontane, den diese Enthüllungen einigermaßen zu erschüttern schienen.

»Burton ein Waffenschmuggler? Das lässt unseren Fall unter Umständen in einem völlig neuen Licht erscheinen.«

»Ich kann es nicht mit Bestimmtheit sagen«, erwiderte Radowitz, »denn ein Verdacht ist noch kein Beweis. Und dieser Gentleman ist Zweiter Gesandtschaftssekretär der englischen Botschaft?«

»Wussten Sie das nicht?«

Der Legationsrat schüttelte den Kopf.

»Nein, das wusste ich nicht. Für die Akkreditierung von Diplomaten bin ich nicht zuständig. Ich muss natürlich Herrn von Bülow von der Sachlage in Kenntnis setzen, ebenso das Central-Nachrichten-Bureau.«

»Exzellenz«, Aschinger rutschte unruhig auf seinem Stuhl hin und her, »halten Sie es für möglich, dass Johann Friedrich von Stepanitz in diesen Waffenhandel verstrickt war?

Nach unserer Theorie hat er Burton in Shanghai kennengelernt.«

»Ich könnte Ihnen jetzt eine diplomatische Antwort geben, aber ich will offen sein.« Radowitz langte nach einem Tintenfass und begann es aufzuschrauben. Die Finger der rechten Hand waren seltsam verkrümmt, und es sah aus, als könne er sie nicht mehr strecken. Fontane, der die verkrüppelte Hand bei der Begegnung im Salon der Wangenheims nicht bemerkt hatte, starrte sie unwillkürlich an. Als der Rat seinen Blick bemerkte, sagte er nüchtern: »Eine Folge des Eisenbahnunfalls. Beim Schreiben sehr hinderlich.« Er zwängte eine Feder zwischen die missgestalteten Finger und tunkte die Spitze in die Tinte. »Seit meinen Aufenthalten im Ausland, namentlich in China, halte ich Dinge für möglich, die einem im Traum nicht einfallen. Aber auch Ereignisse in Deutschland, denken Sie an den Gründerkrach, belehren uns, dass Geld den Charakter verdirbt. Ich kann mir über die finanziellen Verhältnisse des Stepanitz kein Urteil erlauben, weder über seine seinerzeitigen noch über seine späteren. Aber nicht nur die Armen tanzen ums Goldene Kalb, sondern häufig auch jene, die es gar nicht nötig haben. Wer nichts hat, will etwas, und wer etwas hat, will mehr.«

»Dieser Waffenhandel hatte also weder mit Religion noch mit Patriotismus zu tun?«, fragte Fontane

»Bewahre! Es ging den Schmugglern einzig um Geld.« Radowitz machte Notizen auf einem Blatt, was ihm sichtlich schwerfiel. Abermals betrat ein Beamter das Bureau, nickte den Anwesenden zu, klopfte an die Tür des Staatssekretärs und verschwand in dessen Kabinett. Wenig später drang Stimmengemurmel aus dem Nebenraum.

»Wir werden Mister Burton ein wenig auf die Zehen treten müssen«, sagte Aschinger.

»Das lassen Sie besser bleiben. Der Mann gehört einer Gesandtschaft an. Er ist tabu für Sie, so leid mir das tut. Außerdem denke ich, dass Stieber und seine Männer zuständig sind. Auch die dürfen ihn nicht verhören, aber sie können schauen, was er treibt.«

Aschinger stieß einen Seufzer aus: »Wie ein solcher Mann nur Diplomat werden kann …«

»Was meinen Sie, wie viele Ganoven und Schufte sich im Auswärtigen Dienst tummeln, die mit Billigung ihrer Regierung oder auch auf eigene Rechnung die unglaublichsten Geschäfte machen. Ich möchte meine Wenigkeit ausnehmen«, abermals glitt ein Lächeln über Radowitz' Gesicht, »aber ob Sie mir glauben?«

»Exzellenz, Sie sind über jeden Zweifel erhaben«, sagte Aschinger rasch.

»Sie wollen wohl Carrière machen?«

»Dem möchte ich undiplomatisch erwidern.«

»Nur zu!«

»Ich bin auf der Karriereleiter auf der Sprosse angekommen, auf der ich bleiben möchte«, erklärte Aschinger nicht ohne Stolz. »Denn die Leute auf den Posten über mir …«

»Ja.« Der Geheime Legationsrat von Radowitz schaute zur Tür seines Chefs. »Ich verstehe Sie.«

Aschinger hatte beschlossen, die Wohnung des Rittmeisters, sofern sie nicht schon vermietet war, noch einmal einer gründlichen Durchsuchung zu unterziehen: das Oberste zuunterst kehren, hieß das mit seinen Worten. Er schickte einen Droschkenkutscher zum Molkenmarkt mit dem Auftrag, Wittlich und Räder von dort abzuholen, und nahm für sich und Fontane ebenfalls eine Kalesche, die sie ans Kronprinzenufer brachte. »Die Sache nimmt immer ungeheuerlichere Dimensionen an«, stöhnte Aschinger auf der Fahrt dorthin. »Nun auch noch ein Waffenschmuggel in China.«

»Hoffen Sie ernsthaft, auf Dokumente zu stoßen, die eine Verwicklung des Rittmeisters beweisen?«, fragte Fontane.

»Ich weiß nicht.« Aschinger hob die Schultern. »Die Hoffnung stirbt zuletzt, nicht wahr? Entweder hat Burton sich nach Jahren wieder mit von Stepanitz ins Benehmen gesetzt, oder der Kontakt ist überhaupt nie abgebrochen. In seiner Wohnung hat Burton den Rittmeister aber erstmals in der Vorweihnachtszeit aufgesucht, danach dann häufiger. Das muss etwas zu bedeuten haben.«
»Vielleicht eine offene Rechnung?«, spekulierte Fontane. »Die Stepanitz schließlich mit dem Leben beglich? Ich gestehe, dass meine Gedanken in diese Richtung irren.«
Sie hatten Glück, die Wohnung war weder vermietet noch schon ausgeräumt. Hauswart Pulvermüller mit seiner unvermeidlichen Joppe und Weinfahne öffnete ihnen die Tür. Auf den ersten Blick erschien alles unverändert, nur der Geruch hatte sich gewandelt: Die Räumen waren seit Wochen nicht gelüftet worden, und es roch muffig und nach verdorbenen Alimentarien. Nachdem Aschinger den Verwalter gebeten hatte, vor dem Haus auf das Eintreffen weiterer Kriminalbeamter zu warten und diese hinaufzugeleiten, begab er sich schnurstracks ins Arbeitszimmer. Dort machte er sich am Schreibtisch zu schaffen, während Fontane die Daguerreotypien an den Wänden in Augenschein nahm, eine Beschäftigung, die er in den vergangenen Tagen und Wochen an verschiedenen Orten mehrfach wiederholt hatte, mit mehr oder minder großem Erfolg. Zu sehen bekam er das Übliche, Aufnahmen des Gutshauses, der Eltern und des Bruders (das Glas hatte einen Sprung, wohl die Folge eines Wutausbruches), Bilder aus China, allerdings ohne ein einziges europäisches Gesicht.
Alles was Aschinger aus den Schubladen zutage förderte, legte er erst einmal auf die Tischplatte. Als Wittlich und Räder auftauchten, erhielten sie den Auftrag, sämtliche Bücher durchzublättern. Es versetzte Fontane einen Stich ins Herz, als er sie dabei beobachtete, wie sie Band um Band aus den

Regalen nahmen, sie mit dem Seitenschnitt nach unten hielten und sie in der Erwartung durchschüttelten, irgendetwas möge herausfallen. Aus dem einen oder anderen fiel tatsächlich etwas: Lesezeichen, eine unbeschriebene Ansichtskarte aus Karlsbad, eine Rechnung der Delikatessenhandlung *Sanssouci.*

»Oh!«, rief Räder plötzlich. Alle Blicke richteten sich auf ihn. Er hatte soeben den zweiten Band der Traktate des Bernhard von Siena in die Hand genommen und präsentierte den Kopfschnitt. Zwischen den Seiten klemmte ein Bleistift.

»Aufschlagen!«, befahl Aschinger, der am Schreibtisch saß und sich anschickte, den Deckel einer Zigarrenkiste anzuheben. Er stand auf und trat, wie Wittlich und Fontane, neben den Kriminalschutzmann. Räder öffnete das Buch. Der Rittmeister hatte auf der rechten Seite einen Absatz angestrichen.

»Vorlesen!«

Das bereitete Räder einige Mühe, und er las nicht Wort für Wort, sondern Silbe für Silbe: »Novi personam, quae dum contemplabatur humanitem Christi pendentis in cruce (pudet dicere et horrendum est etiam cogitare) sensualiter et turpiter polluebatur et foedabatur.«

»Tja, Latein war nie meine Stärke«, sagte Aschinger. »Wie ist es mit Ihnen, Fontane?«

»Dito.«

»Lassen Sie uns mit vereinten Kräften versuchen, es zu übersetzen.« Aschinger ließ seinen Blick über die Buchrücken gleiten. »»Irgendwo gibt es sicher ein Wörterbuch.«

»Ich brauche auch eine Grammatik«, räumte Fontane ein.

Aschinger nickte und studierte Titel für Titel.

»Dort!« Er zeigte in die dritte Regalreihe von oben. »Neben der ersten Lieferung des *Grand dictionnaire universel du XIX. siècle* von Larousse.«

Fontane, Wittlich und Räder schauten in die gewiesene Richtung. Das Werk des französischen Enzyklopädisten, ab 1864 im Druck, war noch nicht abgeschlossen, doch der Rittmeister schien von ihm besessen zu haben, was schon auf dem Markt war. Neben dem ersten Band befanden sich Wörterbücher der Sprachen Englisch, Französisch, Griechisch und, Gott sei Dank, auch Latein, nebst einer Schulgrammatik, wie Fontane sie von Theo kannte. Aschinger musste sich auf die Zehenspitzen stellen, um an die beiden Bücher zu gelangen. Nachdem er sie erreicht hatte, nahm er auch die Zigarrenkiste an sich und zog sich mit Fontane in den Salon zurück, nicht ohne zuvor Wittlich und Räder die Anweisung zu erteilen, nach dem Durchforsten der Bibliothek den Teppich beiseitezurollen und alle Dielen herauszubrechen.

Die Übersetzung aus der Abhandlung *De inspirationibus* gelang überraschend schnell. Fontane schrieb sie mit dem Bleistift des Rittmeisters in das Notizbuch, das er immer bei sich hatte, und trug sie schließlich mit nicht geringem Stolz laut vor: »Ich weiß von einer Person, die, während sie über die Menschlichkeit Christi am Kreuz meditierte (schändlich es auszusprechen, ja entsetzlich schon die Vorstellung), sinnlich und abscheulich sich ergoss und sich selbst befleckte.«

»Aha«, sagte Aschinger, »da haben wir also die Quelle der Beleidigung des Barons von Mohr. Selbst wenn er jemandes Ehre kränken wollte, schmückte sich der Herr Rittmeister und Mensch a. D. mit fremden Federn.«

»Aber es beweist, dass Johann von Stepanitz ein belesener und gebildeter Mensch war«, entgegnete Fontane, »der schon als Student schwierige lateinische Texte las.«

»Und? Passt das etwa nicht zu einem Aufschneider und Hochstapler? Mit ein paar solcher Zitate kann man Eindruck schinden, oder?«

»Dieses Zitat ist für einen solchen Zweck wohl eher ungeeignet«, merkte Fontane an.

»Wie auch immer«, Aschinger tippte auf das aufgeschlagene Buch, »offenbar hat er es seit seinen Studententagen nicht mehr angerührt, denn ansonsten hätte sich der Bleistift kaum mehr zwischen den Seiten befunden. Es sei denn, er hatte diesen Satz des Bernhard von Siena noch für andere Gelegenheiten reserviert.«
»Ein starkes Geschütz ist es auf jeden Fall.«
Aschinger nickte, dann widmete er sich der Zigarrenkiste. »Ich habe schon einmal in sie hineingeschaut, die in ihr befindlichen Dinge aber als nebensächlich abgetan«, sagte er. »Wir waren vielleicht zu sehr von dem Geheimfach angetan und haben übersehen, dass die beste Möglichkeit, geheime Papiere zu verbergen, darin besteht, sie offen herumliegen zu lassen.« Er öffnete den Deckel. »Ja, meine Erinnerung trügt mich nicht. Noch mehr photographische Aufnahmen. Das wird immer mehr zur Manie: Die Leute glauben doch tatsächlich, dass die Kamera sie unsterblich machen kann.« Ein Bild nach dem anderen nahm er heraus, betrachtete es und gab es an Fontane weiter.
Alle möglichen Banalitäten waren festgehalten: ein Badeurlaub mit Seebrücke, ein Badeurlaub ohne Seebrücke, ein Kuraufenthalt mit Trinkbrunnen, eine zünftige Wanderung vor der Kulisse erhabener Berggipfel, die Lokomotive eines Zuges. Immer war Johann von Stepanitz allein gewesen, wenn man von dem Photographen oder der Photographin absah. Er posierte mit dem üblichen gezwungenen Lächeln, einen Spazierstock unter dem Arm, sogar am Strand.
Andere Aufnahmen waren in Neuendammen gemacht worden. Das Herrenhaus, der Park, der Tempietto, die dilettantischen Wandmalereien im Entree, der Salon – nichts war der Dokumentationswut entgangen, außer den Menschen, die in dem Haus lebten. Der Betrachter gewann den Eindruck, als wäre das Schloss verlassen und stünde mitsamt den Mobilien zum Verkauf.

Nur bei einem Bild, dem letzten, das Aschinger der Kiste entnahm, verkehrte sich der Anschein in sein Gegenteil: Hier war es eine große Gesellschaft, die sich auf die Platte hatte bannen lassen. Unzweifelhaft handelte es sich um eine Hochzeitsgesellschaft, denn die beiden Personen im Zentrum waren unschwer als Braut und Bräutigam zu erkennen. Da der Photograph offenbar von der Absicht getrieben war, neben den Feiernden auch das ganze Schloss abzubilden, waren die Köpfe der Menschen so klein, dass man sie kaum zu unterscheiden vermochte. Fontane bedauerte, nicht die Lupe seines Sohnes Theo bei sich zu haben, der Postmarken sammelte und sie gern in Vergrößerung betrachtete.
Fontane drehte das Lichtbild um. Wie er gehofft hatte, war die Rückseite mit Tinte beschriftet. *René und Louise heiraten*, stand dort. *Monplaisir, 25. Oktober 1866.*
Aschinger schaute ihn gespannt an. Bevor er jedoch etwas sagen konnte, betrat Wittlich den Raum. Er hielt zwei Briefbögen in der Hand, mit denen er in der Luft wedelte.
»Was haben Sie, Wittlich?«, wollte der Kommissar wissen.
»Briefentwürfe. Sie steckten in der Goethe-Werkausgabe.«
»Und was macht diese Entwürfe so interessant?«
»Dass sie an den Herrn von Radowitz gerichtet sind«, sagte Wittlich. »Sie enthalten die Bitte des Rittmeisters, dem Legationsrat seine Aufwartung machen zu dürfen.«

»Seltsam, seltsam«, sagte Aschinger. Er hatte die Wohnung seinen Mitarbeitern überlassen und befand sich mit Fontane auf dem Weg ins Präsidium. Alle Photographien, auch die von den Wänden, hatte er kurzerhand eingesteckt. »Es hat den Anschein, als hätte Johann von Stepanitz in den Wochen vor seinem Ende versucht, alte Beziehungen wiederherzustellen. Er lädt sich quasi zu den Wangenheims ein, er entwirft Briefe an Radowitz ... Wie soll ich das nennen? Seinen Schwanengesang?«

»Das würde bedeuten, dass er seinen Tod vorausgeahnt hat«, meinte Fontane.
»Vielleicht weil Burton ihn bedrohte?«
»Aber warum hat er die Entwürfe versteckt?«
Aschinger breitete ratlos die Arme aus.
Die Mietkutsche hatte den Molkenmarkt erreicht. Aschinger sprang als Erster hinaus. Er bezahlte den Kutscher, dann ging es wieder durch die langen, verwinkelten und düsteren Gänge zu seinem Arbeitszimmer. Bevor sie es betreten konnten, passte sie ein Amtsdiener ab. Er hatte vor dem Bureau gewartet und überbrachte eine kurze Nachricht von Völker: Aschinger möge sich umgehend beim Chef der Politischen Abteilung einfinden.
»Der Mann ist schneller, als die Polizei erlaubt«, sagte Aschinger ernst. »Bestimmt weiß er schon mehr über Burton, als der von sich selbst.«
Entgegen seiner Gewohnheit hockte Völker nicht am Schreibtisch, sondern er stand. Zu allem Überfluss kam er mit einem katzenfreundlichen Gesichtsausdruck auf sie zu. Er baute sich vor Aschinger auf und fragte: »Ihr wart heute im Auswärtigen Amt?«
»Bei Seiner Exzellenz von Radowitz, ja.«
»Oh, man verkehrt in höchsten Kreisen.« Völker maß seine Besucher mit spöttischer Miene. »Dass man sich überhaupt noch in diese Niederungen herablässt … Was ist denn ein Kommissar neben einem Geheimen Legationsrat?« Schlagartig wurde er ernst. »Aschinger, ich frage mich, ob du noch zu retten bist? Wie konntest du es wagen, von Radowitz nach Burton zu fragen?«
»Das gehört zu meinen Ermittlungen.«
»Nein!« Völkers Stimme wurde schrill. »Das gehört, wenn überhaupt, zu *meinen* Ermittlungen. Gebricht es dir an Einbildungskraft? Aber du hast doch dein Hündchen dabei, das als Schriftsteller über Phantasie verfügen sollte.«

»Also, Hündchen …«, setzte Fontane zu einem Protest an.
»Ruhe, jetzt rede ich!«, donnerte Völker. »War euch denn nicht klar, dass Radowitz sofort seinen Vorgesetzten und das Central-Nachrichten-Bureau verständigen wird?«
»Doch, das hat er sogar angekündigt«, sagte Aschinger, die Ruhe selbst.
»O heilige Einfalt!« Völker hob demonstrativ die Arme zur Zimmerdecke. »Ihr habt mich Stieber auf dem Silbertablett serviert, und der Hund lässt nichts unversucht, mir eins auszuwischen. War euch nicht ebenfalls klar, dass sofort die Frage aufs Tapet kommt, woher ihr von Burton überhaupt wusstet? Erinnert euch an den Sperrvermerk! Stieber musste nur eins und eins zusammenzählen. Das kann er …«
»Du hast Ärger bekommen«, folgerte Aschinger.
»Ärger?« Völker stampfte zu seinem Schreibtisch zurück. »Das ist eine sehr verharmlosende Bezeichnung. Der Polizeipräsident hat mich vor zwei Stunden zu sich zitiert und mir dermaßen den Kopf gewaschen, es ist ein Wunder, dass ich überhaupt noch Haare habe.« Seufzend ließ er sich auf seinem Drehstuhl nieder. »Ich gebe zu, dass hin und wieder die Sehnsucht nach frühzeitigem Ruhestand meinen Bettzipfel nässt, aber doch jetzt noch nicht! Ich habe eine Familie zu ernähren.«
Aschinger riss die Augen auf. »Du hast was?«
»Eine Familie.«
»Wie? Eine Frau, Kinder?«
»Was dachtest du? Rinder und Schafe?«
»Aber«, stotterte Aschinger, den diese Eröffnung kalt erfasste, »du bist doch vierundzwanzig Stunden am Tag im Präsidium.«
»Sechsundzwanzig Stunden.« Völker grinste. »Ich erwecke zumindest den Eindruck. Deshalb bekomme ich auch öfter Gehaltserhöhungen als du. Die nächste kann ich natürlich vergessen. Na, Schwamm drüber.« Er schlug eine Akte auf

und zog ein Formular heraus, dessen unbedruckte Rückseite mit flüchtigen Notizen beschrieben war. »Indem er mich beim Präsidenten verzinkt hat, hat Stieber einen großen Fehler gemacht. Bisher mochte ich ihn bloß nicht, jetzt sind wir Feinde. Obwohl es dir an Phantasie mangelt, Aschinger, kannst du dir sicher vorstellen, dass ich einen Mann bei diesem sauberen Herrn platziert habe, der mich über jeden seiner Schritte informiert. Eine kleine Frauenaffäre, und er stürzt in den Orkus. Man braucht kein Central-Nachrichten-Bureau, solange es einen Völker gibt. Basta! So, was haben wir denn hier?« Er tippte auf seine Niederschrift. »Ach ja! Ich glaube, das wird euch interessieren. Mister William C. Burton befindet sich auf Reisen.«
»Heim nach Engelland?«, fragte Aschinger enttäuscht.
»Nein«, sagte Völker gedehnt. »Er hat heute Vormittag am Ostbahnhof den Schnellzug nach Bromberg bestiegen.«
»Nach Bromberg?«, rief Fontane. »Aber mit diesem Zug bin ich nach Cüstrin gefahren.«
Völker zielte mit dem Finger nach Fontanes Brust. »Der Mann aus meiner Truppe, der sich ihm an die Fersen geheftet hat, ist ihm weiter gefolgt. Vor ungefähr einer Stunde bekam ich ein Telegramm. Burton ist in Bromberg eingetroffen.«
»Und was will er dort?«, fragte Aschinger.
»Hellsehen kann ich nicht.«
»Bromberg.« Aschinger wandte sich an Fontane. »Hat irgendeine der Figuren auf unserem Schachbrett etwas mit dieser Stadt zu tun?«
»Nicht dass ich wüsste.«
»Vielleicht will er sich die Fachwerkspeicher anschauen und am Bromberger Kanal entlangwandeln«, schlug Völker vor.
»Ganz bestimmt. Als ehemaliger Waffenschmuggler hat er zweifellos eine romantische Ader«, sagte Aschinger.
»Wieso ehemaliger?«, fragte Völker und blinkerte mit den Lidern.

Zurückgekehrt in Aschingers Bureau, erbat sich Fontane eine Lupe. Der Kommissar gestattete ihm, im Raum der Kriminalschutzmänner, die alle ausgeflogen waren, einen Schreibtisch mit Beschlag zu belegen, auf den er die Aufnahme von der Hochzeit legte. Gründlich nahm er jede der abgebildeten Personen in Augenschein, beobachtet von Aschinger, der ihm gegenübersaß und grübelte.
Die Hochzeitsgesellschaft bestand aus Menschen jeden Alters, vom Kind bis zum Greis, die allermeisten Gäste waren Fontane unbekannt; vermutlich handelte es sich um Verwandte und Bekannte sowie um Abgesandte der umliegenden Güter. Das Brautpaar im Zentrum war am besten zu erkennen: Rudolf von Stepanitz lächelte etwas schief, Louise von Wolf blickte ernst. Auf der Stufe hinter ihnen standen die Eltern des Bräutigams und vermutlich seine Schwiegereltern, und auch ihr Lächeln wirkte gezwungen.
Der Gutsverwalter und sein Sohn, der eine Ulanenuniform trug, nahmen die äußerste linke Ecke des Bildes ein. Sie standen zu ebener Erde, und es war nicht ganz einfach, den Ausdruck auf ihren Gesichtern zu deuten. Fontane starrte angespannt durch das Vergrößerungsglas.
Für die Miene des Verwalters fand er nur ein Wort: neutral. Franz Bachmann jedoch richtete seinen Blick zu den Brautleuten, und trotz der schlechten Qualität der Aufnahme glaubte Fontane Hass oder Neid in seinen Zügen zu lesen.
»Hier!«, sagte er zu Aschinger. Der stand auf, trat neben ihn und beugte sich vor. Fontane reichte ihm die Lupe. »Das ist der Sohn des Verwalters. Sehen Sie ihn sich genau an.«
Aschinger nahm die Photographie in die Hand und betrachtete sie längere Zeit, ohne ein Wort zu verlieren. Schließlich legte er Aufnahme und Glas auf den Schreibtisch und verschränkte die Arme vor der Brust.
»Der junge Mann scheint nicht sehr glücklich mit der Hochzeit zu sein«, sagte er.

»Sie teilen also meinen Eindruck?«
»Wenn Sie auch diesen Eindruck haben, ja, ich teile ihn.«
»Franz war in Louise verliebt«, sagte Fontane. »So wie Johann und Rudolf auch.«
»Doch es war Rudolf, der das Wild erlegte«, sagte Aschinger.
»Wie Sie reden!« Fontane schüttelte den Kopf.
»Eifersucht? Das klassischste Motiv von allen?«
»Es sind acht Jahre seit der Hochzeit vergangen.«
»Lassen Sie sich von einem alten Kriminaler sagen: Manche Menschen schleppen ihre Eifersucht ein Lebtag mit sich herum. Fontane, auch dieser Sache sollten wir auf den Grund gehen.« Aschinger schob die Photographie in eine Enveloppe. »Ich werde Wittlich auf diesen Franz ansetzen; er soll alles über ihn herausfinden, was es herauszufinden gibt. Sind Sie momentan sehr beschäftigt?«
»Wie meinen Sie das?«
»Nun, schreiben Sie gerade an Ihrem Opus magnum?«
Fontane war nicht sicher, ob ihn der Kommissar auf den Arm nehmen wollte, daher schwieg er sicherheitshalber.
»Also nicht. Dann begleiten Sie mich doch morgen nach Neuendammen«, sagte Aschinger und steckte das Kuvert in sein Jaquette.

Elftes Kapitel

19. März 1874

Fontane hatte schon wieder ein Déjà-vu, nur dass diesmal Aschinger neben ihm in dem Schlitten saß, der sie durch die noch immer schneebedeckten Felder, durch die Wälder und Gründe nach Neuendammen brachte, und auch der Kutscher war ein anderer. Emilie war von dieser Reise alles andere als begeistert gewesen, und selbst Fontanes Hinweis, dass die preußische Polizei für die Kosten aufkam, vermochte sie kaum zu versöhnen.

In Schloss *Monplaisir* herrschte eine Stimmung wie im Totenhaus. Die gnädige Frau ließ sich überhaupt nicht blicken, weil sie es seit dem Erhalt der Nachricht von der Ermordung des zweiten Sohnes nicht nur mit den Nerven, sondern auch mit dem Herzen hatte; der alte Stepanitz hatte sogar eine Krankenschwester aus Cüstrin kommen lassen, die die Leidende umsorgte.

Das aschfahle Gesicht des Hausherrn wirkte teigig, blauschwarze Ringe hatten sich um seine Augen gebildet, sein Kinn zitterte greisenhaft: Zeichen tiefer Trauer, vor allem aber durchwachter Nächte. Im Salon war es kalt, der Kamin nicht geheizt. Fontane hatte das Gefühl, einer Familie bei ihrem Untergang zuzuschauen.

Aschinger setzte alles daran, dem Gutsbesitzer so viel wie möglich von der Wahrheit zu ersparen, ohne direkt lügen zu müssen. So verschwieg er den Ehebruch der Schwiegertochter mit Johann, lenkte aber das eher tröpfelnde Gespräch

dann doch auf die Hochzeit. Er legte das Kuvert mit der Photographie auf den Rauchtisch, ließ es allerdings noch verschlossen.
»Lassen Sie unsere Gedanken in die Vergangenheit schweifen, Herr von Stepanitz«, begann er behutsam. »Stimmt es, dass Ihre beiden Söhne, Gott habe sie selig, als junge Männer in Louise von Wolf verliebt waren?«
In den müden Augen des alten Mannes blitzte sogleich Misstrauen auf. »Ja, aber was hat denn das mit ihrem Tod zu tun?«
»Nichts«, erwiderte Aschinger. »Sie wissen doch, dass wir versuchen, alles über das Leben der … Opfer in Erfahrung zu bringen. Es ist so eine Art polizeilicher Komplettierungswahn, wenn Sie gestatten.«
»Das war damals nichts als jugendlicher Ungestüm«, sagte von Stepanitz. »Sie schwärmten für Louise, die sehr hübsch war. Vielleicht keine alles übertrumpfende Attraktion, aber Sie wissen ja«, ein kurzes schmerzliches Lächeln, »selbst die hässlichste Frau hat immer noch sieben Schönheiten.«
»Also waren sie verliebt?«
»Man verschenkt in diesem Alter schnell sein Herz, und ebenso rasch nimmt man das Geschenk wieder zurück. Die Mädchen und Frauen erscheinen einem geheimnisvoll, bevor man später erkennt, dass das *mystère des femmes* nichts weiter ist als Hysterie, Nervenleiden und manchmal Bleichsucht. Die Schwärmerei geht rasch vorbei.«
»Zumindest bei Rudolf hat sie ernstere Formen angenommen«, sagte Aschinger. »Er nahm schließlich Louise zur Frau.«
»Allerdings. Ich habe diese Ehe angebahnt. Die Wolfs besitzen ein Rittergut in der Nähe von Landsberg.«
»Ach.« Aschinger hob eine Augenbraue. »Es war eine Vernunftehe statt einer Liebesheirat?«
»Es war beides.«

»Und wie hat Johann Friedrich diese Hochzeit aufgefasst?«
»Jean?« Stepanitz' Kinn zitterte stärker. »Er hatte andere Dinge im Kopf, war gerade aus China zurück und hatte seinen Militärdienst begonnen. Aber was soll das alles?«
Aschinger konterte mit einer Gegenfrage: »War er eifersüchtig?«
»Das kann ich mir nicht vorstellen. Außerdem, Sie glauben doch nicht, dass Eifersucht ...?«
»Keinesfalls.« Aschinger machte eine begütigende Geste. »Ich muss zugeben, dass wir im Dunkeln tappen und nach jedem Strohhalm greifen. Bitte haben Sie Nachsicht.«
»Gewährt«, sagte von Stepanitz militärisch knapp.
»Da war noch ein Dritter im Bund der Verliebten?«
»Sie meinen Franz? Ja, er teilte die Leidenschaft seiner Freunde, denn ich kann mit Fug und Recht behaupten, dass meine Söhne und er befreundet waren. Standesschranken haben mich nie interessiert. Wissen Sie, Herr Kommissar, ich kann mir gut vorstellen, wie die drei Jungen am Bach hockten, die Füße im Wasser und den Kopf im Himmel. Wie sie träumten. Wie sie über die Mädchen im Allgemeinen sprachen und über Louise im Besonderen.« Wieder ein Lächeln, ein noch traurigeres. »Die Leidenschaften der Jungen verfliegen so schnell wie die Jugend selbst und machen der Pflicht und der Gewohnheit Platz.«
»Also auch bei Franz bemerkten Sie keine Spur von Eifersucht?« Aschinger öffnete das Kuvert und zog das Hochzeitsbild heraus. Auch ein Vergrößerungsglas hatte er dabei. Er holte es aus seiner Ledertasche, die er neben sich auf dem Boden abgestellt hatte, und reichte beides dem Gutsherrn. »Betrachten Sie genau diese Aufnahme«, bat er, »insonderheit Franz am linken Bildrand. Was erkennen Sie?«
Gottlieb Arnulf von Stepanitz, Neumärker Zuckerrübengutbesitzer und nunmehr verwaister Vater, hielt das Bild schräg in das durch die hohen Fenster einfallende Licht. Er

studierte es längere Zeit, ließ es dann langsam in den Schoß sinken und legte die Lupe auf den Tisch. Das Beben seines Kinns war so heftig geworden, dass Fontane Mitleid mit ihm bekam und wegschaute.

»Nun?«, fragte Aschinger.

»Es sieht tatsächlich aus … Wenn ich den Ausdruck von Franz richtig deute … Ich glaube, Sie haben recht.«

»Womit?«

»Ich glaube, ich habe soeben wahre Eifersucht gesehen.«

Der Gutsherr sank in sich zusammen und wirkte plötzlich erschreckend klein. »Mutmaßen Sie etwa, dass Franz …?« Ihm fehlte die Kraft, den Satz zu vollenden.

Aschinger hob fragend die Arme.

Der Gutsinspektor und seine Frau bewohnten ein außerhalb der Mauer gelegenes ehemaliges Torhaus, das durch den altrosa Anstrich seine Zugehörigkeit zum Schlossensemble verriet.

Von außen wirkte das Haus klein, und so war Fontane überrascht, dass Bachmann ihn und den Kommissar in einer guten Stube von beachtlichen Ausmaßen empfing. Sessel, Ottomane, Anrichte und Stollenschrank, der Teppich und die Tapete kündeten nicht gerade von Reichtum, aber alles war blitzsauer und bewies die Sorgfalt der Hausfrau. Diese erbot sich, Kaffee zu kochen, während der Verwalter seinen Gästen einen Platz anwies.

Fontane hatte sich nicht getäuscht: Die langen Wimpern und die ebenfalls lange, schmale Nase, die ihm bei Franz aufgefallen waren, hatte er von der Mutter geerbt. Ihr Mann überragte sie um anderthalb Haupteslängen, der hohe Wuchs war also dem Vater zu verdanken.

Aschinger kam schnell zur Sache, indem er ankündigte, dass man sich über Franz unterhalten wolle. Wie erwartet, erschreckte das die Eltern. Um sie zu beruhigen, griff der

Kommissar auch hier auf die Begründung zurück, die Polizei müsse möglichst viel über die Opfer in Erfahrung bringen, und Franz sei nun einmal mit den Gebrüdern Stepanitz von Jugend auf befreundet gewesen.

»Das ist wahr«, sagte Bachmann. »Herr von Stepanitz hat unseren Jungen fast wie einen Sohn behandelt. Schon von klein auf sind die drei ein Herz und eine Seele gewesen. Wir haben sie immer ›das Kleeblatt‹ genannt.«

»Franz war schon früh ein Bücherwurm«, ergänzte die Frau. »Der Herr hat ihm erlaubt, sich aus der Bibliothek im Schloss zu bedienen. Das hat ihm sehr gut getan und seinen Geist geweckt.«

»Er studiert, nicht wahr?«, fragte Aschinger. Beide Eltern nickten. »Und was?«

»Etwas, das einem Kind aus bürgerlichen Verhältnissen beim Aufstieg nützlich sein kann«, erwiderte der Vater, »Jurisprudenz. Wir wünschen uns, dass er in den Staatsdienst eintritt.«

»Er studiert recht spät?«

»Die Einigungskriege habe ihn immer wieder … nun, ich will nicht sagen, zurückgeworfen. Es war ja seine patriotische Pflicht, an ihnen teilzunehmen.« Bachmann drehte seine leere Tasse in den Händen. »Nach der Reifeprüfung ging er für drei Jahre zu den Ulanen. Dann kam 1864 der Krieg gegen Dänemark, und kaum dass er zurück war und Zeit fand, sich für seine Studien zu präparieren, folgte 1866 der gegen Österreich. Danach hat er sich endlich an der Berliner Universität einschreiben können.«

»Aber warum studiert er immer noch?«

»Wissen Sie, wie anspruchsvoll die Jurisprudenz ist?«

»Ich kann es mir vorstellen«, sagte Aschinger.

»1870 waren die Abschlussexamen schon in greifbare Nähe gerückt«, fuhr Bachmann fort. »Und dann? Wieder Krieg!«

»Franz war in Frankreich und hat dort tapfer für Deutschland gekämpft«, sagte die Mutter. »Er wurde sogar verwundet. Wir sind sehr stolz auf ihn.«

»Ja, das sind wir«, bestätigte Bachmann. »Den Sieg erlebte Franz leider im Lazarett. Drei Monate musste er dort verbringen, und danach habe ich ihn auf eine Erholungsreise geschickt. Er hat diese Reise immer eine Kopie der Grand Tour für Herrensöhne genannt.« Bachmann lächelte versonnen.

»Im Ausland hat es ihm nicht gefallen«, ergänzte die Mutter. »Er war froh, als er wieder in Deutschland war.«

»Seit seiner Jugend ist er ein glänzender Patriot«, erklärte Bachmann. »In Berlin gehört er der schlagenden Studentenverbindung Fortuna Germania an. Für Sie muss es klingen, als wollte ich mich mit ihm brüsten, aber auch als Student leistet er Außerordentliches. Er musste allerdings erst einmal einiges nachholen. In ein paar Wochen wird er aber seine letzten Examina ablegen, und dann heißt er ›Herr Referendar‹.«

»Das freut mich für Sie.« Aschinger setzte ein verbindliches Lächeln auf. »Wissen Sie, ob er sich mit Johann oder Rudolf getroffen hat? Sie waren Freunde, lebten in einer Stadt …«

Gutsverwalter Bachmann blickte zu seiner Frau, die den Kopf schüttelte.

»Er hat nie davon gesprochen«, sagte er dann. »Was uns manchmal gewundert hat.«

»Na ja«, Frau Bachmann schenkte Kaffee ein, »die gnädige Frau hat uns oft erzählt, dass Jean sehr, sehr viel arbeiten muss. Er arbeitete im höchsten Staatsdienst, rangierte gleich nach dem Minister. Und Rudolf, den sie immer René genannt hat …« Sie hob mit einer beinahe mutlos wirkenden Geste die Hände.

»Was ist mit ihm?« Das verbindliche Lächeln war aus Aschingers Gesicht verschwunden.

»Die Herrschaften waren seinetwegen oft verzweifelt. Diese Angriffe auf Fürst Bismarck – niemand hat sie verstanden.

Was hat ihn bloß geritten, Herr Kommissar? Auch wir können es uns nicht erklären.«

»Und Franz? Als Patriot und Student der Jurisprudenz hatte er doch sicher auch eine Meinung.«

»Er hat Rudolf verachtet«, sagte Bachmann. »Für ihn offenbarte sich in dessen Geschreibsel – so hat er es genannt – eine vaterlandsfeindliche Gesinnung. Gott, was mussten wir uns alles anhören! Wir haben immer gesagt: Franz, Rudolf ist von Kindesbeinen dein Freund. Versuche doch, ihn zu überzeugen. Aber wenn sie überhaupt miteinander gesprochen haben, war das wohl vergebliche Liebesmüh, denn Rudolf wurde immer verbissener.«

Aschinger stellte seine Kaffeetasse auf den Tisch. »Was hat Franz denn gesagt über seinen früheren Freund?«

»Dass er ein Vaterlandsverräter ist und ein Spion des Heiligen Stuhls.«

»Das sind harsche Worte«, bemerkte Fontane.

»Ich habe mir auch verbeten, dass er in diesem Ton über Rudolf spricht«, sagte Bachmann. Seine Wangen glühten. »Nicht immer hat er mein Verbot respektiert, vor allem nicht, wenn wieder ein Artikel von Rudolf erschienen war. Das brachte ihn geradezu in Rage. Er ist ein leidenschaftlicher Mensch, Herr Kommissar. Ich meine, er hat für Deutschland seine Haut zu Markte getragen. Es ist doch nur zu begreiflich, dass ihm Rudolfs ultramontane Gesinnung zutiefst zuwider war.«

»Selbstverständlich.« Aschinger sah von Vater zu Mutter. »Korrespondieren Sie mit ihm?«

»Wir bekommen einmal im Monat einen Brief«, entgegnete Frau Bachmann. »Er schreibt so schön. Viel über Politik, das ist wahr. Wir antworten ihm immer sofort, wobei ich mehr die mütterlichen Fragen stelle … Sie wissen schon, ob er ordentlich isst und nicht zu viel studiert … Zur Politik äußert sich mein Mann.«

»Was halten Sie davon, ihm einmal einen Brief außer der Reihe zu schreiben? Würde ihn eine solche Surprise nicht freuen?«
Fontane schaute Aschinger fragend an. Er wusste nicht, was der Kommissar bezweckte, ja, er ahnte es nicht einmal.
»Ja, ich denke … Gewiss, freuen würde er sich wohl.« Frau Bachmann sah etwas unsicher zu ihrem Gatten.
»Na, dann nutzen Sie die Gelegenheit und schreiben Sie einen«, sagte Aschinger aufgeräumt. »Sie müssen ihn nicht der Post anvertrauen, ich nehme ihn mit. Das wäre doch nun wirklich eine Überraschung: die Polizei als Briefzusteller.«

»Denken Sie, was ich denke?«, fragte Aschinger auf dem Weg zurück zum Herrenhaus.
»Was Sie denken?«, fragte Fontane. Ihm fiel auf, dass der Kommissar schon lange kein Taschentuch benutzt hatte und offenbar genesen war.
»Der Vorwurf des Vaterlandsverrats und der Spionage muss Ihnen doch bekannt vorkommen?«
»Bekannt?« Fontane blieb stehen und nahm Aschinger ins Visier. Der bemühte sich um eine undurchdringliche Miene, doch in seinen Augen lag ein Ausdruck von Siegesgewissheit. Da fiel bei Fontane der Groschen.
»August Kotzebue«, flüsterte er.
Aschinger nickte.
»Was die Eltern uns berichtet haben, erinnert mich fatal an den Mord an Kotzebue«, sagte er. »Der Mörder Karl Ludwig Sand war Student und Burschenschafter und betrachtete sich als großen Patrioten. Er hielt Kotzebue für einen Spion, wenn auch für einen russischen, und als er ihn 1819 vor den Augen seiner Kinder erstach, was rief er da? ›Hier, du Verräter des Vaterlandes!‹«
»Ja, aber …« Fontane musste sich erst einmal fassen.
»Wenn Sie recht hätten …«

»Noch ist es eine reine Vermutung.«
»Sie erwägen ernstlich, dass sich Franz Bachmann den Sand zum Vorbild genommen hat? Das würde bedeuten … dass er verrückt ist.«
»Nicht verrückter als der Aufschneider Johann von Stepanitz und sein besessener Bruder, finde ich. Wobei es natürlich die Frage ist, warum nicht nur Rudolf, sondern beide sterben mussten.«
»Ich weiß nicht, ich weiß nicht.« Fontane schüttelte den Kopf.
»Ich auch nicht. Aber Sie werden uns helfen, das Dunkel aufzuhellen.«
Fontane trat einen Schritt zurück und mitten in eine Schneewehe, in der er bis zu den Waden versank. »Ich?«
»Warum wohl habe ich den Brief angeregt und mich erboten, ihn zu expedieren?« Der Kommissar schmunzelte. »Nicht die Polizei wird ihn zustellen, sondern Sie. Das ist die Gelegenheit, auf unverfängliche Weise sowohl den Herrn Studenten als auch seine Bude einer Inspektion zu unterziehen. Sie haben ein Buch über den Krieg gegen Frankreich veröffentlicht, das er vielleicht sogar kennt. Geben Sie sich als patriotischer Schriftsteller aus, finden Sie einen Weg zu seinem Herzen. Ihnen gegenüber macht er aus ihm hoffentlich weniger eine Mördergrube als gegenüber der Kriminalpolizei.«

Zwölftes Kapitel

21. März 1874

Die Enttäuschung war Aschinger anzusehen, als er am Morgen nach ihrer Rückkehr gemeinsam mit Wittlich bei Fontane auftauchte.
Er überließ es dem Kriminalschutzmann zu reden und seufzte nur einmal, aber aus tiefstem Herzen: »Wir sind wieder auf den Anfang zurückgeworfen!«
Wittlich hatte seinen Auftrag ernstgenommen und sich an der Universität so diskret wie möglich umgehört. Dabei hatte er herausgefunden, dass sich Franz Bachmann am dreizehnten März, also am Tage vor dem zweiten Mord, auf Reisen begeben hatte. Wie jedes Jahr um diese Zeit wollte er ein Korpstreffen in Göttingen besuchen, und zwei Burschenschafter wollten ihn begleiten.
»Ein besseres Alibi gibt es nicht«, sagte Wittlich. »Denn dieses Treffen dauert immer drei Tage.«
»Ist das nicht ärgerlich?«, fragte Aschinger. »Alles schien mir gut zu passen, vor allem das Motiv. Und nun stehen wir wieder mit leeren Händen da.«
Fontane überlegte: »Kann Bachmann nicht am vierzehnten zurückgefahren sein?«
»Er könnte, wenn er nach Göttingen die Bahn benutzt hätte«, sagte Aschinger. »Nach Völkers Auskunft, der sich natürlich auch mit den Burschenschaften befasst, nehmen die Studenten der Fortuna Germania stets einen Wagen. Das ist alte Tradition und auf irgendeine Wette zurückzuführen

– fragen Sie mich nicht, worum es dabei ging. Und mit der Kutsche braucht man schon ziemlich lange …«

»Dann sind sie durch den Schnee gefahren? Das ist ja Wahnsinn!«

»Na ja«, entgegnete Aschinger, »Mitte März rechnet man nicht mehr mit Schnee. Und die Traditionen sind nun mal heilig.«

»Er kann also Rudolf von Stepanitz gar nicht getötet haben.« Auch Fontane war mit seinem Latein erst einmal am Ende.

»Nein.« Aschinger stand auf. »Er hätte von Stepanitz auch an einem anderen Abend ermorden können, warum also hätte er auf diese merkwürdige Landpartie verzichten sollen. Außerdem hat Wittlich sich ja umgehört, und jeder bestätigte ihm, dass er noch nie gefehlt hat. Wir werden uns natürlich seine Reisegefährten vorknöpfen; vielleicht haben sie ihm ein falsches Alibi verschafft. Aber das hätten sie auch in Berlin machen können. Sie waren an jenem Abend mit ihm trinken, fertig! Warum die Mühe mit der Fahrt nach Göttingen? Viel zu viele Umstände. Das Leben ist nun einmal eine immer umfangreicher werdende Sammlung von Rückschlägen. Gehaben Sie sich wohl, Fontane. Wittlich, uns erwartet wieder ein Berg von Arbeit.«

Nachdem die Kriminalbeamten gegangen waren, setzte sich Fontane an den Schreibtisch, um seine Eindrücke aus der Neumark niederzuschreiben, doch seine Gedanken schweiften immer wieder ab. So sehr er grübelte, er konnte Aschinger nur recht geben: Bachmann musste man als Rudolf von Stepanitz' Mörder wohl tatsächlich ausschließen.

Keine drei Stunden später erhielt er ein Telegramm aus dem Präsidium. Es war sehr knapp gehalten:

Neue Wendung des Falles! Bitte Sie dringend um Ihren Besuch! Aschinger

Im Polizeipräsidium fand er einen äußerst aufgeräumten Aschinger vor. Er hatte den Brief der Bachmanns an ihren Sohn auf dem Schreibtisch liegen und tippte immer wieder darauf.

»Fontane, manchmal ist uns das Glück doch hold«, sagte er in einem gehobenem Ton, der seine Freude ausdrückte. »Wir haben Bachmanns Reisebegleiter finden können, und was soll ich Ihnen sagen: Sie sind nicht weiter gekommen als bis kurz hinter Potsdam. Der Schnee zwang sie zur Umkehr! Oh, ich liebe Schnee! Und ich hätte mir einen halben Tag Gram ersparen können, wenn Wittlich die bewussten Herren Studenten früher hätte ausfindig machen können und nicht allein solche, die von den Reiseplänen durch Hörensagen wussten. Der Schnee hat die Traditionen einfach umgestoßen. Ich bin so froh, deshalb rede ich so viel.« Er reichte Fontane den Brief. »Sind Sie bereit?«

Fontane steckte ihn mit einem leicht beklommenen Gefühl ein.

Mit der Großen Hamburger Straße in der Spandauer Vorstadt verbanden sich für Fontane unangenehme Erinnerungen an seine Jünglingsjahre. Als Logiergast hatte er bei Onkel August und Tante Pinchen in einer hässlichen Mietskaserne gewohnt, einem Haus voller gescheiterter Leute: arme Künstler, Bankrotteure, wegen Unterschlagung entlassene Beamte. Als Onkel August eines Tages Mündelgelder veruntreut hatte, musste er mit seiner Frau Hals über Kopf fliehen und ließ den sechzehnjährigen Theodor mutterseelenallein zurück.

Fontane, von der August- in die Große Hamburger Straße einbiegend, schüttelte die Reminiszenz an diese unerquickliche Zeit ab. Er rekapitulierte noch einmal, was ihm der Gutsverwalter über seinen Sohn berichtet hatte: Franz Bachmann genoss an der Universität den allerbesten Leumund.

Er brillierte in allen Fächern, er war ein anerkanntes Mitglied der Fortuna Germania. Allein das gab Fontane zu denken, dass der Vater von keinem Freund wusste, und auch von einem Mädchen war nicht die Rede. Womöglich gehörte Bachmann zu jenen Menschen, die sich selbst genügten.
Fontane war aufgeregt und schaute immer wieder zu der Droschke am Straßenrand, in der er Aschinger und Wittlich wusste. Würde er in wenigen Minuten dem Mörder des Rudolf von Stepanitz gegenüberstehen, einem Menschen mit verwirrtem Geist, der möglicherweise gefährlich war? Oder gar dem Mörder beider Brüder? War Eifersucht eine Erklärung für einen solchen Doppelmord?
Er stand auf dem Trottoir gegenüber dem Haus, das er gleich betreten würde, und setzte zum Sprung über eine Pfütze an; in der Nacht hatte es zu tauen begonnen, und Berlins Straßen glichen Kanälen. Glücklich auf beiden Beinen landend, schritt er energisch auf die Haustür zu. Er durchquerte den Durchgang zu den Hinterhäusern, ging über einen düsteren Innenhof zum linken Seitenflügel, öffnete eine Tür, die so niedrig war, dass er unwillkürlich den Kopf einzog, und kletterte die Treppe hinauf zur Mansarde. Mit nicht nur wegen des Aufstiegs pochendem Herzen betrachtete er das Stück Karton, das an der Tür befestigt und mit Tinte beschrieben worden war: *Bachmann* stand darauf.
Fontane nahm all seinen Mut zusammen und klopfte. Insgeheim wünschte er, der Student möge nicht zu Hause sein. Als niemand öffnete, glaubte er, sein Wunsch würde in Erfüllung gehen, dennoch klopfte er erneut. Dann vernahm er die Schritte bloßer Füße.
»Ja?«, fragte jemand durch die geschlossene Tür.
»Ich bin Theodor Fontane. Wir sind uns schon einmal begegnet, in Neuendammen. Ich habe einen Brief für Sie.«
»Ich erinnere mich.« Ein Riegel wurde fortgezogen, die Tür einen Spalt geöffnet, und darin erschien ein verquollenes

Gesicht. »Sie waren mit Ihrer Frau zu Gast bei Herrn von Stepanitz, nicht wahr? Sind Sie wirklich der Balladendichter?«

»Ja, der bin ich.« Fontanes Brust schwoll vor Stolz darüber, dass der Meisterstudent und Musterpatriot ihn als Dichter kannte. »Möglicherweise haben Sie auch meine Geschichten aus der Mark Brandenburg gelesen, die in der *Kreuzzeitung* erschienen sind?«

Bachmann trat einen Schritt zurück und öffnete die Tür nun ganz.

»Ja, habe ich. Nicht alle, denn ich bin auf keine Zeitung abonniert und lese sie höchstens im Kaffeehaus. Sie wissen, ich bin nur ein armer Student.« Mit der rechten Hand fuhr er sich durch das wirre Haar und versuchte es zu ordnen, was ihm nicht gelang. Eine Bierfahne wehte Fontane entgegen. »Was verschafft mir die Ehre?«

»Ich weilte unlängst noch einmal in Neuendammen, um meine Recherchen über die Neumark abzuschließen«, sagte Fontane. »Ihre Eltern haben mir einen Brief an Sie anvertraut. Diesen Brief möchte ich Ihnen persönlich übergeben.«

»Wie freundlich von Ihnen.« Bachmanns Stimme klang wie eine Raspel auf Metall. »Bitte, treten Sie ein. Es ist allerdings nicht aufgeräumt.«

»Aber Herr Bachmann, das stört mich nicht. Was meinen Sie, wie es in meinem Arbeitszimmer aussieht«, sagte Fontane.

Es wird Zeit, dass dieser vermaledeite Fall zu einem Ende kommt, dachte er zugleich, sonst kann ich bald zwischen Heuchelei und Ehrlichkeit nicht mehr unterscheiden.

Er betrat einen mikroskopisch kleinen Flur. An einer Garderobe aus geschmiedetem Eisen hingen der schwarze Mantel des Studenten, seine Korpsuniform und ein Säbel. Ein Paar sorgfältig gewichste Stiefel, ausgetretene Halbschuhe und

karierte Filzpantoffeln standen darunter. Fontane schaute auf die Füße des Studenten – er war tatsächlich barfuß.
»Pardon, ich habe noch geschlafen, als Sie klopften«, sagte Franz, der seinem Blick gefolgt war. »Besuch habe ich ja nicht erwartet ...« Mit einem schamhaften Lächeln schlüpfte er in die Pantoffeln. »Wir hatten gestern ein Treffen meiner Verbindung. Haben Sie studiert?«
»Das war mir leider nicht vergönnt. Aus Geldmangel. Von der Ausbildung bin ich Apotheker, von der Profession Schriftsteller.«
»Natürlich.« Bachmann nickte. »Sie wissen nicht, wie es auf so einem Korpstreffen zugeht?«
»Es wird viel Bier getrunken«, sagte Fontane. Und wenn diese vorgeblich patriotischen Herren Studiosi schon nicht die Heimat retten, so retten sie wenigstens das Braugewerbe, dachte er. »Riecht man es?«
»Ehrlich gesagt, ja.«
Bachmann lachte rau. »Kommen Sie in mein Studierzimmer.« Er stieß eine der beiden Türen auf, die vom Flur abgingen. »Es ist auch Schlafzimmer, gute Stube, Bibliothek und Ankleideraum. Mehr hab ich nicht, außer einer winzigen Küche.« Er deutete zur zweiten Tür. »Ich bin nicht der Sohn eines Gutsherrn, sondern der eines Gutsverwalters. Sie kennen Spitzwegs armen Poeten?«
»Wer kennt ihn nicht, diesen Traum aller Verleger? Der Schriftsteller lebt von Luft, Liebe und Regenwasser, der Verleger streicht die Erlöse ein. Der Poet, der das Werk schafft, das andere verhökern, wird mit guten Worten bezahlt, nicht mit gutem Geld.«
Das Zimmerchen, das Franz Bachmann bewohnte, glich mit seinen schrägen Wänden und dem winzigen Fenster tatsächlich der Poetenklause auf Spitzwegs Gemälde. Auf dem Bettgestell lag eine blanke Matratze, auf ihr wiederum ein zerschlissenes Kissen und eine dünne Decke, die bereits

auf der Haut kratzte, wenn man sie nur ansah. Ein Kanonenofen sorgte für Wärme, aber nur, wenn der Student nicht getrunken hatte – natürlich hatte er nicht heizen können, wenn er bis vor wenigen Minuten im Rausch gelegen hatte. An einer Wand waren Holzscheite aufgestapelt, in einer Kiste lagerten Kohlen. Ein Tisch, der von Büchern überquoll, ein alter Sekretär und zwei Stühle vervollständigten das Interieur. Nun war der Vater Bachmanns als Gutsinspektor zweifellos kein Mann, dem es an Geld mangelte. Warum also lebte der Sohn derart in selbstgewählter Armut? Lag darin womöglich etwas Demonstratives? Vernachlässigte sich der junge Mann um seiner hehren Ideale willen?

Fontane ließ den Blick über die Wände schweifen und stieß auf etwas höchst Beunruhigendes: einen alten Militärdolch. Neben der Waffe war ein Stück Karton mit Nägeln an die Wand gezweckt, der mit Tinte beschrieben war und somit dem improvisierten Namensschild ähnelte. Der Spruch, den Franz Bachmann offenbar als Credo notiert hatte, las sich wie ein Kommentar zu dem Dolch:

Wenn wir für uns selbst das täten, was wir für unser Vaterland tun, welche Schurken wären wir doch!, lautete er. Er stammte, wie unter dem Text angegeben, von Graf Camillo Cavour, den man gern als den Baumeister der italienischen Einheit titulierte, so wie Bismarck als Architekt der deutschen galt.

»Sie haben ein Faible für die Italiener?«

»Ich verabscheue sie.« In Bachmanns Augen trat für einen Moment ein gefährliches Funkeln. »Aber sie haben den Papst in seinem Sodom und Gomorrha, im Vatikan, praktisch eingesperrt. Das gefällt mir.«

Daher also wehte der Wind.

»Und der schöne Dolch?« Fontane bemühte sich um eine feste Stimme.

Bachmann setzte sich auf einen der Stühle und bat seinen Gast mit einer Geste, sich auf dem anderen niederzulassen. Fontane nahm Platz, blieb aber sprungbereit.
»Er stammt von meinem verstorbenen Großvater und bedeutet mir sehr viel. Großvater hat ihn während der Befreiungskriege getragen. Er war ein Held, Herr Fontane.«
»Sie sollen im Krieg gegen Frankreich auch sehr tapfer gewesen sein, Franz. Darf ich Sie so nennen?«
»Gern.«
»Ihre Eltern sind furchtbar stolz auf Sie. Auf Ihren heroischen Einsatz beim Militär, auf Ihre guten Leistungen im Studium, auf Ihre Aktivitäten als Korpsstudent der Fortuna Germania.« Fontane lächelte gezwungen. »Von Ihrer Trinkfestigkeit haben sie mir nichts berichtet.«
Franz machte eine wegwerfende Handbewegung.
»Sie wissen, wie Eltern sind. Manche sind sogar auf missratene Söhne noch stolz.«
»Damit meinen Sie nicht sich«, sagte Fontane. »Ich habe die Vermutung, dass Sie von Johann von Stepanitz sprechen. Seine Mutter war so stolz auf ihn wie Ihre Eltern auf Sie, wie Sie sicher wissen. Obwohl er doch ein notorischer Schuldenmacher, eine durch und durch mediokre Person und ein Hochstapler war. Und das wissen Sie auch.« Er hatte einen riskanten Schuss ins Blaue abgefeuert – und ins Schwarze getroffen. Franz Bachmann nickte. »Was denken Sie denn über die Morde an beiden Brüdern?«
»Eine Tragödie«, sagte Franz hastig und betrachtete seine mädchenhaft weichen Hände, die mit ihren langen Fingern an jene des Kriminalschutzmannes Wittlich gemahnten. Er wirkte eigentlich gar nicht wie ein Korpsstudent, der Mensuren focht. Aber offenbar tat er es, vielleicht um sich von seiner Männlichkeit zu überzeugen.
»Sie können sich vorstellen, wie sehr Frau von Stepanitz unter diesen Verbrechen leidet.«

»Selbstverständlich kann ich das.«
»Sie sind ja praktisch mit den Stepanitz-Brüdern aufgewachsen«, fuhr Fontane fort. »*Von* Stepanitz, um korrekt zu sein. Deren Großvater wurde für seine Taten während der Befreiungskriege in den Adelsstand erhoben, Ihr Großvater nicht. War das nicht schwierig für Sie?«
»Warum?« Bachmanns Augen wurden schmal. »Ich bin nicht neidisch.«
»Das unterstelle ich Ihnen gar nicht, Franz. Sie waren einfach sehr gute Freunde, damals, in der Jugendzeit. Ganz Neuendammen spricht davon. Und Herr von Stepanitz«, er betonte bewusst das Prädikat, »hat mir erzählt, quasi als Anekdote, dass Sie, Johann und Rudolf sogar einmal in ein und dasselbe Mädchen verliebt waren: in Louise von Wolf. Die Rudolf dann ehelichte. Er trug den Sieg davon.«
Bachmanns bleiches Gesicht überzog sich mit einer krankhaften Röte.
»Anekdote ist das richtige Wort«, sagte er. »Johann ging zum Studium und dann nach China, ich ging zur Armee und in den Krieg … Natürlich machte Rudolf das Rennen.«
»Waren Sie eifersüchtig?«, fragte Fontane. Er sah zu dem Dolch hin, wissend, dass zwischen Mut und Übermut bloß ein schmaler Grat bestand.
Bachmann jedoch schüttelte den Kopf.
»Ich war Rudolf nicht grün«, räumte er ein, »aber das hatte mit seinen politischen Überzeugungen zu tun. Ich konnte und kann sie nicht teilen.«
»Sie halten ihn für einen Vaterlandsverräter?« Das war nun eindeutig Übermut.
»Woher wissen Sie das?«
»Ihr Vater sprach davon.«
»Ja, Rudolf war aus meiner Sicht ein Vaterlandsverräter. Seine Angriffe auf Fürst Bismarck waren unerträglich. Haben Sie einmal einen Artikel von ihm gelesen?«

»Mehrere.«
»Dann wissen Sie, wovon ich spreche.«
»Aber ein Spion war er nicht?«
»Und ob!« Franz Bachmann ballte die Fäuste. In seine Augen trat ein seltsamer Glanz. »Er empfing seine Befehle vom Papst.«
»Vom Papst? Der ist doch machtlos in seinem vatikanischen Exil.«
»Das glauben Sie. Er hat überall seine Erfüllungsgehilfen. Die Zentrumspartei wird direkt aus Rom gesteuert.«
»Glauben Sie das wirklich?«
»Sie nicht? Warum spricht man wohl von Ultramontanismus?« Es hielt Franz nicht mehr auf seinem Stuhl. »Weil sich die Zentrale jenseits der Berge befindet, und das heißt: in Rom.«
»Ich vergaß den Anlass meines Besuches.« Fontane fuhr mit der rechten Hand in die Innentasche seines Gehrocks, förderte den Brief zutage und überreichte ihn. Franz legte ihn achtlos auf den Bücherstapel.
»Kannten Sie Rudolf?«, wollte er wissen.
»Flüchtig. Und, ehrlich gesagt, fast nur in betrunkenem Zustand.«
»Er war ein Säufer. Widerlich.« Bachmann lächelte. Es war ein kaltes, gefährliches Lächeln. Fontane vermied es, den Blick nach dem Dolch zu richten. »Na ja, wir Studenten trinken auch hin und wieder. Im Korps. Aber ich schreibe nur, wenn ich nüchtern bin.«
»Sie schreiben?«, fragte Fontane und betrachtete Bachmanns zitternde Hände.
»Möchten Sie etwas von mir lesen?«
»Worüber schreiben Sie?«
»Ich habe meine juristischen Gedanken zur Katholikenfrage niedergelegt. Auch als eine Polemik gegen Rudolfs verbrecherische Anschauungen.« Franz trat an den altersschwachen

Sekretär, öffnete eine Schublade und nahm ein umfangreiches Manuskript heraus. Um Himmels willen, dachte Fontane und hatte nur ein Ziel: Er wollte schnellstmöglich fort. »Es ist natürlich ein Unikat. Sie haben sicher Verständnis dafür, dass ich es nicht aus der Hand geben kann. Sie müssen es hier lesen!«

»Aber das ist unmöglich. Es sind doch mindestens hundert Seiten.«

»Sie sind der Erste, dem ich es zeige.« Bachmanns Stimme nahm einen ebenso beschwörenden wie verschwörerischen Ton an. »Vielleicht finden Sie einen Verleger für mich.«

»Verzeihen Sie, aber ich bin nicht zum Lesen gekommen, sondern um Ihnen den Brief zu überreichen, den Sie noch gar nicht zur Kenntnis genommen haben.«

»Dafür habe ich noch ausreichend Zeit. Lesen Sie! Es ist ein kluger Text.«

»Davon gehe ich aus.« Fontane schaute auf die erste Seite. *Kritische Untersuchung der verbrecherischen Politik des Heiligen Stuhls*, lautete der Titel.

»Lesen Sie!«, befahl Bachmann. Er stand mit verschränkten Armen vor der Tür. Fontane war gefangen. »Sie sind Schriftsteller und können die Qualität meiner Arbeit am besten beurteilen.«

»Ja.« Fontane hatte einen trockenen Hals. Ihm war übel. Er nahm das Deckblatt auf und las die Überschrift des ersten Kapitels: *Wie der Heilige Stuhl die deutschen Katholiken zum Vaterlandsverrat anstiftet.*

In diesem Augenblick klopfte es so gewaltsam an die Tür, dass die Wände zu erzittern schienen. »Wittlich, Kriminalpolizei. Öffnen Sie!«

Bachmann erbleichte. »Sie haben die Polizei im Gepäck?«

»Nicht immer.« Fontane ließ das Blatt sinken.

»Ich werde nicht aufmachen.« Hass trat in Bachmanns Augen. Jetzt schaute er, an Fontane vorbei, auf den Dolch.

»Ich habe Sie als Pfand!«
»Wenn Sie nicht öffnen, treten wir die Tür ein«, rief Wittlich und tat es im selben Augenblick.

Erst in der Droschke bemerkte Fontane, dass er zitterte.
»Es hat uns einfach zu lange gedauert«, sagte Aschinger. »Da habe ich Wittlich zum Nachschauen geschickt.«
»Gott sei Dank!«, murmelte Fontane.
»Soll ich Sie nach Hause fahren? Sie sehen etwas … angegriffen aus.«
Fontane schüttelte den Kopf.
»Wenn Sie sich gefasst haben, können Sie mir vielleicht Ihren Eindruck schildern. War er es?«
Fontane atmete einmal tief ein und aus, bevor er sagte: »Seltsamerweise bin ich mir immer noch nicht sicher. Er besitzt einen Dolch, ein Erbstück von seinem Großvater, den er sehr verehrt.«
»Ja, Wittlich hat ihn mitgenommen.«
»Er ist sozusagen eine Reliquie für ihn, was erklären würde, warum er ihn nach den Morden wieder mitgenommen hat.«
»Wenn es eine Reliquie ist, könnte er seine Untaten als eine Art heilige Handlung aufgefasst haben«, folgerte Aschinger. »Als eine Reinigung oder so etwas.«
Fontane blickte auf die Straße.
»Möglich. Und Motive hatte er auch. Mindestens drei.«
Aschinger hob überrascht die Brauen. »Drei?«
»Ja. Ad eins: Neid auf den adligen Stand seiner angeblichen Jugendfreunde. Ad zwei: tiefer Hass auf den Vaterlandsfeind Rudolf. Er ist von seinen Ideen ebenso besessen wie der, nur steht er eben sozusagen auf der anderen Seite der Front. Und ad drei: Eifersucht wegen der an Rudolf verlorenen Louise von Wolf käme noch immer infrage. Wobei es sich hier um absurde Hoffnungen handelte, denn er ist ja nicht von Familie. Bürger heiraten heutzutage zwar immer häufiger adlige

Frauen, aber es sind Millionäre und nicht die Söhne von Gutsinspektoren.«
Aschinger stieß einen Seufzer aus.
»Womit es nach wie vor kein Motiv für den ersten Mord gibt«, stellte er fest.

Bevor sich Aschinger mit Bachmann beschäftigen konnte, überbrachte ihm ein Bote eine Nachricht Völkers: Der Chef der Politischen Abteilung wünsche ihn dringend zu sprechen. Fontane im Schlepptau, machte er sich auf den Weg.
Völker wirkte überraschend aufgeräumt und nicht nur mit sich, sondern mit der Welt zufrieden. Er hockte nicht auf seinem Drehstuhl, er thronte, und er bedachte selbst Fontane mit einem freundlichen Nicken.
»Uns und nicht Stieber ist ein großer Fisch ins Netz gegangen«, sagte Völker. »Dieses Uns ist übrigens ein Pluralis majestatis. Aschinger, du darfst mich von nun an Ihre Majestät nennen.«
»Mit dem großen Fisch«, erwiderte Aschinger, »meinen Majestät wohl Mister Burton?«
Völker nickte. Er schob einen Aktenstapel beiseite, legte einen Bericht vor sich auf den Schreibtisch und sagte: »Burton hat in Bromberg dem dortigen Steueraufseher Waldheim seine Aufwartung gemacht.« Das war alles. Er wollte sich die Würmer aus der Nase ziehen lassen, um seinen Triumph auszukosten.
Aschinger zog also. »Was hat er mit dem Steueraufseher von Bromberg zu schaffen?«
»Eine ganze Menge! Waldheim war nämlich in Shanghai der Diener des damaligen Legationssekretärs von Radowitz.«
»Bitte?« Aschinger schien seinen Ohren nicht zu trauen. Fontane trat einen Schritt vor, sodass er sich an der Kante von Völkers Schreibtisch den Hüftknochen stieß. Den Schmerzenslaut verbiss er sich.

»Du hast dich nicht verhört«, sagte Völker. »Burton gab vor, Waldheim aus Shanghai zu kennen. Angeblich hat er ihn aufgesucht, um gemeinsame Erinnerungen auszutauschen. Kein sehr überzeugender Vorwand, finde ich, denn welcher britische Gesandtschaftssekretär fährt zum Austausch von Erinnerungen mit einem deutschen Steueraufseher nach Bromberg? Das ist doch absurd. Na, jedenfalls konnte sich Waldheim noch gut an die Chinamission erinnern, aber nicht an Mister Simmons – unter diesem Namen trat Burton auf. Der ließ dann auch bald die Katze aus dem Sack.« Völker verstummte. Es war klar, dass er auf Knien gebeten werden wollte, dasselbe zu tun.

Aschinger tat ihm den Gefallen. »Welche Katze?«

Völker spreizte sich wie ein Pfau. »Burton bot Waldheim die unglaubliche Summe von tausend Goldmark, wenn es ihm gelänge, sich wieder in den Dienst von Radowitz zu schleichen. Unser britischer Freund hat es auf den Leiter der Orientabteilung im Auswärtigen Amt abgesehen.«

»Ich verstehe!« Aschinger blickte gierig auf den Bericht. »Burton ist ein englischer Agent! Natürlich! Die Briten haben ein großes Interesse daran, alles über die Richtlinien der deutschen Politik gegenüber dem Osmanischen Reich herauszufinden, und wer kennt diese Richtlinien am besten? Bismarck, Bucher, von Bülow – und Radowitz!«

»Ich nehme doch an, dass der Chef der Orientabteilung sie kennt«, sagte Völker mit einem überheblichen Lächeln.

»Deshalb also hat Burton den Rittmeister so häufig besucht.« Aschingers Gesicht glühte regelrecht. »Er wird auch ihm Geld angeboten haben. Und das brauchte Johann von Stepanitz mehr als dringend. Also entwarf er zwei Briefe an Radowitz, mit denen er um eine Audienz bat.«

»Und deshalb«, warf der nicht minder erregte Fontane ein, »meldete sich Stepanitz bei den Wangenheims. Radowitz verkehrt dort, wenn auch selten.«

»Ja, auch das«, bestätigte Aschinger. »Der Kreis hat sich geschlossen.«
»So!« Völker ließ den Rapport in einer Mappe verschwinden. »Der geht heute noch ans Auswärtige Amt. Viel können sie gegen Burton nicht unternehmen, er ist schließlich Diplomat. Aber das ist mir egal. Ich habe Stieber und sein Central-Nachrichten-Bureau ausgestochen, das genügt mir. Weitere Fragen?«
Aschinger schaute zu Fontane. Der schüttelte den Kopf. Bevor sie das Kabuff verlassen konnten, musste Völker noch etwas loswerden.
»Aschinger«, sagte er, »eines steht jetzt wohl felsenfest?«
»Was?«
»Dass ich eher Kriminalrat werde als du.«

Sie hatten nicht nur den Dolch, sondern auch die gesammelten Schriften von Franz Bachmann mitgenommen, und die Lektüre dieser Machwerke erwies sich wie erwartet als unerquicklich. Fontane, Aschinger, Wittlich und Räder hockten im Bureau der Kriminalschutzleute, und Aschinger schickte Räder zweimal nach einem Krug Bier, um das Gelesene, wie er sagte, verdaulicher zu machen. Nach etwa einer Stunde schlug er plötzlich mit der Hand auf den Tisch, sodass alle hochfuhren und ihn anstarrten.
»Ich kann und will das nicht lesen!«, sagte er und nahm einen Schluck. »Wittlich, führen Sie Bachmann vor!«
Franz Bachmann sah immer noch zerzaust aus, betrat aber betont aufrecht das Bureau. Wittlich schloss die Tür, Aschinger erhob sich und stellte sich vor.
»Ich muss mich bei Ihnen entschuldigen, Herr Bachmann«, sagte er. Franz blickte ihn verwundert an. »Sie sehen, wie beengt die Verhältnisse sind, unter denen die preußische Polizei arbeiten muss. Leider kann ich Ihnen keinen Platz anbieten.«

Aschinger imitierte Völkers Spiel, täuschte vor, dass er noch einige Papiere studieren müsse, und legte dabei eine übergroße Emsigkeit an den Tag. Er öffnete Aktendeckel, blätterte Seiten um und schien sich Notizen zu machen. Nach einer Weile beendete er seine vorgeschobene Tätigkeit und schaute Franz an. »Sie wissen, wo Sie sind?«
Verblüfft sagte Franz: »Natürlich. Im Polizeipräsidium.«
»Ja, aber in welcher Abteilung?«
»Das hat man mir nicht mitgeteilt.«
»Sie haben nicht einmal eine Ahnung?« Bachmann schüttelte den Kopf. »Dann will ich es Ihnen sagen: In der Abteilung für Leichensachen.«
Für einen Augenblick schwankte Franz, aber er hielt Aschingers Blick stand. »Und warum, wenn ich bitten darf?«
»Weil ich Sie des zweifachen Mordes beschuldige, des Mordes an Johann Friedrich und des Mordes an Rudolf von Stepanitz.«
Franz' Gesicht, bisher eher grau wie Papierasche, entfärbte sich völlig, während sich an seinem Hals kleine rote Flecken bildeten. Seine Unterlippe zitterte kaum wahrnehmbar, doch er entgegnete mit fester Stimme: »Das ist doch Unsinn, Kommissar. Ich bin ein geistig arbeitender Mensch, ich bekämpfe meine Feinde mit der Feder und nicht mit dem …«
»Ja?«, bellte Aschinger.
»Schwert.«
»Mit der Feder, nicht mit dem Schwert?«, wiederholte Aschinger gedehnt.
»Sie kennen meine Arbeiten.« Selbstbewusst deutete Franz auf die Konvolute auf den Schreibtischen. »Ein Geistesarbeiter benutzt geistige Waffen. Ich habe es nicht nötig, mich anderer zu bedienen …«
»Was sind Ihre Arbeiten denn wert, wenn sie im Schrank verschimmeln? Oder haben Sie einen Verleger für das … Zeug?«

Damit hatte er zweifellos einen wunden Punkt getroffen. Franz Bachmann ballte die Fäuste und presste die Lippen aufeinander, damit ihm kein unbedachtes Wort entschlüpfen konnte. Aschinger nahm ein paar Blätter zur Hand, warf einen Blick darauf und schob sie dann achtlos zwischen die übrigen Seiten zurück. Franz sah für einen Augenblick aus, als ob er sich auf den Kommissar stürzen wollte, der seine wertvollen Schriften in Unordnung brachte, doch er beherrschte sich.

»Ich kann keinen Verleger haben, weil ich meine Arbeiten noch nicht eingesandt habe«, sagte er, bebend vor unterdrückter Wut.

Aschinger schlug einen sanfteren Ton an.

»Sie räumen also ein, dass Johann und Rudolf Ihre Feinde waren?«

»Nein, das räume ich nicht ein. Ich habe mehr allgemein gesprochen.«

»Aber Rudolf, den haben Sie wegen seiner Veröffentlichungen gehasst, nicht wahr?«

»Gehasst?« Franz ließ sich das Wort auf der Zunge zergehen. »Das ist nicht das richtige Wort, Kommissar. Ich habe seine politischen Ansichten abgelehnt, und seine Aufsätze haben mich angewidert, das ist wahr. Von Hass kann keine Rede sein.«

»Und wie war das mit Louise von Wolf? Waren Sie nicht eifersüchtig, als Rudolf sie geheiratet hat? Schließlich waren Sie als junger Bursche in sie verliebt.«

»Sie wäre doch ohnehin unerreichbar für mich gewesen«, sagte Franz. »Ich bin der Sohn eines Gutsverwalters.« Fontane musste ihm zugestehen, dass er sich gut hielt.

»Das ist wohl wahr.« Aschinger nickte. »Ja, die Standesschranken. Sie haben nicht gedacht: Wenn ich sie nicht haben kann, dann soll sie keiner haben?«

»Hätte ich dann nicht sie umgebracht?«, konterte Franz.

Aschinger schwieg. Für einen Moment wirkte es, als sei er mit seinem Latein schon am Ende.
»Sie haben keine Freundin, Herr Bachmann?«, fragte er schließlich fast väterlich. »Kein sauberes, nettes Mädchen, das Sie am Samstag oder Sonntag ausführen?«
Eine zarte Röte überzog die Wangen des Studenten.
»Leider fehlt es mir dafür an Gelegenheit. Das Studium ist hart, dann noch die Fortuna und meine Schriften …«
»Ich weiß, was hartes Arbeiten bedeutet.« Aschinger nickte vor sich hin. »Bis in die Nacht, nicht wahr?«
»Bis in die Nacht«, bestätigte Franz.
»Aber manchmal trinken Sie auch? Bis in die Nacht?«
»Sie haben eine falsche Vorstellung von unserem Korps«, sagte Franz. »Wir führen politische Debatten und fechten Mensuren, um unsere Männlichkeit für das Vaterland zu stählen. Das Trinken gehört auch dazu, sicher, aber …«
»Ich verstehe es trotzdem nicht. Ihren Fleiß in allen Ehren, aber Sie können nicht für sich beanspruchen, der einzige Student Berlins zu sein, der viel arbeitet. Andere tun es auch, gehören ebenfalls einer Verbindung an, schreiben womöglich – und ein Mädchen haben sie obendrein. Was ist so abstoßend an Ihnen, Herr Bachmann?«
»Ich brauche keins!«, rief Franz laut. Dann stammelte er: »Ich … ich …«
»Sie sind sich selbst der beste Freund?«, fragte der Kommissar. »Der beste und einzige?«
»Ich habe Freunde!« Ihm war anzusehen, welche Mühe es ihm bereitete, sich nicht gehenzulassen. »Im Korps …«
»Das sind Trinkbrüder, keine Freunde«, erklärte Aschinger entschieden. »Oder gibt es dort jemanden, dem Sie sich anvertrauen können? Ihre Gedanken, Ihre Seelennöte …«
»Ich habe keine Seelennöte.«
»Ach, herrje!« Aschinger lachte gekünstelt. »Ich muss mir nur Ihre Mansarde ansehen. Deren Ambiente spricht zu

mir«, er legte eine Bedeutungspause ein, »von großer innerer Leere.«
Franz, der sich bisher möglichst gerade gehalten hatte, ließ plötzlich die Schultern sinken. Der Schlag hatte gesessen. Er starrte Aschinger an.
»Sie kennen mich nicht«, sagte er tonlos.
»Ihresgleichen kenne ich zur Genüge.« Aschinger spielte mit seinen Papieren. Er wechselte das Thema. »Wissen Sie noch, was Sie am zweiundzwanzigsten Februar und am vierzehnten März bis in die Nacht getrieben haben?«
»Leider nicht. Wenn wir kein Korpstreffen hatten, werde ich gelesen oder geschrieben haben.«
»Aber am vierzehnten waren Sie unterwegs nach Göttingen. Daran müssen Sie sich doch erinnern?«
Franz schwieg.
»Herr Bachmann, *das* werden Sie wohl noch wissen. Es ist erst eine knappe Woche her.«
»Wir wollten nach Göttingen, sind aber in einer Schneewehe stecken geblieben«, räumte Franz ein.
»Das passierte bereits am dreizehnten, nicht wahr?«
Franz nickte.
»Also waren Sie am vierzehnten in Berlin.«
»Ja.«
»Ich nehme Ihnen nicht ab, dass Sie sich an einen so kurz zurückliegenden Tag nicht erinnern können.«
»Herr Kommissar, ich schwöre Ihnen, dass ich mit diesen Verbrechen nichts zu tun habe.«
»Woher wissen Sie denn, dass am vierzehnten ein Verbrechen geschah?«
»Ich …«, Franz' Augenlider zuckten nervös, »… ich vermute es nur.«
»Unfug!« Aschinger stand auf und machte einen Schritt auf ihn zu. »Sie wissen es!«
»Nein«, versicherte Bachmann, »es lag nur auf der Hand,

weil Sie ... Bitte, Herr Kommissar, noch einmal: Ich schwöre Ihnen ...«
»Schwören Sie lieber nicht.« Aschinger blickte zu Wittlich, dann fragte er unvermittelt: »Warum klebt eigentlich Blut an dem Dolch?«
Franz Bachmann fuhr auf. »Was haben Sie mit ihm gemacht?«
Aschinger kehrte hinter den Schreibtisch zurück.
»Wir haben ihn natürlich untersucht. Sie haben ihn zwar gründlich gereinigt, aber man braucht nicht einmal ein Mikroskop, um Blutspuren zu erkennen. Eine Lupe reicht aus. Trotzdem haben wir zur Sicherheit auch ein Mikroskop benutzt. Aber vielleicht stammt das Blut ja noch aus den Befreiungskriegen ...«
»Sie haben es gewagt ...« Franz schwankte. Seine Hände zitterten heftig, und für einen Moment sah es aus, als würde er die Kontrolle über sich verlieren. »Sie haben ihn unter ein Mikroskop gelegt?«
»Haben Sie das nicht erwartet?« Aschinger lächelte. Er änderte abermals Taktik und Ton und begann eine Art Plauderei. Er erkundigte sich nach der Verbindung Fortuna Germania, und obgleich Bachmann auf der Hut blieb, geriet er ins Schwärmen. Die Verbreitung des deutschen Geistes unter der Studentenschaft habe man sich zum Ziel gesetzt, des Geistes der großen deutschen Geister, und obwohl nicht ganz klar war, was er darunter verstand, konnte sich Fontane einiges zusammenreimen. Die heilige Begeisterung für das Vaterland stand obenan, aber auch Tugenden wie Heldenmut, Aufopferung, Familiensinn und wahre Religiosität. Der Materialismus war ein Feind dieses Geistes, namentlich der jüdische.
Aschinger ließ ihn eine Weile reden, schaute ihn nur an. Schließlich schrieb er Wittlich einen Zettel, woraufhin dieser den Raum verließ. Franz durfte noch ein wenig weiterre-

den – bis Wittlich zurückkehrte und etwas vor Aschinger auf den Tisch legte: den Dolch. Franz zuckte zusammen.
»Da ist das gute Stück.« Aschinger fuhr mit der Fingerspitze sacht über die Klinge. »Ist er wertvoll?«
Franz atmete heftig ein und aus. »Für mich ja«, presste er hervor.
»Nur für Sie? Was würde denn ein Trödler dafür geben?«
»Sie … Sie …« Schweiß glänzte an Bachmanns Haaransatz, die dunklen Pupillen füllten die gesamte Iris aus. »Wagen Sie es nicht …«
»Keine Sorge, ich verkaufe keine Beweismittel.« Aschingers Lächeln wurde fast unheimlich. »Aber mit diesem Dolch wurden Menschen getötet. Man sollte ihn unbrauchbar machen.«
»Herr Kommissar!«, schrie Franz in höchster Not. »Bitte, Herr Kommissar, ich flehe Sie an …!«
Unbeeindruckt stand Aschinger auf, drehte sich um und stieß den Dolch mit enormer Kraft gegen die Wand. Die Klinge brach.
Franz Bachmann begann zu weinen. Dann gestand er.

Dreizehntes Kapitel

24. März 1874

Der Frühling war mit der Kraft eines Hunnensturms über Berlin hereingebrochen, aber nicht deshalb hatten Wangenheims außer der Reihe an einem Freitag zur Soirée gebeten. Der Grund lag vielmehr darin, dass sie von Fontane zu erfahren wünschten, wie sich der Tod ihrer weitläufigen Verwandten zugetragen hatte. Zu Gast waren General von Schleinitz mit seiner Gattin und der unvermeidliche Doktor Hammerschmidt. Der Abgeordnete Mallinckrodt war schwer erkrankt und fehlte. Man saß wie üblich im Salon, und noch konnte nicht darauf verzichtet werden, den Kamin zu heizen. Trotzdem mochte keine behagliche Stimmung aufkommen.

»Franz Bachmann hatte sich also vorgenommen, dem Beispiel des Karl Ludwig Sand zu folgen und den Vaterlandsverräter und vatikanischen Spion Rudolf von Stepanitz zu töten«, berichtete Fontane.

»Vatikanischer Spion!« General von Schleinitz schüttelte den Kopf. »Was für ein verirrter und verwirrter Kopf!«

»Aber er tötete doch zuerst Johann«, warf Marie von Wangenheim ein.

»Die Folge einer fatalen Verwechslung.« Fontane trank einen Schluck vom exzellenten Wein des Geheimrates. »Als Bachmann sich am Abend des zweiundzwanzigsten Februar aufmachte, um mit dem Dolch des Großvaters das längst gefällte Urteil zu vollstrecken, schneite es bekanntlich stark. Er begab sich also zu dem Haus in der Matthäikirchstraße, fest entschlossen, in die Wohnung seines Opfers einzudringen und es hinzurichten. Selbst Sands Ruf ›Hier, du Verräter des Vaterlandes!‹ wollte er nachahmen. Das Schicksal schien es gut mit ihm zu meinen, denn kaum hatte er die Matthäikirchstraße erreicht, sah er Rudolf aus dem Haus treten. So sah es jedenfalls aus, doch in Wahrheit war es Johann. Die Brüder glichen sich in Statur und Aussehen, es schneite, es war dunkel ...«

»O mein Gott!«, rief die Gattin des Generals.

»Bachmann folgte also dem vermeintlichen Rudolf bis in die Königin-Augusta-Straße, wo er ihn niederstach. Anstatt nun aber, wie er es vorgehabt hatte, in heroischer Pose neben seinem Opfer auf die Polizei zu warten, stellte er rasch fest, dass ihm die Bühne für eine solche Selbstdarstellung fehlte: Die Straße war schlichtweg menschenleer. Außerdem überkam ihn nun doch die Furcht vor dem Schafott, also floh er, um am übernächsten Tag aus der Zeitung zu erfahren, dass er sich getäuscht hatte.«

Für einen Augenblick schwiegen alle bedrückt, und obwohl ihr Johann Friedrich von Stepanitz nicht nahegestanden hatte, schluchzte Marie von Wangenheim auf.

»Man hat einen Fehler bei der Erziehung der Jugend gemacht«, sagte der General schließlich. »Hat Bachmann gedient?«

»Drei Jahre«, sagte Fontane. »Und er hat an den Einigungskriegen teilgenommen.«

»Oh.« Von Schleinitz verstummte.

»Und dann traf es Rudolf?«, fragte der Geheimrat.

»Ja. Und wieder aus dem Hinterhalt. Und in der Dunkelheit, es wurde also abermals nichts mit einer patriotischen Tat coram publico. Doch das plante Bachmann ohnehin nur in seinen Träumen; im tiefsten Herzen ist er nämlich ein großsprecherischer Feigling.«

»Aber sagen Sie, lieber Fontane, gab es da nicht eine Geschichte um ein Mädchen?«, wollte Hammerschmidt wissen.

Fontane nickte.
»Kommissar Aschinger ist nach wie vor der Ansicht, dass die politischen Beweggründe nur vorgeschoben waren. Er glaubt, dass Bachmann aus Neid und Eifersucht gehandelt hat. Franz hat sich in seine Welt des Heroismus und Patriotismus immer weiter eingesponnen, bis sie ihm plötzlich Rechtfertigungen lieferte, die seine Tat adeln konnten. Aber Aschinger kann bohren und bohren, Bachmann bleibt bei seiner Version.«
»Trauriger Fall«, bemerkte der General und schüttelte sich. »Wenn man bedenkt, wie leicht man das Opfer eines Wahnsinnigen werden kann.«
»Vor allem ist es auch ein Fall der traurigen, vernachlässigten Ehefrauen«, mischte sich Emilie ein, die ja ihr *Cherchez la femme!* verteidigen musste. Das hätte sie nicht tun sollen, denn damit lieferte sie dem Doktor Munition.
Alle sahen es kommen, denn Hammerschmidt sagte: »Wie recht sie haben, meine Liebe.«
»Noch Wein, Doktor?«, fragte von Wangenheim schnell. Aber es war zu spät.
»Ich habe Ihnen von den Frauen aus Morzine erzählt, bei denen es sechzehn Jahre lang zu hysterischen Manifestationen kam? Die französischen Behörden starteten eine wahren Zivilisationskreuzzug, um die Frauen zur Besinnung zu bringen: Straßen wurden gebaut, eine Garnison in den Ort verlegt, Tanzveranstaltungen organisiert. Nichts half. Erst der Irrenarzt Constans hatte schließlich Erfolg, der extra aus Paris angereist war und sich mit jeder einzelnen Frau beschäftigte. Verstehen Sie das?«
»Und ob ich das verstehe«, sagte Emilie mit ungewohnter Heftigkeit. »Die Frauen wollten keine Straßen, keinen Tanz, keine jungen Soldaten. Sie wollten ernst genommen werden.«
Fontane blickte seine Frau erschrocken an.

Epilog

14. Juli 1874

Fontane schritt nervös in seinem Arbeitszimmer auf und ab. Er wusste nicht recht, was er tun sollte. Es war so fürchterlich heiß in Berlin, dass der Schlaf ihn floh. Wenn er erschöpft an seinen Schreibtisch trat, übermannte ihn beinahe die Verzweiflung: Öffnete er das Fenster, kam sofort eine drückende Schwüle ins Zimmer. Ließ er es geschlossen, blieb sie drinnen. Manchmal sehnte er sich nach dem langen und kalten Winter zurück.

Die Saison der Gastlichkeiten war ebenso vorüber wie die des Theaters. Die Wangenheims befanden sich längst in der Sommerfrische, aber ihre Empfänge waren in letzter Zeit ohnehin von Trauer überschattet gewesen, denn Ende Mai war der Abgeordnete Hermann von Mallinckrodt gestorben. Im Übrigen empfand Fontane im Moment nicht die geringste Sehnsucht nach Salon und Konversation, sondern eher nach der kühlen Brise eines Seebads. Es wurde Zeit, ebenfalls in die Sommerfrische aufzubrechen.

Seufzend verließ er sein Arbeitszimmer und ging ins Wohnzimmer, wo Emilie gerade Abrechnung machte. Er setzte sich in einen Sessel und schlug die Zeitung auf. Mit einem Schrei fuhr er sofort wieder in die Höhe.

»Aber Théodore!« Emilie schaute ihn besorgt an. »Was hast du?«

»Gestern«, stammelte er, »gestern …«

»Nun, was war gestern?«

»Der katholische Handwerker Eduard Kuhlmann hat wegen des Kulturkampfes ein Attentat auf Bismarck verübt«, sagte Fontane, setzte sich wieder und ließ die Zeitung sinken. Was einmal begonnen hatte, so schien es ihm, ging nie vorbei.

Glossar

Bernhard von Siena
Heiliger des Franziskanerordens (1380–1444), der um die Hebung der Sitten und der Moral des Volkes bemüht war, ausgiebige Predigertätigkeit in Nord- und Mittelitalien. Bereits sechs Jahre nach seinem Tod heiliggesprochen.

Beschlagnahme des Welfenvermögens
Nach der Annexion Hannovers 1866 schloss Bismarck mit dem abgedankten König Georg V. einen Abfindungsvertrag. Im nun preußischen Hannover bildete sich unter Führung des Zentrumspolitikers Ludwig Windthorst eine katholische Welfenpartei. Bismarck widerrief den Vertrag und ließ das Welfenvermögen beschlagnahmen, das in den sogenannten Welfenfonds floss. Der Kanzler verwendete die Mittel unter anderem für die Pressearbeit. Da Journalisten aus seiner Sicht »Reptilien« waren, nannte er ihn gern »Reptilienfonds«.

Chi va piano va sano
Italienisch, wörtlich: »*Wer leise geht, geht gesund.*« Im Deutschen jedoch vielleicht eher: »*Wer leise auftritt, lebt länger.*«

De mortuis nil nisi bene
Lateinisch: »*Über Tote nichts als Gutes.*«

Gedicht der Frau Professor Giehlow
Natürlich stammt dieses Werk nicht aus der Feder der Romanfigur, sondern aus der eines gewissen Herrn Walther.

Ernst Müllenbach veröffentlichte es in der Gartenlaube in seinem Aufsatz »Frühling!«
Müllenbach (1862–1901) war Mitredakteur der *Bonner Zeitung* und veröffentlichte u. a. die Romane *Die Hansebrüder* und *Die Siebolds von Lyskirchen*.

Geld
Eine Goldmark entspricht ungefähr achtzehn Euro. Bei den fünfhundert Goldmark, die der Rittmeister dem Oberstabsveterinär Giehlow schuldet, handelt es sich nach heutiger Währung also um fast neuntausend Euro.

Nom de guerre
Französisch: Deckname, Pseudonym

René d'Anjou
Der angevinische Herzog (1409–1480), *»Der gute König René«*, war unter anderem Titularkönig von Neapel, konnte sich seiner Herrschaft aber nur vier Jahre erfreuen, bis ihn 1442 die Aragonesen in die Flucht schlugen. Die hohen Ambitionen des Fürsten standen in krassem Widerspruch sowohl zur Wirklichkeit als auch zu seinen politischen Fähigkeiten, sodass er sich schließlich auf das Verfassen ritterlicher Bücher verlegte. Eines der Ergebnisse dieser Flucht in den Traum ist das *Buch vom liebentbrannten Herzen (Le Livre du Cœur d'amour éspris)*.

Tempietto
Italienisch: kleiner Tempel

Foto: Privat

FRANK GOYKE

Geboren 1961 in Rostock, arbeitete nach dem Studium der Theaterwissenschaften in Leipzig als Lektor und Dramaturg in Berlin. Seit 1997 ist er freischaffender Schriftsteller. Goyke verfasste zahlreiche Kriminalromane, darunter die erfolgreichen historischen Hanse-Krimis. Im berlin.krimi.verlag erschien 2005 »Fersengeld«. Sein Roman »Dummer Junge, toter Junge« wurde 1996 von der Raymond-Chandler-Gesellschaft mit dem »Marlowe« als bester deutschsprachiger Kriminalroman ausgezeichnet. Zuletzt erschien von ihm im berlin.krimi.verlag »Altweibersommer«.